Jakob Wassermann

Faber oder die verlorenen Jahre

Roman

Jakob Wassermann: Faber oder die verlorenen Jahre. Roman

Erstdruck: S. Fischer, Berlin 1924

Neuausgabe mit einer Biographie des Autors
Herausgegeben von Karl-Maria Guth
Berlin 2016

Umschlaggestaltung von Thomas Schultz-Overhage unter Verwendung
des Bildes: Ernst Ludwig Kirchner, Herrenbildnis (Hans Frisch)

Gesetzt aus der Minion Pro, 11 pt

Verlag: Henricus - Edition Deutsche Klassik GmbH
Mörchinger Str. 33, 14169 Berlin, info@henricus-verlag.de
Druck: Libri Plureos GmbH, Friedensallee 273, 22763 Hamburg

ISBN 978-3-8430-8926-5

Bibliografische Information der Deutschen Nationalbibliothek

Die Deutsche Nationalbibliothek verzeichnet diese Publikation in der
Deutschen Nationalbibliografie; detaillierte bibliografische Daten sind
im Internet über www.dnb.de abrufbar.

1.

Faber kam mit dem Abendzug in seiner Vaterstadt an, in der er als Architekt gewirkt hatte bis der Krieg ausgebrochen, und er, im ersten Monat schon, in Gefangenschaft geraten war. Seitdem waren fünfeinhalb Jahre vergangen.

Mit ihm reisten ein paar Kameraden, letzte Nachzügler unter den Heimkehrern wie er selbst, Bürgersöhne wie er selbst, aber anders als er befanden sie sich während der zu Ende gehenden Fahrt in einer Erregung, in der sie unzusammenhängende Reden führten wie die Fieberkranken. Da sie beim Verlassen des Schiffs nach Hause telegraphiert hatten, konnten sie gewiß sein, von ihren Angehörigen und Freunden empfangen zu werden. Nüchterne Leute sonst, verstiegen sie sich bis zur Rührseligkeit, wenn sie von Frau und Kind, von Müttern und Schwestern, ja sogar von Häusern und Stuben sprachen. Faber war in nicht freundlicher Weise schweigsam. Einer fragte ihn: »Wird deine Frau da sein?« Er zog die dicken schwarzen Brauen hoch und antwortete nicht.

Als der Zug in die Halle fuhr, reichte er den Gefährten vieler Monate kühl die Hand und drückte sich mit seinem Holzköfferchen abseits. Von der lärmenden Begrüßung, die ihnen zuteil wurde, war er nur vorüberhastender Zeuge.

Die Mütze tief in die Stirn geschoben, verließ er das Bahnhofsgebäude wie jemand, der fürchten muß, erkannt zu werden. Unschlüssig stand er auf dem Platz, zögernd setzte er den Weg fort. Er gelangte in eine Straße, in der mehrere Gasthöfe geringen Ranges waren. Einen betrat er und forderte ein Zimmer für die Nacht. Ein schmutziger Kellner führte ihn in einen kahlen Raum, in dem es nach tagelang gestandener Luft und schlecht gewaschener Wäsche roch. Er riß das Fenster auf und ließ sich ermüdet auf einem Stuhl nieder. Über dem nahen Dach lohte der schwüle Juliabendhimmel. Aus dem Nachbarzimmer, durch eine mangelhaft abschließende Tür, hörte er raunende Stimmen und von Zeit zu Zeit das Gelächter einer Frau.

Er erhob sich, ging auf und ab, dann wusch er Gesicht und Hände, und verspürte dabei das unangenehme Herzklopfen, das ihm nicht neu war. Seit der furchtbaren Flucht von Sibirien nach Peking hatte sich das Übel in seinem Körper eingewöhnt. Mit aufgestütztem Kopf setzte er sich abermals ans Fenster, und es schien, daß er sich zu ergründen bemühte, weshalb er in diese Herberge gegangen war und in diesem unsauberen Zimmer schlafen wollte. So oft das Gelächter der Frau nebenan erschallte, runzelte er die Stirn. Das verlieh seinem Gesicht den Ausdruck eines leidenden Kindes.

In dem gegenüberliegenden Haus, einer düstern Mietskaserne, waren einige Stuben erleuchtet. Er gewahrte einen alten Mann mit einer Brille, der die Zeitung las, und den Lockenkopf eines kleinen Mädchens, der bisweilen auftauchte und wieder verschwand. In einer andern Stube war eine Frau beschäftigt, farbige Bögen Papier zusammenzufalten.

»Unmöglich hier zu bleiben«, sagte er vor sich hin. Er zog den Rock an und stand eine Weile nachdenklich an der Tür. Als das Lachen abermals ertönte, verließ er wie von Widerwillen gepackt das Zimmer und ging die Treppen hinunter und auf die Straße. Er schaute an der jenseitigen Häuserwand empor; die erleuchteten Stuben waren jetzt weit oben. In einer Art von Verwunderung lächelte er. Dann befühlte er mit der Hand seine Brust; das Herzklopfen hatte aufgehört.

Es begegneten ihm nur wenig Menschen. Auch die Wirtschaften waren leer. Da und dort saßen alte Leute vor den Haustüren und unterhielten sich leise. Er betrachtete alle Dinge, auf die sein Auge fiel, mit ernster Eindringlichkeit, als ob er sie nach Millimetern abzumessen habe, sogar die Schatten der Vorübergehenden unter den Laternen. So blicken nur Menschen, denen eine sehnsüchtige Vorstellung zur Plage geworden ist, bis sie endlich die Wirklichkeit schauen. Dabei war alles, was er sah, häßlich, schmutzig und gewöhnlich.

Unverkennbar trieb es ihn ohne bestimmten Willen vorwärts; sein Schritt hatte nicht den Rhythmus, den ein Ziel gibt. Aus verkehrsreichen Straßen kam er wieder in stillere, und so gelangte er auf einen Platz mit einer Kirche, deren reine Formen und harmonische Gliederung ihm seit der Kindheit vertraut waren. Beruhigung malte sich in seinen Zügen, als sein Auge die gotischen Figuren und Zierate umfaßte und an dem Turm hinaufglitt, der das Weiß von gebrannten Knochen hatte. Aber die Kirche war es nicht, zu der er gewollt, wie sich bald zeigte, obschon ihre von der Zeit vergessene Schönheit ihm zu seinem Vorhaben vielleicht Mut einflößte.

Er wandte sich nach einigem Besinnen zu einem etwa hundert Schritte seitab gelegenen Gebäude, das Tor war noch offen, der Flur noch erhellt; nach abermaligem Besinnen klopfte er ans Fenster des Pförtners und fragte mit erzwungener Gleichgültigkeit im Ton, wie jemand, für den von der Antwort nichts Besonderes abhängt, ob Doktor Fleming noch hier wohne und ob er zu Hause sei. Auf beide Fragen nickte der Mann und folgte ihm mißtrauisch mit den Blicken, als er die Treppen hinaufstieg.

Faber läutete an der wohlbekannten Tür und wartete. Schritte schlurften heran, vorsichtig wurde der Riegel zurückgeschoben, in der Spalte erschien das wohlbekannte Pausbackengesicht, doch merkwürdig gealtert, mit gelichteten Haaren und spitzerem Kinn. Faber trat aus dem Schatten und nahm die Mütze vom Kopf.

Unnatürlich kleine und beständig zwinkernde Augen hinter starken Brillengläsern musterten den späten Besucher. Ein schärferes Spähen, ein Strahl des Erkennens und das Staunen machte, daß die winzigen Augen vollends hinter den starken Gläsern und den schwammigen Fleischsäcken der Wangen verloschen.

Mit gelassenem Gruß schritt Faber über die Schwelle. Von der ersten Sekunde an war in seiner ganzen Art, sich ruhig zu geben, etwas Gekünsteltes und Ausgedachtes.

Die Wände des schmalen Vorraums waren von oben bis unten mit Büchern bedeckt, so auch in den beiden Zimmern und in der Hofkammer, die als Schlaf-, Wasch- und Küchenraum diente. Die dicht gerammten Bücher verkleideten jedes Stück der Mauer; Bücher und Zeitschriften lagen auf Tischen und Stühlen, auf dem Boden und auf dem Ofen, auf dem Bett und auf den Fenstersimsen. Kaum daß noch Luft zum Atmen blieb und Raum, sich zu bewegen. Es war die Behausung eines Mannes, der in Büchern, mit Büchern und von Büchern lebte.

Faber lächelte wie neben sich selber. Er lächelte ohne Zweifel über das Wohlbekannte des Bildes, das Wohlbekannte von Flemings Erscheinung und den sonderbaren Umstand, daß er nun hier war. Aber seine stumpfbraunen Augen wurden wieder ernst und schauten fast ohne

Teilnahme zu Boden, als Fleming mit seiner bei einem Mann verwunderlich hellen Stimme zu reden begann.

Was sagte Fleming nicht alles in der Überstürzung! Was fragte er nicht alles! Wie erging er sich doch in Wiederholungen immer derselben Fragen und Ausrufe! Preßte die Hände zusammen, rieb die Finger gegeneinander, legte den Kopf auf die eine, dann auf die andere Schulter, schob die Brille auf die Stirn und wieder auf die dicke Nase herab und sprach immer unruhiger und gehetzter, je weniger Faber Anstalten traf, seinen gekünstelten und ausgedachten Gleichmut aufzugeben.

Natürlich wollte er vor allem wissen, seit wann Faber zurück sei. Gestern noch sei er bei Martina gewesen, sagte er, und Martina habe keine Ahnung gehabt. Vor sechs Wochen sei die letzte Karte Fabers eingetroffen, seitdem habe man nichts mehr gehört. Überhaupt habe er sich ja seit anderthalb Jahren damit begnügt, Postkarten zu schreiben. Aus welchem Grund eigentlich? Alles so locker, so obenhin, geradezu fremd beinahe; Martina habe gar nicht gewußt, was sie davon halten solle.

Faber blieb stumm.

In seinen zerrissenen Filzschuhen auf- und abschlurfend und ihn bisweilen scheu von der Seite betrachtend, klagte Fleming: »Wir konnten und konnten keine Nachricht bekommen. Deine Mutter ist in die Ministerien und Gesandtschaften gelaufen, Tag für Tag. Klaras Mann hat dreimal an die Austauschkommission telegraphiert, alles umsonst, niemand vermochte einem Auskunft zu geben, wo du stecktest. Aber das wird man dir alles schon erzählt haben. So bist du also wirklich wieder bei uns! Und besuchst mich, den alten Jakob Fleming. Das ist hübsch, das gefällt mir. Aber setz dich doch, mein Lieber, warum stehst du denn noch immer?«

Mit atemloser Geschäftigkeit hob er einen Stoß Bücher von einem Stuhl, und Faber setzte sich. Da er stumm blieb, nach wie vor rätselhaft stumm, fand sich Fleming, vielleicht aus Angst, vielleicht aus erratendem Taktgefühl veranlaßt, in seiner Redeflut fortzufahren. »Wie ist dirs denn ergangen?« forschte er zärtlich, alle zehn Finger in das Kinn bohrend, »einfältige Frage, wirst du sagen und hast auch recht. Aber wir zu Hause haben schließlich auf unsere alte Weise weitergelebt, wennschon die Welt ein unleidliches Gesicht bekommen hat. Ja, das hat sie, das kannst du glauben, ein greulich-hypokratisches Gesicht, besonders für einen Menschen von meiner Sorte. Was hat denn Martina gesagt, als du so plötzlich da warst? Was hat sie denn angestellt in ihrer Freude? Mein Gott, wieviel haben wir von dir gesprochen, wie manchen Abend sind wir beisammengesessen und haben deiner gedacht. Und das Kind, der Christoph, wie hast du ihn gefunden? Er ist dir ja wie aus dem Gesicht geschnitten; jetzt, wo ich dich so ansehe, muß ich lachen über die Ähnlichkeit. Du weißt doch, daß wir ungeheuer befreundet sind, er und ich? Nach dem Tod deines Vaters wollte er nur noch mit mir spazieren gehen. Muß ein merkwürdiges Gefühl sein, wenn man einen Sohn als Neunjährigen wiedersieht, den man als Dreijährigen verlassen hat. Wie hat er sich denn benommen? Hat er dich erkannt? Warum antwortest du nicht? Sprich doch ein Wort …«

Da sagte Faber endlich, indem er auf seine Knie starrte: »Ich bin erst vor zwei Stunden angekommen. Ich habe niemand benachrichtigt und auch niemand gesehen, weder Martina, noch das Kind, noch meine Mutter, noch meine Schwester, noch sonstwen.«

Von Flemings runden Backen verschwand der etwas ungesund-rosige Hauch, und sie wurden teigfarben. Er stotterte; zuletzt blieb ihm der Mund offen, und man sah Zahnlücken und goldene Plomben.

»Es ist, wie ich dir sage«, nickte Faber, »frag mich nicht, ich kann dir nichts erklären. Gib mir einen Bissen zu essen, irgend was, ich hab Hunger.«

Fleming verharrte noch eine Weile, dann begab er sich eilig und schwerfällig in die Kammer. Dort hörte ihn Faber murmeln, herumgehen und mit Geschirr klappern; nach ein paar Minuten brachte er ein eisernes Tablett, auf dem Brot, einige Schnitte geräucherten Specks auf einem Teller, eine Karaffe mit Wasser und ein Glas ziemlich sauber und appetitlich angerichtet waren. Er befreite einen zweiten Stuhl von Büchern und Broschüren, nahm Faber gegenüber Platz und schaute mit ratlos gefalteten Händen zu, wie dieser Brot und Speck gierig verschlang und hierauf die ganze Flasche Wasser austrank, ohne sich des Glases zu bedienen.

»Jetzt laß mich eine Stunde ausruhen«, bat Faber und sah sich im Zimmer um. Er gewahrte den mit schadhaftem Leder überzogenen

Lehnstuhl, der auch ein Klappgestell zum Liegen hatte, ging hinüber, warf sich tiefatmend hinein und schloß die Augen.

Fleming ließ den erregten Blick nicht von ihm. Einen beredteren Ausdruck von Hilflosigkeit und Sorge konnten Augen schwerlich haben. Ihm war zur Genüge bekannt, daß man diesen trotzigen und außerordentlich verschlossenen Menschen unter keinen Umständen zum Sprechen bringen konnte, solange er nicht gewillt war zu sprechen.

Nach kurzer Zeit schon sah er, daß Faber eingeschlafen war.

2.

Nun hatte er Muße, das Gesicht zu betrachten. Es war noch dasselbe schöne Gesicht wie vor zehn, wie vor zwanzig Jahren, stellte er fest, das charakteristische Fabersche Gesicht, in welchem Zartheit und Härte, edle Art und unbändige Instinkte einander eng bedrängten. Alle vier Kinder hatten diesen Typus gehabt.

Ein gewisser Zug zwischen den Brauen fiel ihm auf, eine schmerzliche Furche wie bei einem Hund. Aber er konnte da nichts lesen, nichts sehen und nichts erraten.

Jakob Fleming hatte seit vielen Jahren die Gepflogenheit, über seine Erfahrungen und Erlebnisse mit Menschen Buch zu führen. Es interessierten ihn der historische Verlauf und die Möglichkeit, Zusammenhänge aufzudecken, die die Zeit verwirrt und verschleiert hatte. Unter seinen Papieren befanden sich wie bei einer Polizeistelle oder einem Spionageamt ganze Aktenbündel und Zettelkästen namentlich über die Personen seines näheren Umgangs. Hatte er diesen oder jenen durch längere Frist aus den Augen verloren, so hielt er in seinen Aufzeichnungen Nachschau und versuchte in wissenschaftlicher Synthese aus den vorhandenen Notizen ihr ferneres Schicksal zu konstruieren. Manchmal hatte er Glück und es stimmte.

So besaß er auch ein umfängliches Heft über die Fabersche Familie, bei der er vor mehr als achtzehn Jahren als Hauslehrer und Erzieher eingetreten war. Es bedurfte nur des Griffes in ein Schubfach, und er hatte das Schreibheft schon vor sich liegen. Leise blätternd schlug er eine der letzten Seiten auf und las die folgende Stelle:

»Was wird aus Martina werden ohne Eugen? Wie wird sie leben? Die Frage erhebt sich mir vorläufig nur im Hinblick auf seine vielleicht Monate dauernde Abwesenheit; was geschieht aber, wenn er nicht zurückkehrt, wenn er fällt, was Gott verhüten möge? Ebensowenig kann man sich seine Existenz vorstellen, wenn er von ihr getrennt ist. Es ist nicht zu verkennen, und die Tatsachen haben es unleugbar bewiesen, daß diese beiden Menschen nicht bloß wie von Ewigkeit her für einander bestimmt schienen, sondern daß sie auch, seit sie einander begegnet sind, in zartestem Alter also, eine vollkommene Einheit bilden und eigentlich nur so gedacht werden können. Alle Leute empfinden das, auch die dummen und gleichgültigen, und der Gedanke schon an ein in der Zukunft ruhendes Unglück erfüllt einen mit Schrecken.«

Immer wieder kehrte sein Blick zu diesen Zeilen zurück, und wenn er sie gelesen hatte, erhob er die kurzsichtigen Augen furchtsam zu dem Schläfer. Dann begann er abermals zu blättern, las eine Seite da, eine dort, und vieles Vergangene, es war am Ausdruck des Gesichts zu merken, wurde in seiner Erinnerung lebendig.

Wunderliches Haus, wunderliche Vergesellschaftung von Menschen. Eltern, die sich der Herrschaft über ihre Kinder freiwillig entschlugen; Kinder, für die die Worte Gehorsam und Zucht belächlenswerte Schälle waren. Keine Regel, keine Ordnung, kein Maß und Gleichmaß, keine religiöse Bindung und tiefere Pietät, alles nur zufällige Übereinkunft und Sichvertragen nach Laune und Wahl. Mannigfache Bemerkungen des Schreibers vermeldeten sein Befremden über das, was er hier an Lebenshaltung und -führung wahrnahm, und die Mühe, die er sich gab, ein Gesetz oder eine allgemeine Strömung in der Zeit dafür aufzufinden.

Doktor Faber, ein beliebter Arzt, hatte von mütterlicher Seite slawisches Blut in den Adern, vom Vater her entstammte er einer alten süddeutschen Patrizierfamilie. Anna, seine Frau, war ebenfalls Mischblut, ihr Vater war ein in Hannover eingewanderter Schotte gewesen. Sie war gleichsam die Unruhe des Hauses, von ihr ging die Bewegung aus, sie hielt den Einzelnen in Atem und bestimmte seinen Gang und seine Richtung. Als Vorkämpferin für die Rechte ihres Geschlechts wirkte sie in der Öffentlichkeit, leitete eine Frauenzeitschrift, gründete Frauenvereine und sprach in Versammlungen; auch im häuslichen Kreis bevorzugte sie Ausdrücke und Wendungen, mit denen sie Massen von Zuhörern zu entflammen gewohnt war und berauschte sich gern an der Leidenschaft ihrer eigenen Rede. Doktor Faber ließ sie in jeglichem Bezug gewähren, und weit entfernt, ihr ziemlich lärmendes und wechselvolles Treiben zu mißbilligen, zeigte er vielmehr in seiner still-passiven Art eine fast kindliche Bewunderung für ihren starken Charakter und ihren unermüdlichen Idealismus. Der Annalenschreiber verlieh zu öfteren Malen der Achtung und Zuneigung für diesen Mann Ausdruck, dessen Vornehmheit und ruhige Geduld in tröstlichem Gegensatz zu der Hast und Lautheit aller Menschen stand, die ihre gekräuselten Ringe um ihn zogen. Namentlich gefiel ihm eine gewisse Verschleierung seines Wesens, ungewöhnlich bei einem gereiften Mann in praktischem Beruf, die seinen Worten und Handlungen eine angenehme Hintergründigkeit schuf und die Personen, die mit ihm zu tun hatten, dazu verführte, sich rückhaltlos zu offenbaren, sozusagen immer auf beleuchteter Bühne vor ihm zu spielen. Nie hörte ihn Fleming murren oder unfreundliche Kritik üben. Von sarkastischem, ja tiefskeptischem Geist wie die meisten Ärzte, ließ er sich doch niemals hinreißen, über einen Menschen lieblos zu urteilen, auch dann nicht, wenn ihm Böses durch ihn widerfahren war. Es kam vor, daß er sich kleinlaut von seinen Kindern belehren ließ, wenn er sich nach ihrer Ansicht zugunsten eines solchen geirrt hatte; er legte dann in der Haltung gegen die eigenen Kinder eine respektvolle Aufmerksamkeit an den Tag, wie der Annalist mit kaum verhehltem Tadel notierte.

Recht mißlich war für Fleming die Erfahrung, daß das Haus offene Türen hatte für jedermann. Seine Zöglinge waren ohnehin schwer zur Sammlung zu bringen, und bei all ihrer Begabung und heiteren Bereitschaft zu lernen und aufzunehmen, erwiesen sich doch die vielfachen äußeren Einflüsse als störend. Ob es nun Zuflluchtsuchende waren oder Unterhaltungsbedürftige, arme Teufel ohne Quartier oder intellektuelle Müßiggänger, die eine Nacht verschwatzen wollten und den Heimweg scheuten, alle fanden Willkomm und Obdach. Bisweilen bezog Anna Faber mit den Kindern die Bodenkammer, während nahezu fremde Leute die Schlafzimmer innehatten. »Ein betrübliches Durcheinander«, klagte Fleming einmal in seinem Heft, »um neun Uhr abends wird zu Mittag gegessen, um Mitternacht erscheinen noch Gäste und fordern mehr oder minder dringlich Rat und Anteil für ihre verschiedenen

Ideen und Geschäfte. Von Zubettegehen ist dann bei den Kindern nicht die Rede; sie wollen alles wissen, sehen und hören und sind in alle Verhältnisse eingeweiht. Da fehlt es manchmal nicht an schlimmen Überraschungen; vorgestern hab ich Klara schlafend in einem Kleiderschrank gefunden.«

Man lebte von der Hand in den Mund, hatte Schulden beim Krämer und beim Kaufmann, beim Metzger und beim Bäcker, ohne daß sich Anna Faber darüber Sorgen machte. Vom Ertrag seiner Praxis vermochte Doktor Faber den verworrenen Aufwand nicht zu bestreiten, zumal er von den meisten seiner Patienten keine Bezahlung annahm. Es vergingen oft Monate, ehe Fleming seinen Gehalt ausbezahlt bekam; aber wie es für selbstverständlich galt, daß er wartete und man sich gar nicht erst entschuldigte; wie man keinen Zweifel darein setzte, daß er nicht bloß jeden Überfluß, sondern auch jede Not mit der Familie zu teilen wünschte, so unterdrückte er seinerseits alle Regungen der Unzufriedenheit, um so mehr als er sich mit der Zeit immer inniger an seine Zöglinge anschloß, am meisten an Eugen, den drittältesten.

Damit wuchsen aber auch seine Befürchtungen wegen ihrer Zukunft und Entwicklung. Uneingeschränkte Freizügigkeit gewann oft das Aussehen von Zügellosigkeit. Was sie unternahmen, ob sie sich nun in einem Raufhandel hervortaten, ein Vergnügen, das selbst von Klara nicht verschmäht wurde, oder ob der eine oder andere plötzlich tagelang aus dem Gesichtskreis des Lehrers und Hofmeisters verschwand, um dann, als wenn nichts geschehen wäre, in später Abendstunde, von heimlichen Abenteuern voll, schmutzig und zerrissen wieder aufzutauchen, alles wurde von der Mutter gebilligt und am Ende noch gepriesen. Sie sagte, sie wolle ihre Kinder zu geistig unabhängigen Menschen erziehen. Fleming begehrte zu wissen, was sie darunter verstehe, und als er ihre schwärmerische Erklärung trocken abwies, mischte sich Doktor Faber ein und meinte gutmütig-spottend, sie habe den Kindern schon in der Wiege den Haß gegen Vorurteile gepredigt, bei den Urteilen halte sie noch nicht. Sie drohte ihm mit dem Finger, doch er blickte von seiner hageren Höhe in freundlicher Toleranz auf die dicke feurige kleine Frau herab.

Eines Abends entspann sich eine heftige Meinungsverschiedenheit zwischen den Ehegatten. Karl, der vor der Vollendung des siebzehnten

Jahres stand und ein bestimmtes Lebensziel beharrlich verfolgte, hatte dem Vater eröffnet, daß er Bakteriologie studieren wolle. Doktor Faber gab seine Abneigung dagegen mit auffallender Schärfe kund. Nicht bloß daß er eine akademische Laufbahn für einen der Söhne nicht für wünschenswert hielt, da er ihm keine ökonomische Sicherheit und Deckung bieten konnte, schien er auch außerdem Gründe zum Widerstand zu haben, die er verschwieg, die aber, wie Fleming vermutete, tief in seiner Natur wurzelten. In einem dunklen Teil seiner Seele hegte er einen geheimnisvollen Haß gegen die Wissenschaft. Desto ungestümer ergriff Anna für ihren Ältesten Partei. Sie erging sich in blühenden Wendungen und äußerte, einen jungen Mann von der Richtung abzulenken, die ihm sein Genius gewiesen, sei ein Verbrechen, dessen sie sich nicht schuldig machen und von dem sie die Luft ihres Hauses rein halten möchte. Hierauf schwieg Doktor Faber. Eine viel spätere Eintragung Flemings bemerkte an dieser Stelle des Berichts: »Hätte er doch lieber geredet und sich gegen das Unheil zur Wehr gesetzt, das er vielleicht ahnte!«

Obschon man hier Zustände wie Personen durch die Augen eines in ziemlich engen Anschauungen befangenen Mittlers erblickt, bleibt doch die Tatsache des verhängnisvollen Einflusses bestehen, den Anna Faber trotz leidenschaftlichen Wohlmeinens und unbegrenzter Liebe auf ihre Kinder übte, und auf eines unter ihnen, den schwachen und romantisch-verträumten Roderich, der ein Jahr jünger war als Karl, in schmerzlich spürbarer Art. Dies war auch die Ursache von häufigen und ernsten Auseinandersetzungen zwischen ihr und Fleming, die allmählich das Gepräge sachlicher Gegnerschaft verloren und am Beginn des fünften Jahres seiner Zugehörigkeit zum Hause, als das Zusammentreffen zweier verschiedener Ereignisse ihn plötzlich unversöhnlich stimmte, zum Bruch führte.

Es war damals ein hübsches Dienstmädchen bei Fabers in Stellung, ein lustiges frisches Kind von kaum siebzehn Jahren. Nach einiger Zeit büßte das Mädchen seine muntere Laune ein, und als Anna Faber sie eines Tages freundlich ausholte, ob sie Kummer habe, gestand sie ihr unter einem Strom von Tränen, daß sie sich guter Hoffnung fühle. Ihre Verzweiflung war um so größer, als sie den Zorn ihrer Eltern fürchtete, einfacher und streng denkender Handwerksleute in der Vorstadt. Im weiteren Verlauf der Beichte ergab sich, daß Roderich es war, der sie verführt hatte, und dieser, von der Mutter zur Rede gestellt, leugnete keineswegs und behandelte die ganze Angelegenheit, gemäß den Grundsätzen, in denen er erzogen war, als eine wenn auch unbequeme, so doch natürliche Episode. So wurde sie auch von Anna Faber aufgefaßt, die sich der geängstigten und vor Scham fast vergehenden jungen Magd aufs sorglichste annahm, sie heiter tröstete, von jeder schweren Arbeit befreite, sie überdies in den Familienkreis zog und ohne Standeshochmut und heimliche Vorbehalte mit ihr wie mit der eigenen Tochter verfuhr.

Ungefähr um die gleiche Zeit starb ein Freund Doktor Fabers, ein Bildhauer namens Wiedmann, und hinterließ seine einzige Tochter Martina, die mit Klara im selben Alter stand, verwaist und völlig mittellos. Martina hatte keine Anverwandten, kein Heim, kein Asyl, daher besann sich Doktor Faber nicht lang und brachte sie zu seinen Kindern, mit denen zusammen sie von da an aufwachsen sollte.

So war die Familie um zwei Mitglieder vermehrt, und die Geliebte des Sohnes saß mit der Tochter des Hauses und den andern Söhnen und der fremden Martina bei Tisch. Das verdroß den bürgerlich denkenden Fleming. Er hätte es aber wie vieles sonst hingenommen, wäre ihm nicht ein anderer Umstand geradezu anstößig gewesen. Die Schwangerschaft der kindlichen Magd wurde mit sonderbarer Nüchternheit und Genauigkeit vor aller Ohren erörtert; diese oder jene auftauchende Schwierigkeit in der künftigen Gestaltung ihrer Existenz war Anlaß zu gemeinsamen Beratungen, an denen sowohl Doktor Faber als auch die vierzehnjährige Klara teilnahmen. Man tauschte Meinungen aus über die fernere Beziehung Roderichs zu dem Mädchen, berechnete den Zeitpunkt der Niederkunft, erwog, ob das Kind männlichen oder weiblichen Geschlechts sein würde und schlug Namen vor, die es im einen oder andern Fall tragen sollte. Abgesehen davon, daß es Fleming eine oft kaum erträgliche Pein bereitete, das glühend verlegene Gesicht der jungen Dienerin zu gewahren, bedrückte ihn auch die Gegenwart Martinas in einem Maß, daß er bisweilen Mühe hatte, sie nicht bei der Hand zu fassen und hinauszuführen. Sie saß still da, die Hände im Schoß, das Haupt in schelmischer Weise leicht geneigt, hörte mit großen Augen zu und schwankte zwischen Lächeln und erschrockener Neugier.

Die eigentümliche Lieblichkeit dieses Geschöpfs übte auf Fleming eine in den Aufzeichnungen deutlich erkennbare Wirkung. Nie war ihrer ohne ein bewunderndes Beiwort erwähnt; auch die magische Kette, die schon in jenen frühen Jahren, von andern unbemerkt, nicht einmal von ihnen selbst gewußt, Eugen und sie verband, nahm Fleming hellsichtig wahr. Einmal hieß es von ihr, ein so blumenähnliches und bis in den innersten Kern wahrhaftiges Wesen sei ihm im Leben nie begegnet; und schon aus solcher Gesinnung läßt sich die Entschiedenheit begreifen, mit der er Anna Faber entgegentrat. Eines Tages sagte er ihr offen, er könne eine weitere Verantwortung für die Erziehung ihrer Kinder nicht mehr übernehmen; Karl und Roderich besuchten auf seinen Rat das Gymnasium ohnehin seit einem Jahr; für Eugen sei es ebenfalls an der Zeit, auf die technische Hochschule zu gehen, wie er sichs wünsche, und die gefährliche Treibhausluft des Privatunterrichts mit der abschleifenden und stählenden Arbeit unter Gleichaltrigen zu vertauschen; was Klara anlange, so bedürfe sie weiblicher Führung, nicht aber der seinen. Somit sei er also überflüssig und könne gehen. Man widersprach mit Eifer; Doktor Faber sagte, man habe sich viel zu sehr an ihn gewöhnt, als daß man daran denken könne, ihn zu missen. Karl und Roderich verlegten sich aufs Bitten, Eugen zürnte, Klara spottete über seine sauertöpfische Gewissenhaftigkeit, jeden Tag unternahm man einen Sturm gegen seinen Entschluß, aber Fleming schüttelte nur den Kopf, und als Anna Faber, ungeduldig geworden, ihn in ihrer zupackenden Manier um die wahre Ursache seiner Fahnenflucht, wie sie es nannte, befragte, hielt er sich für verpflichtet, ihr reinen Wein einzuschenken. Er erklärte ihr, daß er ihre Lebensanschauungen nicht billige, ihre pädagogischen Prinzipien nicht, ihre Haltung als Frau und Mutter nicht. Wenn es etwas gäbe, das er mit seiner Überzeugung nicht vereinbaren könne, sei es die erotische Zuchtlosigkeit und die Abkehr von Bürgersitte und sozialer Tradition, die sie, auf eigene Machtvollkommenheit pochend, beinahe frivol begünstige. Er erkenne darin nur die Wurzel zu unheilbaren Übeln und wolle sich nicht länger zum Mitschuldigen machen.

Anna Faber lachte zuerst aus vollem Hals, dann wurde sie beleidigend; ein Wort gab das andere, und das Ende war, daß Fleming noch am selben Tag das Haus verließ. Die Szene zwischen ihm und Anna war in dem Merkheft mit allen Einzelheiten geschildert, zumal solchen, die ihre Verblendung ins Licht rückten, und nicht vergessen war, daß, als er mit hochrotem Kopf aus dem Zimmer ging, Martina und Eugen

Hand in Hand auf ihn zutraten und ihn schweigend anblickten, der Jüngling voll Vorwurf und stolzen Unwillens, das anmutige Mädchen mit dem schalkhaften großäugigen Staunen, das ihn immer zwang, die Augen vor ihr niederzuschlagen. Wieder betonte er, daß es ihn gerade in diesem erregten Moment wie eine freudige Erkenntnis traf, daß die beiden Menschen eine von der Vorsehung selbst geschaffene und gewollte Verbindung darstellten. Das wurde ihm förmlich zum Bild und zu einer Art von Glaubenssatz, der sich bei seinen späteren seltenen Besuchen im Hause und so oft Eugen und Martina zu ihm kamen, um eine Stunde harmlos zu verplaudern, nur noch befestigte.

Einige Monate nach dem Zerwürfnis folgte er einem Ruf nach Rom und arbeitete dort anderthalb Jahre lang an der vatikanischen Bibliothek. Während dieser Zeit war die Beziehung zu den früheren Freunden gänzlich unterbrochen, auch die Aufzeichnungen hörten auf. Als er um die Mitte des Jahres 1909 zurückkehrte, wurde er zur Mitwirkung an einem lexikographischen Unternehmen aufgefordert, und um die vertraglich bedingte Frist einhalten zu können, lebte er wochenlang wie ein Zellenhäftling. Eines Tages kam ein Kollege vom Seminar zu ihm und erzählte ganz beiläufig und unter andern Neuigkeiten, der junge Karl Faber habe sich bei einem kühnen Reinzuchtsversuch mit Bakterien durch Selbstinjektion eine Blutvergiftung zugezogen, der er im Verlauf von zwölf Stunden erlegen sei. Gestern habe man ihn begraben.

Fleming erschrickt bis ins Mark. Er läßt alles stehen und liegen und eilt zu Fabers, nur daran denkend, wie er seine scheinbare Teilnahmlosigkeit entschuldigen könne. Er trifft eine Menge Leute dort, die von weitabliegenden Dingen schwatzen. Der Doktor begrüßt ihn mit stiller Herzlichkeit, Anna drückt ihm die Hand, erkundigt sich nach seinem Ergehen und setzt ein begonnenes Gespräch fort. Von allem wird geredet, nur nicht von dem Toten. Keine Miene zeigt Trauer oder Schmerz um den Verlust.

Das, er spürt es wieder, ist die unheimliche Kraft, die von Anna Faber ausgeht, ihr unbeugsamer Mut, ihr durch nichts zu erschütternder Glaube ans Leben und an sich selbst. Innerlich mag sie wohl bluten, aber sie verbirgt es hinter einer willensvollen Unbefangenheit und zwingt ihre Gäste, ihre Kinder und ihren Gatten, das Geschehene ungefähr so zu betrachten, wie wenn das Sterben eines teuren Menschen nichts andres wäre, als ein kleiner Ausflug ins Gebirge. Es ist geradezu eine Erleichterung für Fleming, als er in einem Nebenraum, durch den er gehen muß, um in Eugens Zimmer zu gelangen, Martina in Tränen findet.

Er erfährt, daß Martina und Eugen verlobt sind. Die junge Magd ist nicht mehr im Hause, aber ihr Kind, der zweijährige Valentin, lebt in der Familie und wird von Anna Faber aufgezogen. Er fragt nach Roderich. Eugen zuckt die Achseln. Der Bruder ist seit Monaten von den Seinen fort und wie verschollen. Eine sehr schöne Frau, stadtbekannte Abenteurerin, hat ihn in ihre Netze verstrickt, und indes er sich noch von ihr geliebt wähnte, ist sie eines Tages mit einem halbverkommenen Sänger ins Ausland gereist, nicht ohne ihn vorher in einem verlogenen Brief zu versichern, daß er ihre einzige Leidenschaft sei. Er setzt Himmel und Erde in Bewegung, um ihren Aufenthalt zu erkunden, die Spuren weisen nach Paris, es gelingt ihm, sich Geld zu verschaffen, die Mutter selbst steckt ihm eine für ihre Verhältnisse bedeutende Summe zu, und er beschließt, die Frau zu suchen und um jeden Preis zurückzugewinnen. Er hat zu verzichten nie gelernt; von Kindesbeinen an ist er in romantischer Selbstverliebtheit gewöhnt, den Hemmnissen des Schicksals das angebliche Recht seiner souveränen Persönlichkeit entgegenzustellen.

Fleming spürte das nahende Unheil. Hier traf alles zusammen, um eine am Abgrund schwebende Existenz durch sich selbst zu stürzen. Um die Wende des Jahres kam die Nachricht, daß sich Roderich in einer kleinen Stadt am Meer, im nördlichen Frankreich, erschossen habe. Anna Faber und Eugen reisten hin und brachten die Leiche. In seiner Tasche hatte man einen nicht abgeschickten Brief an jene Frau gefunden, aus welchem hervorging, daß er inzwischen mit ihr gelebt, daß sie ihm aber dann neuerdings und in entwürdigendster Form den Laufpaß gegeben hatte.

Diesmal beugte es den Vater hart, es brach ihn beinahe. Anna blieb aufrecht. Sie hatte den edelsten Stein aus ihrer Krone verloren, wie sie sich ausdrückte. Es gefiel ihr, in Roderich einen Märtyrer der Liebe zu sehen, einen modernen Abälard, und von den beiden Kindern, die sie nun noch hatte, von ihrem Gatten und von Martina forderte sie blinde Anbetung des Idols, sowie sie den Enkel, den Sohn des Dienstmädchens, in Vergötterung des toten Vaters erzog, als ob sich der unsterbliche Ruhmestitel erworben hätte.

Fleming suchte in der Folge nur noch den Umgang mit Eugen und Martina. Das Memorial beschränkte sich auf kurze Mitteilungen über das Glück der beiden und wie sie in einem formlosen sozialen Wesen eine musterhafte Gemeinschaft darstellten, ein Thema, das er mit Vorliebe variierte und für das ihm die höchsten Worte nicht zu hoch waren. Obwohl er zu den jungen Leuten, als sie zwei Jahre später ihren Hausstand gründeten, nicht allzu häufig kam (mehr aus Furcht lästig zu fallen, als aus sonst einer Ursache), hatte er jedesmal eine bezeichnende Einzelheit zu notieren, durch die die vollkommene Harmonie dieser Ehe hervorgehoben wurde. Bei aller Anerkennung jedoch für Eugens ruhige und tüchtige Entwicklung erschien ihm Martina in dem Verhältnis als die Seele und schaffende Kraft. Die Eigenschaften, die er ihr zuschrieb, waren zu überirdisch, als daß er sich nicht von Zeit zu Zeit in Stunden kühlerer Überlegung bemüßigt gefunden hätte, sie einzuschränken und den oder jenen Abstrich zu machen. So klagte er bisweilen, daß sie nicht recht zu fassen sei; jedem ernsten Gespräch und jeder ernsten Situation entschlüpfe sie wie die Eidechse der zugreifenden Hand, und so husche und schwebe sie über vieles hinweg, mit einem Scherz, einem Achselzucken, einem spöttischen Lachen, was übersehen und versäumt zu haben sie vielleicht einmal gereuen könnte.

Während Eugens jahrelanger Abwesenheit wachte er über sie wie über ein kostbares Gut. Doch gleichsam nur von fern und ohne daß es ihr auffiel. Zu ihr ins Haus ging er selten, wenigstens in den ersten Jahren. Er hoffte, daß sie ihn rufen würde. Sie rief ihn aber nie. Wenn er sich einstellte, freute sie sich, wenn er fortblieb, merkte sie es kaum. Später besuchte er ziemlich regelmäßig den kleinen Christoph, wählte aber dazu meist die Stunden, in denen er Martina nicht zu Hause wußte. Von alledem enthielt das Merkheft nur spärliche Andeutungen, von Beobachtungen oder Gesprächen keine Silbe.

3.

Es war weit über Mitternacht, als Faber erwachte. Er schaute eine Weile blicklos, dann drehte er den Kopf zu Fleming hinüber und faßte ihn scharf ins Auge. Mehrere Sekunden sahen sie einander stumm an, endlich sagte Faber: »Du mußt mir von Vaters Tod erzählen. Ich weiß fast nichts. Die kurze Nachricht, Monate nachher, mehr nicht. Er ist sechsundfünfzig Jahre alt geworden. Wenig für einen Mann mit einer solchen Natur. Ich dachte immer, er müßte neunzig werden. Man ist nie darauf gefaßt, daß einem der Vater stirbt. Vater ist wie etwas Ewiges.«

»Er hatte bei aller Widerstandskraft einen sehr zarten Organismus«, sagte Fleming.

»Er war nie krank, soweit ich mich erinnere«, fuhr Faber fort, »merkwürdig, daß so viele Männer mit sechsundfünfzig sterben. Es scheint eine Epoche in der physischen Existenz zu sein. Woran ist er gestorben? Hat er um seinen Tod vorher gewußt? Hat er leiden müssen?«

Fleming antwortete: »Es war eine Herzmuskelentartung mit urämischen Erscheinungen. Ich glaube nicht, daß er sich über seinen Zustand getäuscht hat. Er hatte die Gabe, den eigenen Körper zu sehen, und bis zum letzten Augenblick war er vollkommen gelassen. Am Abend vor seinem Tod saß ich länger als eine Stunde an seinem Bett, und wir unterhielten uns von allem möglichen. Er sagte, wenn du eines Tages zurückkämst, würdest du Mühe haben, mit den verrosteten Schlüsseln alle die verrosteten Schlösser aufzusperren. Was er damit meinte, war mir nicht ganz klar.«

»So? Hat er das gesagt?« warf Faber ein und erhob lebhaft den Kopf, »das scheint mir doch ohne weiteres klar.«

»Ja, ja, vielleicht meinte er unsere Welt im Ganzen«, gab Fleming zu, »in der Beziehung war er schrecklich pessimistisch geworden. So sagte er zum Beispiel, sein Leben weise einen einzigen großen Grundirrtum auf: er habe alle Menschen von vornherein mit einem Pluszeichen versehen statt mit einem Minuszeichen. Es war ja seine Art, sich immer ein wenig, wie soll ichs nennen, ein wenig umschreibend auszudrücken. Aber das ist ziemlich sicher, daß ihm das Leben keinen Spaß mehr machte und daß er eine sonderbare Empfindlichkeit gegen gewisse Personen hatte. Kurz bevor er krank wurde, war einmal ein junger Advokat bei ihm, ein Doktor Emmerich, ich weiß nicht, ob du ihn kennst. Er hat früher viel in euerm Haus verkehrt; in den letzten Jahren hatte er seine Hände in allerlei dunklen Angelegenheiten, ist auch sehr schnell reich geworden. Während des Gesprächs mit ihm beobachtete ich, wie dein Vater auffallend blaß wurde; plötzlich verließ er das Zimmer.

Draußen mußte er sich erbrechen, vor Ekel erbrechen. Er gestand mir, das passiere ihm oft seit einiger Zeit, manche Leute und was sie redeten, flößten ihm solch unüberwindlichen Ekel ein. Er ist auch immer ernster geworden. Lächeln sah man ihn eigentlich nur noch, wenn Martina kam. Wenn die ins Zimmer trat, leuchtete sein Gesicht. Manchmal brachte sie den Christoph mit; dann war er ganz aufgebunden und vergaß seine Krankheit.«

»Nun, du hast jedenfalls was zu erzählen«, sagte Faber, und seine Mundwinkel zuckten. »Das mit den verrosteten Schlüsseln gibt einem stark zu denken. Und wie gehts der Mutter? Wie lebt sie? Vaters Hinterlassenschaft kann ja nicht groß gewesen sein. Daß sie zu Klara gezogen ist, hat sie mir geschrieben. Behagt ihr das? Kann sie sich in einem fremden Haushalt zurechtfinden? Klara scheint sich ja rasch zur Ehe entschlossen zu haben; der Wildfang ist also zahm geworden? Und ihr Mann, was für eine Sorte Mensch ist das, dieser Hermann Hergesell?«

»Ich verkehre nicht mit ihm«, antwortete Fleming zögernd. »Er ist der einzige Sohn eines unserer reichsten Industriellen, Maschinenfabrik Hergesell, den Namen wirst du wohl kennen. Er hat keinen Brotberuf, betätigt sich aber politisch, im Sinn der Gegenrevolution. Ich weiß nicht, wie sich Klara dazu verhält; daß sie zahm geworden ist, dürfte stimmen. Sie hat zwei Kinder, denen sie sich ausschließlich widmet und die deine Mutter natürlich nach Kräften verhätschelt. Im übrigen ist Anna Faber nicht mehr, was sie war. Auch sie hat ihren Tribut an die Zeit bezahlt wie wir alle.«

Er machte eine Pause, dann verfinsterte sich sein Gesicht. »Warum willst du das alles von mir wissen?« fuhr er fort. »Du wirst sie ja sehen. Warum fragst du nach deiner Mutter und deiner Schwester? Du wirst sie ja sehen. Nach allen fragst du, nur nach Martina nicht; warum?«

Er erhob sich, nahm die Brille ab, wischte mit der Hand über die Augen und suchte gepreßt nach Worten. »Warum bist du bei mir und nicht bei ihr?« fragte er streng. »Was hat das zu bedeuten? Was ist geschehen zwischen euch? Weißt du denn auch, wie Martina gelebt hat in all den Jahren? Wie tapfer sie sich durchgeschlagen hat samt dem Kind? Es ging knapp und immer knapper, und sie war doch gewöhnt, ein bißchen Schönheit und Luxus um sich zu haben. Weihnachten vor zwei Jahren teilte sie mir in ihrer leichten Art mit, sie habe das Opalgehänge versetzen müssen, das du ihr geschenkt hattest. Sie lachte darüber, aber es war ihr nicht zum Lachen ums Herz. Und dann kam plötzlich dieser Glücksfall mit dem Verkauf der Marmorgruppe. Das wird sie dir ja geschrieben haben. Es war das letzte Werk ihres Vaters, und kein Mensch hatte geglaubt, daß es je einen Anwärter finden würde. Aber wir hatten die große Hausse und den großen Geldüberfluß, die Leute wollten ihren papierenen Reichtum in handgreifliches Gut verwandeln, und so erschien der Kapitalist, eben jener Advokat Emmerich, von dem ich dir erzählt habe, der das Wiedmannsche Opus für eine erhebliche Summe erstand. Damit war dann Martina geholfen, und ausgiebig geholfen. Das wirst du ja alles wissen.«

»Ja, das weiß ich«, sagte Faber.

»Und das andere, das mit der Fürstin, weißt du natürlich auch …«

»Ja, das weiß ich auch«, murmelte Faber mit tief gesenktem Kopf.

»Wenn ich richtig schätze, ist es anderthalb Jahre her, daß sie die Fürstin kennt«, fuhr Fleming mit etwas beklommener Stimme fort, »sie hat sich allerdings während dieser Zeit verändert, das ist nicht zu leugnen. Die Beziehung nimmt sie vollständig in Anspruch, besser gesagt der Dienst, die übernommene Pflicht. Außerdem die Fürstin selbst. Sie übt natürlich auf Martina einen großen Einfluß aus, einen ungeheuren Einfluß …«

»Ich denke auch«, sagte Faber dumpf.

»Trotzdem, wenn man meinen sollte, daß sie dabei ihre Heiterkeit eingebüßt hat, so irrt man sich gewaltig. Und wenn wer kommen sollte und behaupten, daß sie dir nur mit einem Hauch die Treue nicht bewahrt hätte, was sag ich, die Treue! Die innerste lauterste Seele, dem würd ich die Lästerzunge aus dem Maul reißen, das kannst du mir glauben. Du hättest sie nur sehen müssen, wenn ein Brief von dir kam oder überhaupt ein Lebenszeichen. Was ist also mit dir? Was geht vor mit dir, mein lieber alter Eugen?«

Er hatte sich so in Hitze geredet, daß er mit der Hand an den Hals griff, weil ihm der Atem ausblieb. Faber war indessen ebenfalls aufgestanden und schaute mit verzogener Stirn vor sich zu Boden. »Du bist ein treuer Freund, Fleming«, murmelte er nach einem schier endlosen Schweigen widerwillig bewegt, »und du hast mit allem recht, was du sagst. Aber antworten kann ich dir nicht. Ja, du hast recht«, wiederholte er noch leiser und drückte die Schultern ein wenig zusammen, »aber siehst du, da gibt es Dinge, die sich nicht erklären lassen, auch wenn man noch so gern sprechen möchte.«

»Der Teufel hol diese Dinge!« schrie Fleming und lief mit zappelnden Armbewegungen auf und ab. »Entweder bist du total verrückt oder du bist derselbe Mensch nicht mehr, und sie haben irgendwas Entsetzliches mit dir angestellt, die Schurken.«

Faber ließ ihn noch eine Weile toben, dann tippte er ihn am Ärmel; als Fleming stille hielt, legte er ihm beide Hände auf die Schultern und schaute ihn mit seinen schönen großen Tieraugen ruhig an. »Kannst du dir einen Begriff davon machen, wie lang ein Jahr dauert, wenn man einsam ist?« fragte er mit umwölktem Lächeln. »Stell dirs vor: ein einziges Jahr. Und dann verfünffache das Furchtbare. Jeder Traum, den man träumt, ist ein Wahrgesicht, und die Worte, die einem von außerhalb zukommen, haben eine Bedeutung, eine unheimliche Doppeltheit und Durchsichtigkeit, vor denen keine Illusion mehr standhält.« Er verstummte einen Moment, dann fuhr er mit veränderter Stimme fort: »Schweig, Fleming. Schlag keinen Lärm und zerbrich dir nicht den Kopf. Ich gehe jetzt wieder in meine Gasthofstube und schlaf erst mal ordentlich aus.«

4.

Am andern Vormittag ging Faber in das Haus der Baugesellschaft, wo er früher seine Bureauräume gehabt hatte. Er sprach mit einem der Direktoren und vergewisserte sich, daß er keine Hoffnung hegen durfte, bei der Firma angestellt zu werden. Die Leute arbeiteten zwar mit ausländischem Kapital, aber mit einer geringen Zahl von besoldeten Architekten, die auch nur wenig verdienten. An eine selbständige Unternehmung war bei der allgemeinen Kalamität nicht zu denken.

Dann suchte er einen ihm befreundet gewesenen Architekten auf, der ihn zu seiner Rückkehr herzlich beglückwünschte und dessen Mitteilungen nicht aussichtsvoller waren, der ihm aber einige nützliche Winke in bezug auf Personen von Einfluß gab, an die er sich wenden solle.

Dann trieb er sich bis zum späten Nachmittag in den Straßen herum, und nachdem er gleichsam immer engere Kreise gezogen, stand er vor dem Haus, worin seine, worin Martinas Wohnung war. Gegenüber befand sich eine Baumallee, er setzte sich auf eine Bank und schaute zu den Fenstern im obersten Stockwerk empor. Es war ein stattliches Gebäude aus der Mitte des neunzehnten Jahrhunderts, ohne aufgeregte Verzierungen; die glatten Mauern waren grau gestrichen und Giebelansatz und Fensterteilungen wirkten wohltuend richtig.

Es war droben nichts zu sehen außer reinlichen Vorhängen und dem Spiegelglanz des abendlichen Himmels in den Glasscheiben. Die Dämmerung fiel, sein Blick wanderte unzählige Male empor und wieder gegen die Straße herab; da sah er einen Knaben, der an der Hand einer jungen Person über den Fahrweg auf das Haustor zuschritt und lebhaft mit seiner Führerin plauderte. Faber hielt sich mit verkrampften Fingern an der Bank fest, dann sprang er auf und hinüber. Die beiden waren im Haus verschwunden, mit blasser Miene blieb er am Tor stehen. Erst nach geraumer Zeit wagte er es, ihnen zu folgen und vernahm noch die helle Stimme des Kindes von hoch oben. Abermals wartete er, darauf schlich er Stufe um Stufe die vier Treppen hinan, und vor der Wohnung verharrte er lautlos wie ein Dieb und stützte sich lauschend auf das Geländer. Allmählich milderte sich die Erregung in seinen Zügen; das Zuschlagen einer Tür, ein befehlender Ruf erschreckten ihn, und er trat den Rückweg an.

Indessen war Fleming schon am Morgen in die Wohnung Klaras geeilt und hatte dieser und Anna Faber Bericht erstattet. Die zwei Frauen sahen ihn an, als zweifelten sie an seinem Verstand, und Anna Faber ließ sich jedes Wort wiederholen, das Eugen gesprochen. Es waren nicht so viele, daß sich Fleming nicht an jedes hätte erinnern können. Er werde sicher im Lauf des Vormittags kommen, meinte er, und fügte hinzu, daß ihm der Mut gefehlt habe, zu Martina zu gehen. Anna Faber wollte, daß man Martina telephonisch benachrichtigen solle; Klara hielt sie mit Mühe davon ab und sagte, entweder sei er bereits bei Martina, dann sei dieses Beginnen töricht und überflüssig, oder er habe sich dazu nicht entschlossen, dann sei es zwecklos und verfrüht, sie zu beunruhigen.

Fleming blieb bis zum Mittag bei den Frauen, und jedesmal, wenn die Flurglocke läutete, sprang Klara auf und stürzte hinaus. Anna Faber konnte sich ins Warten nicht ergeben; sie schlug vor, man solle durch die Polizei in Erfahrung bringen, in welchem Gasthof er wohne; kaum war ihr dies ausgeredet, so wollte sie selbst ausgehen, um in den Hotels am Bahnhof nach ihm zu suchen, und auf Flemings Bemerkung, daß sie ihn schwerlich antreffen werde, auch wenn ihre Nachforschungen Erfolg hätten, schluchzte sie und erging sich in wilden Anklagen der Weltzustände. Klara bedauerte, daß ihr Mann verreist sei; er sei gestern zu einem Freund in die Provinz gefahren, sagte sie. Fleming teilte ihr Bedauern nicht, denn Hergesell war ihm beinahe fremd, und er hielt ihn zur Hilfe schon deswegen für kaum geeignet, weil er auch Eugen fremd war.

Den ganzen Nachmittag über saß Anna Faber mit aufgestützten Armen am Tisch. »Ist es möglich, kann er ein so schlechtes Gewissen haben, daß er Angst hat, ihr vor die Augen zu treten, ihr und mir?« wandte sie sich nach stundenlangem finstern Schweigen an Klara.

Klara, die mit Männerschritten auf- und abging, machte ein Gesicht, wie wenn man sie mit kaltem Wasser angespritzt hätte. »Meinst du vielleicht, er hat sich eine chinesische Frau gekauft?« fragte sie schnöde lachend. »Wir wollen keine Romane ausdenken, Mutter, die Wirklichkeit läßt sich das nicht gefallen.«

Es war gegen neun Uhr abends, da kam er endlich. Anna Faber flog ihm mit einem Aufschrei an den Hals. Er mußte sich erst mit sanfter Gewalt von ihr lösen, verbarg aber seine Ergriffenheit nicht. Klara sagte mit ihrer humoristischen Baßstimme, sie finde, daß er sich sein Erscheinen in jeder Beziehung lang überlegt habe. Danach küßte sie ihn wie ein guter alter Kamerad und betrachtete ihn aufmerksam von oben bis unten.

Als Anna Faber sich soweit beruhigt hatte, um Fragen an ihn zu richten und er erklärt hatte, daß er schon zu Abend gegessen, wußte er, daß das gefürchtete Verhör nicht ausbleiben konnte. Er begnügte sich damit, die Achseln zu zucken, und Miene und Blick verrieten soviel Unruhe und verstörte Gedanken, daß Anna von ihren Versuchen einstweilen abstand. Er berichtete dies und das von der Überfahrt auf dem amerikanischen Schiff, auch von seinen Erlebnissen in den vorhergegangenen Monaten, doch waren es meist nur halbe Sätze, die er vorbrachte und die immer so klangen, als bereue er, sie angefangen zu haben. Er sagte, er habe das Reden verlernt. Die Mutter streichelte seine Hand; er entzog sie ihr langsam; sichtlich war ihm ihr dringlich forschender Blick unbequem. Nicht minder schien ihn die Schweigsamkeit der Schwester zu beirren; das hin- und herflackernde Auge deutete daraufhin. Aber Klara hatte ihren Entschluß gefaßt. »Ich lasse euch jetzt ein wenig allein«, sagte sie, nickte Eugen zu und ging. Im Flur warf sie einen leichten Mantel um, setzte den Hut auf und verließ die Wohnung. Im Hauseingang stieß sie auf Fleming. »Eugen ist da«, rief sie ihm zu, »ich gehe zu Martina und bring sie her. Man muß es ihr sagen, im Telephon hat das keine Art.« Fleming billigte ihr Vorhaben und begleitete die Schnellschreitende bis zu Martinas Haus.

Eugen fragte seine Mutter: »Schlafen Klaras Kinder schon?«

Die Kinder seien bei Hergesells Eltern auf dem Land, erwiderte Anna; es seien prächtige Mädchen, eins blond, eins schwarz, ganz Fabersche Fraktur.

Wie sich Valentin entwickelt habe, Roderichs Sohn, erkundigte sich Eugen weiter.

Anna Fabers Gesicht wurde düster, und Eugen merkte, daß er eine Wunde angerührt. Er wollte von etwas anderm sprechen, aber Anna beugte den Kopf vor und fragte grabend: »Und wie es deinem eigenen Kind geht, willst du nicht wissen?«

Eugen schwieg und strengte sich an zu lächeln.

»Daß du dich auch vor deiner Mutter verschließt, nach Jahren des Wiedersehens, Jahren solchen Kummers, ist das Bitterste, was mir geschehen konnte!« brach Anna Faber aus.

»Gedulde dich, Mutter«, sagte Eugen mit besänftigender Geste, »man muß sich erst sammeln. Man muß erst sehen, wo man steht und ob man noch in eure Welt hineingehört.« Er stand auf und marschierte im Zimmer herum, betrachtete die Bilder, Vasen und Gläser. Anna folgte ihm unablässig mit den Blicken.

»Kannst du mir sagen, was es mit der Fürstin auf sich hat?« warf er in kühlklingendem Ton hin, während er scheinbar interessiert ein Elfenbeinfigürchen ansah. »Da fast in jedem Brief Martinas von ihr die Rede ist, sollte ich besser unterrichtet sein als ich es bin. Aber ich kann mir keine Vorstellung machen. Vielleicht verhilfst du mir dazu. Ist sie wirklich eine so ungewöhnliche Frau, wie Martina sie schildert, so etwas wie eine Heilige beinahe?«

Anna Faber zuckte die Achseln. »Eine Heilige, nicht übel«, erwiderte sie geringschätzig. »Möglich, daß sie eine Heilige ist. Um so schlimmer.«

»Wie meinst du das: um so schlimmer?«

»Du tust nicht gut daran, gerade mich nach der Fürstin zu fragen«, grollte Anna Faber. »Ich stehe mit meiner Ansicht so ziemlich allein. Zwar kenne ich die Frau persönlich nicht, ich gehe nur noch selten unter Menschen, und wie ich höre, ist sie auch nicht das, was man gesellig nennt; im Gegenteil, sie scheint sich ein wenig auf die geheimnisvolle Unnahbare hinauszuspielen und zeigt sich nur einigen Auserlesenen unter ihren Anhängern und Anhängerinnen. Martina bestreitet, daß es das bei ihr gibt, Anhängerschaft. Auch lehrt sie nichts und fordert nichts, sagt Martina, kein Gelübde oder dergleichen. Es gäbe also auch keine Schüler und Adepten. Nun, und was sonst? fragt man. Darauf wird geschwiegen, hochmütig geschwiegen, als wäre man nicht würdig, von der Dame zu reden.«

»Das bildest du dir sicher nur ein, Mutter«, sagte Eugen begütigend, und es war der Stimme anzumerken, wie begierig er war, mehr zu vernehmen.

Anna Faber fuhr in wachsender Erregung fort: »Was man mir von der Frau berichtet und was ich von ihrem Tun und Treiben erfahre, geht mir dermaßen wider die Natur, wie wenn einer vor mich hinträte und spräche: du und dein ganzes Leben und ganzes Wirken, das war nichts als Lüge und Grimasse. Da revoltiert mein Gefühl. Das wirst du begreifen.«

Eugen hatte sich in eine Ecke des Raums zurückgezogen, wo tiefer Schatten war, als wolle er sich unsichtbar machen. »Nein, das begreif ich nicht, Mutter«, erwiderte er mit leiser Ungeduld, »du mußt dich deutlicher erklären. Mit solchen Vergleichen kann ich nichts anfangen. Bleiben wir bei den Fakten. Ist es wahr, daß die Frau so und so vielen Existenzen eine vollständig neue Grundlage gegeben hat? Eine neue seelische oder sittliche, vielleicht sogar religiöse Grundlage; ich weiß es nicht genau, ich halte mich natürlich nur an Martinas Mitteilungen. Die sind ja einerseits sehr präzis. Präzision ist eine ihrer großen Tugenden, andrerseits aber unterliegt sie doch einer fortwährenden Beeinflussung, die ihr gar nicht bewußt werden läßt, wenn sie übertreibt oder färbt. Außenstehende sollen oft kaum wahrnehmen, daß mit den Betreffenden eine solche Veränderung vor sich gegangen ist, eine Umwälzung ihres ganzen Wesens und Charakters geradezu, und das ist es hauptsächlich, was mich interessiert, das kannst du dir wohl denken. Und darauf möcht ich von dir eine Antwort haben; denn beruht es auf Richtigkeit, so läßt es allerdings auf eine merkwürdige Macht schließen, die die Frau ausübt, eine Macht, die zu fürchten wäre und wogegen einige andere Umstände, wie daß sie auf ihre Stellung, auf die Vorzüge ihrer Geburt verzichtet hat, nicht ins Gewicht fallen. Das kann Berechnung sein, Schauspielerei, Exaltation, was du willst. Von Belang ist bloß das eine.«

Er hatte mit einer außerordentlich gesuchten Trockenheit gesprochen, und alle Sätze klangen, wie wenn er sie seit langer Zeit zurechtgelegt und auf ihre Verständlichkeit im stillen geprüft und wieder geprüft hätte. Anna Faber hatte kaum erwarten können, zum Wort zu gelangen. »Ich weiß es nicht«, rief sie aus und erhob sich, indem sie den Stuhl wegstieß. »Ich habe nicht nachgeforscht und kümmere mich nicht darum. Wahr oder nicht wahr, das Verwerfliche bleibt bestehn.«

»Das Verwerfliche? Wieso denn, Mutter?«

»Ja, das Verwerfliche. Die Abkehr von den schönen, stolzen lichten Dingen, für die ich und meinesgleichen einst ihre Opfer gebracht haben. Die Welt ist finster geworden, Sohn. Der Geist hat abgedankt und ist ins Grab gestiegen. Nun treiben die Gespenster ihren greulichen Unfug. Frömmelei und Wirklichkeitsflucht sind am Werk, um frech zu zerstören, was wir mit unserer Herzenskraft mühselig aufgebaut haben. Jammervoll hat die Zeit in den Seelen der Menschen gehaust, wer leugnets? Aber früher lebten wir auch nicht im Garten Eden, und wenn man verzweifeln wollte, gabs doch ein paar aufrechte Streiter, mit denen man Sturm lief gegen den Feind. Wo sind sie? Es ist keiner mehr da. Die Schwärze hat sie verschluckt, und wer das Wort Freiheit in den Mund nimmt, läuft Gefahr, gesteinigt zu werden. Ich sollte mich wehren. Ich kanns nicht mehr. Ich bin müde, ich bin alt, ich muß zusehn, wie meine Saat zerstampft wird.« Mit kurzen starken Schritten ging sie umher und bedeckte ihr Gesicht mit den Händen.

»Freilich, Mutter, wir sitzen alle auf zerbrochenen Säulen«, kam die kühle Stimme aus dem Schatten, »wider das Allgemeine bäumst du dich vergeblich. Auch tust du unrecht, den einzelnen Menschen für das

Scheitern deiner Lebenspläne verantwortlich zu machen. Hat Martina sich gegen dich über die Fürstin geäußert?«

»Daran erinnere ich mich nicht«, versetzte Anna Faber. »Ich glaube, wir hatten einmal einen kurzen Wortwechsel. Ich hatte mich verpflichtet gefühlt, sie zu warnen. Ich weiß nicht mehr, wie das Gespräch entstand und wie es verlief. Es war damals, als Fides zu ihr ins Haus kam. Ich warnte sie vor gewissen sektiererischen und geheimbündlerischen Umtrieben und vor gewissen Persönlichkeiten, deren einziges Bestreben es ist, junge Menschen in ihren Bannkreis zu ziehen und geistig zu ertöten.«

»Nun, und was sagte Martina?«

»Ich weiß nicht mehr, was sie sagte. Mich dünkt, sie sagte überhaupt nichts. Sie sah mich lächelnd an. Sie ist ja so seltsam unempfindlich gegen Argumente. Wenn sie einen Weg geht, blickt sie nicht nach rechts und nicht nach links. Und das blieb niemand verborgen, daß sie dieser Frau mit Haut und Haar verfallen war und noch verfallen ist. Wir haben es mit Schrecken erlebt, und konnten nichts dagegen tun. Wie du dich damit abfinden wirst, ist deine Sache. Jedenfalls steht dir eine schwere Aufgabe bevor, das verrät mir mein Instinkt. Auf Kampf mach dich gefaßt. Solltest du mich brauchen, so ruf mich.«

»Danke, Mutter«, sagte die kühle Stimme, »ich hoffe nicht, daß ich dich brauche.«

Er trat aus der Ecke hervor und murmelte verächtlich: »Kämpfen? Nein. Kämpfen will ich nicht. Um so etwas kämpft man nicht, da wäre man schon besiegt.«

Um eine Antwort zu verhindern, drehte er den Kopf und fragte: »Wo ist Klara?«

Die Mutter, noch mit ihren Empfindungen ringend, sah ihn verwirrt an, da schritt er zur Türe, öffnete sie und rief: »Klara!« Seine Stimme hatte einen Ausdruck von Angst. Er ging in den Flur hinaus und rief: »Klara!« Ein Mädchen kam aus der Küche und starrte ihn verwundert an. Er kehrte ins Zimmer zurück und sagte zu seiner Mutter: »Klara muß fortgegangen sein. Wohin ist sie gegangen?«

Anna Faber trat mit zärtlicher Bewegung auf ihn zu, jedoch er wich zur Seite und wandte sich wie ein Fliehender zur Tür des nächsten Zimmers; er ging auch hinein, und als ihm die Mutter folgte, ging er in ein zweites, dahinter liegendes Zimmer und sagte: »Wenn ihr mir eine Falle gelegt habt, werdet ihr mirs entgelten.« Anna Faber machte Licht, damit er wenigstens sehen könne; auf seinen Zügen malten sich Furcht und Bestürzung, der Blick flehte gleichsam: verbirg mich. Da hörten beide das Öffnen der Korridortüre, und sie hörten Klaras Stimme und hörten noch eine Stimme. Eugen blieb stehen, schlug die Hände vors Gesicht und begann zu zittern; da trat schon Martina herein, lächelnd, bang und heiter lächelnd, schlank, viel schlanker und größer als sie in seiner Erinnerung war. Sie hatte einen weißen Strohhut mit Rosen auf dem aschblonden Haupt, und mit ihrem unsäglich anmutigen Schritt kam sie auf ihn zu.

5.

Sie umarmte ihn zart; sie küßte ihn zart; sie zog ihn unter das Licht und sah ihn an und lachte. Ihre Augen waren feucht, und mit verlegener Miene stammelte sie ein paar Worte. »Alles ist für dich bereit«, sagte sie, »komm nur heim, komm nur mit mir nach Hause.« Sie wandte sich zu Anna Faber und zu Klara, deren stumm-gerührtes Dastehn ihre Verlegenheit steigerte und fragte mit ihrer glockenhellen Stimme, die ein wenig zitterte, und dem leichten Anklang von Dialekt, den ihre Sprache hatte: »Nicht wahr, jetzt ist es höchste Zeit, daß er endlich nach Hause geht, jetzt ist er lange genug in der Welt herumgestreunt, das findet ihr doch auch?«

Sie wartete die Antwort nicht ab und wollte gewiß auch keine haben; sie schob den Arm unter seinen, und abermals lachend, als wäre die Komik der Situation unwiderstehlich für sie, doch mit einem seltsamen Flimmern in den Augen, entriß sie ihn seinem verstörten Schauen und seiner unnatürlichen Gefrorenheit. Ehe er noch wußte wie, waren sie draußen und auf der Straße. Und sie lachte; dabei beugte sie sich vor, um ihm ins Gesicht zu sehen, forschend, mit welcher Miene er das Lachen aufnahm, ob er es wiedererkannte, ob er sich noch wie ehedem dazu verhielt, ratlos und überlegen. Sie ging sehr schnell; bisweilen nur hielt sie inne und sammelte Atem. Es gab nichts Beschwingteres als ihren Gang; das hübsche Soubretten-Näschen hoch in der Luft, mit dem linken Arm sich dicht an ihn schmiegend, fing sie an zu plaudern, und es konnte nicht anders erwartet werden, daß sie von Christoph sprach, von seinem Charakter, seinem Leben und seinen Taten.

Der Knabe mußte nach ihrer Schilderung ein ungewöhnlich originelles Wesen sein; oder war es Absicht, daß sie nur solche Züge berichtete, die ihr erlaubten, ihre Worte in heiterem Fluß zu halten? Doch vielleicht nicht; sie schien zu voll davon, und das Vergnügen an der Darstellung war aufrichtig. Ein Einsamgeher aus anarchischer Veranlagung; tief im Zwiespalt mit der Welt, meist aber recht zufrieden mit sich selber. Doch der Zwiespalt trieb zu Leistungen; er war ein Weltverbesserer, der mit der Zerstörung alles dessen begann, was ihm in die Hände geriet, um nachher erklären zu können, daß es schlecht gemacht sei. Stillen Studien ergeben, hatte er zugleich eine närrische Prahlsucht an sich, und nicht bloß den greifbaren und sichtbaren Dingen hatte er beständig was am Zeug zu flicken, auch dem lieben Gott war er in einer listigen Manier aufsässig. Ja, er war einer von den Selbstgerechten dieser Erde, ein malkontenter Winkelphilosoph, aber trotzdem kein Hocker, weit gefehlt; sein Hang zu halsbrecherischen Kletterübungen machte ihn zum Schrecken der Lehrer und Aufsichtspersonen, außerdem hatte er eine unappetitliche Vorliebe für allerlei Gewürm und niedriges Getier, Engerlinge, Tausendfüßler, Spinnen und Schnecken, von denen er zum Grauen seiner Mutter und seiner Betreuerin Fides schmutzbedeckt und übelriechend ganze Ladungen nach Hause brachte.

Man ertappte ihn in einem entlegenen Schuppen, wo er Theater spielte, er allein; und er allein war Prinz und Zauberer, General und gute Fee und das Orchester noch dazu. Er wacht mitten in der Nacht auf; die Haare hängen ihm wirr ins Gesicht; er erhebt sich, macht Licht, nimmt eine Schere und schneidet sich erbost die Locken ab. Er bildet sich ein, er könne fliegen, steigt eines Tages auf das Hausdach und wirbelt zum Entsetzen der Passanten mit den Armen durch die Atmosphäre. Er will Regenwürmer dressieren und nach Schildbürgerart das Mondlicht in eine Arzneiflasche gießen. Er ärgert sich wütend über Menschen, die bestimmte Redensarten im Mund führen und gibt allem Hausgerät, Stühlen, Tischen, Uhren, Öfen, Truhen kauderwelsche Namen eigener Erfindung.

Sie waren schon vor der Wohnung angelangt, als Martina immer noch erzählte. Sie öffnete; sie führte ihn hinein; zuerst in Christophs

Schlafzimmer. Sie drehte die Nachtlampe auf und zog Faber an das Bett. Sie amüsierte sich still, immer mit dem bangen Flimmern in den Augen, während sie auf die energisch geballten Fäustchen zeigte, die auf der Decke lagen. Faber war betroffen; seine Lippen bebten. Er beugte sich nieder und küßte den Knaben auf die feuchte Stirn. Der schlug die Augen auf, schloß sie aber sogleich wieder und legte sich mit unwilligem Knurren auf die Seite. Faber ging ins Nebenzimmer. Die große Lampe brannte überm Tisch. Er setzte sich. Martina war ihm gefolgt, und jetzt erst schien sie sich bewußt zu werden, daß er noch nicht eine einzige Silbe gesprochen hatte. Da verbreitete sich Blässe über ihre Wangen, und sie richtete den Blick dringlich prüfend auf ihn. Aber die innere Spannung und Anspannung, die das Erbleichen verursachen mochten, vergingen wieder, und sie sagte lebhaft: »Nun wollen wir ein Glas Wein auf deine Wiederkehr trinken, willst du? Ich hab eine Flasche alten Bordeaux, die war für diese Stunde bestimmt. Willst du?«

Sie verließ das Zimmer und brachte nach kurzer Zeit die entkorkte Flasche und zwei Gläser. Sie schenkte die Gläser voll und erhob ihres. Sich gegen ihn neigend und das Glas mit dem oberen Rand an seines stoßend, sagte sie mit lieblichem Lächeln, indes ihre Augen sich niedersenkten: »Die Zukunft, Eugen.«

»Ja, Martina, die Zukunft«, antwortete er, und beide tranken.

»Jetzt hab ich doch deine Stimme gehört«, sagte Martina lachend, setzte sich nahe zu ihm und ergriff seine Hand. Die überließ er ihr gern und betrachtete dabei ihre, betrachtete sie mit eigentümlichem Ernst, als wäre zu ergründen, ob es die Hand noch sei, die er einmal so gut gekannt. Dann schweiften seine Augen durch das Zimmer und blieben an einer Stelle zwischen den Türen haften. Dort war früher Martinas Bild gehangen, das er vor vielen Jahren in Pastell gemalt. »Wo ist das Bild hingekommen?« fragte er. »Warum hast du es weggenommen?« Sie errötete. »Es ist schon lange, daß ich es heruntergenommen habe«, erwiderte sie, »ich weiß gar nicht mehr aus welchem Grund. Oder doch; Christoph mochte es nicht leiden; er weinte einmal darüber und sagte, so grün und so gelb sei mein Gesicht nicht.« Sie lehnte ihre Wange wie abbittend an seine Schulter, und unter dem Stoff vibrierte seine Haut von ihrem leisen Lachen, diesem seltsamen, halb spöttischen, halb innigen Lachen, das eine unhemmbare Lebensäußerung war, Abwehr, Flucht,

Verstecken. Als sei er davon verletzt, fragte er, ob sie denn noch immer alles so belustigend auf der Welt finde. Sie blickte mit gefalteter Stirn zu ihm empor, senkte aber den Blick gleich wieder und schüttelte nachdenklich den Kopf. Da läutete das Telephon draußen. Eugen war erstaunt, denn es war nahe an Mitternacht. Martina eilte hinaus, er hörte sie hastig und mit einer ihm verändert dünkenden, klangloseren Stimme in den Apparat sprechen; es handelte sich um eine Verabredung für eine sehr frühe Morgenstunde und wichtige Entscheidung; Faber stützte den Kopf auf den Arm. Als sie wieder hereinkam, suchte ihre Miene die Störung vergessen zu machen, aber sie setzte sich auf einen andern Stuhl, weiter von Eugen entfernt. Sie forderte ihn auf, zu trinken, und er nippte gehorsam vom Wein, und Martina wollte nun von seinem vergangenen Leben vieles wissen, was sie in seinen Briefen nicht erfahren hatte, jedoch die spärlichen Antworten, die er gab, taten ihr kein Genüge.

Weil sie ihn so wenig mitteilfroh sah, nahm sie nach einer Weile selber das Wort und berichtete von sich selber. Aber zum zweitenmal schrillte die Telephonglocke; sie erhob sich ohne jedes Zeichen von Ärger oder Ungeduld und nannte am Apparat eine Adresse, die man offenbar von ihr verlangt hatte. Sie bat ihn fast demütig um Verzeihung, als sie wieder ins Zimmer trat, und fuhr zu erzählen fort. Nicht in logischer Folge; das war nicht ihre Art. Sie sprang von einem zum andern über, von Begebenheiten zu Personen, von einem bedrängten Zustand zu einer komischen Begegnung; sie schilderte einen bestimmten Tag, die Hast und Unruhe, Fülle der Menschen und Fülle der Geschäfte; dann wieder eine Stunde der Sammlung, ein Gespräch mit dem Kind, einen Ausflug bei Regenwetter, ein Zusammensein mit Anna Faber, Erlebnisse mit früheren Freunden und mit neuen, weit zurückliegende und aus jüngster Zeit; die rühmenswert diskrete und erheiternd onkelhafte Bemühung Jakob Flemings; alles in buntem Durcheinander, unverbindlich und leicht, wie wenn das Bittere längst seinen Geschmack verloren hatte und das Schicksalsvolle ein Gemüt wie das ihre nicht groß belasten könne. Dazwischen eilte sie ins Nebenzimmer, um Schokolade zu holen, die sie Eugen anbot, ging zu einem Strauß Orchideen, der auf einem Rundtischchen in der Ecke stand und sog mit andächtig hingegebener Miene den Duft ein, trat an Eugens Seite und strich ihm mit zärtlicher Hand über das Haar.

Sie mußte wohl das dunkle Staunen in seinen Augen merken und wie mit dem Vorschreiten der Nacht sich immer tiefere Schatten über seine Züge breiteten. Es war das Staunen eines Menschen, der die Dinge genau so verlaufen sieht, wie er sie in beklemmend-hypochondrischer Ahnung lange vorher gefürchtet hat, das Staunen vor dem Wahrwerden, vor der Übereinstimmung von Bild und Wirklichkeit, Wissen und Schauen. Aber auch in Martinas Augen war, abgesehen von tiefer Müdigkeit, ein solches Staunen, ein bedauerndes, schmerzliches und gleichsam jasagendes Staunen, aus Befremden und Traurigkeit gemischt, und all ihr Lachen und Lächeln vermochte nicht die Unbefangenheit vorzutäuschen, mit der sie sich zu geben herzlich bemüht war. Endlich sagte sie mit einem Blick auf die Armbanduhr, man müsse jetzt schlafen gehn. Faber wurde sehr bleich und sah sie erwartungsvoll an. Auf ihre gefalteten Hände niederschauend, fügte sie in kindlich eifrigem Ton hinzu, als ob sie alles sorgend vorausbedacht, was zu seinem Wohlbefinden dienen könne, sie habe das frühere Gastzimmer schon vor Wochen für ihn herrichten lassen. Er nickte und lächelte anscheinend dankbar, und sie gingen zusammen den Flur entlang bis zur Türe jenes Zimmers. Hier schlug Martina die Arme um ihn und küßte ihn und sagte ganz leise gute Nacht und ging. Als aber Eugen drinnen in dem Zimmer war, stand er erst eine Weile wie betäubt, dann legte er sich mit dem Oberkörper auf das Bett und grub das Gesicht in das Kissen.

6.

Am Morgen erwachte er nach kurzem, schwerem Schlaf und lauschte den verworrenen Geräuschen des Hauses. Da bemächtigte sich seiner eine Unruhe, wie wenn jemand, während er noch geschlummert, ins Zimmer getreten sei. Er hob den Kopf, und wirklich sah er an der Tür einen kleinen Menschen stehn, der mit einem Ausdruck von Neugier, Trotz und Listigkeit in den weitgeöffneten grauen Augen unverwandt in die Richtung des Bettes schaute. Faber stieß einen freudigen Laut aus und streckte die Arme nach dem Knaben. Dieser schritt mit gravitätischem Ernst auf ihn zu und sagte rasch, wobei er sich sichtlich gegen die innere Bewegung wehrte, von der er ergriffen wurde: »Ich mag das nicht gern, wenn ein Mann im Bett liegt.«

Faber mußte lachen, nahm ihn bei den Händen und zog ihn zu sich heran. »Warum magst du es nicht?« fragte er.

»Großvater ist auch tagsüber im Bett gelegen, und dann war er tot. Außerdem ist es so weibisch.«

»Weißt du denn, wer ich bin?« fragte Faber, nachdem er ihn herzlich, fast leidenschaftlich auf beide Wangen und beide Augen geküßt. »Ja, das weiß ich«, erwiderte Christoph mit Gewicht, »und ich bin froh, daß ich wieder einen Vater habe. Bloß mit Frauen, das ist langweilig. Da haben die andern Buben auch keinen Respekt vor einem.«

Faber hielt das Kind im linken Arm, und es überließ sich nur allmählich, wie aus Vergeßlichkeit, der zärtlichen Umschlingung. »Erinnerst du dich noch an mich?« fragte er weiter und atmete, mit der Nase förmlich suchend, den Haargeruch des Knaben ein, der anders war als vor sechs Jahren.

Christoph sah ihn scharf an und schüttelte den Kopf. »Nein«, sagte er bedächtig, »aber du gefällst mir. Wir wollen uns kennen lernen. Hoffentlich hast du nicht soviel zu tun wie die Mutter.«

»Hat Mutter so viel zu tun?«

»Das will ich meinen! Den ganzen Tag ist sie fort, und oft am Abend auch und am Sonntag auch. Nur Fides ist immer da. Sie ist sehr lieb, die Fides.«

»Schön«, sagte Faber, »wir werden versuchen, ob wir uns miteinander vertragen. Du darfst aber die Geduld nicht verlieren, denn mit Buben, weißt du, hab ich seit vielen Jahren nicht verkehrt.«

Christoph nickte. »Ich muß jetzt in die Schule«, erklärte er resigniert, »nachmittag hab ich frei, da erzählst du mir deine Abenteuer. Ja?« Faber versprach es.

Er kleidete sich langsam an. In Schrank und Kommode fand er Anzüge und Wäsche geordnet, alles sauber, alles an seiner Stelle, als wäre er gestern fortgegangen. Martina hatte zu früher Stunde das Haus verlassen; sie ließ ihn durch Fides wissen, daß sie zu Mittag zurück sein werde. Der freudig-leuchtende Blick der Bestellerin und die hübsch-entschlossene Art, wie sie ihm zum Willkomm die Hand bot, fielen ihm auf. Sie war ziemlich groß, von brünettem Typus, ungemein anziehend in Haltung und Manier und mochte etwa sechsundzwanzig Jahre zählen.

Aus Martinas Briefen wußte er, daß sie seit ungefähr zehn Monaten im Hause war. Im Oktober des vorigen Jahres hatte Martina geschrieben, die Fürstin habe sie mit einer jungen Person bekannt gemacht, die ohne Freunde und ohne Erwerb sei, und auf die Bitte der Fürstin habe sie Fides zu sich genommen. Sie sei die Tochter eines ehemaligen hohen Militärs und habe Schweres erlebt. Worin das Schwere bestand, teilte Martina nicht mit, und in einem späteren Brief gab sie offen zu, daß sie es nicht wisse und daß es eine stillschweigende Übereinkunft zwischen ihnen sei, es unberührt zu lassen. Da die Fürstin über Fides' Vergangenheit genau unterrichtet sei, könne sie, Martina, sich ja bescheiden, zumal das junge Mädchen ihr ganzes Vertrauen gewonnen habe. Und wieder in einem andern Brief deutete sie das Zwitterhafte von Fides' Stellung an, wodurch trotz der Freundschaft, die sie verbinde, manche zarte Hemmungen sich geltend machten; die Freundin entlohnen, verbiete sich; aber Fides sei arm; gleichwohl fühle sie sich durch die Zuflucht, die sie bei Martina gefunden, vollauf entschädigt und weiche jeder Erörterung über Geld und Gelddinge stolz und ängstlich aus. Und ihre Dienste seien groß; nicht bloß, daß sie sich Christophs aufs verständigste angenommen und dessen Zuneigung gewonnen habe, sondern es sei ihr auch die Führung der kleinen Wirtschaft allein überlassen und Martina könne sich mit ruhigem Gewissen den Pflichten und Obliegenheiten widmen, denen jetzt ihr Tag gehörte.

Soviel wußte also Faber.

Als er am Frühstückstisch saß und sein Blick melancholisch durch den Raum schweifte, fiel ihm wieder die leere Stelle zwischen den Türen auf, wo vor Jahren Martinas Bild gehangen; er gewahrte deutlicher als am Abend das dunklere Viereck auf der blauen Tapete. Fides kam herein, um den Tisch abzuräumen; er fragte sie nach dem Bild. Sie schaute hin und schien überrascht. »Das Bild der Fürstin?« fragte sie. »Nein«, gab er zurück, »ich meine das Bild meiner Frau, ein Pastellporträt in schwarzem Rahmen.« Die Überraschung in Fides' Zügen wuchs. »Ach das«, sagte sie nachsinnend, »das hab ich nie hier an der Wand gesehen; es hängt drüben in der Kammer, wo Ihre Hefte und Zeichenbretter aufbewahrt sind.« Faber machte ein Gesicht, als finde er die Verbannung begreiflich. »Es ist ja kein Meisterwerk«, versetzte er, »ich hab es selbst gemalt, wissen Sie, und in der Malerei bin ich ein blutiger Dilettant. Würden Sie so freundlich sein, es herüberzubringen?« Das wolle sie gern tun, sagte Fides und ging hinaus.

Nach wenigen Minuten kam sie wieder, das ziemlich schwere Bild schleppend; Faber nahm es ihr ab, trug es zum Fenster und betrachtete es. »Na ja«, murmelte er mit hochgezogenen Brauen, »gelb … grün … es ist ja wahr, aber immerhin …« Er wandte sich zu der schweigenden Fides und sagte: »Sie haben etwas von einem andern Bild erwähnt, dem Bild der Fürstin. War denn das dort aufgehängt? Und warum ist es nicht mehr da?«

»Das weiß ich nicht«, erwiderte Fides mit leisem Kopfschütteln, »bis vor ein paar Tagen hing es noch da. Eine Bleistiftzeichnung, nur der Kopf; eine gute Arbeit, soviel ich davon verstehe, und das einzige Bild, das wir von ihr kennen. Ich weiß nicht, warum Martina es entfernt hat. Komischerweise hab ich es nicht einmal vermißt.«

»Und wo mag es hingekommen sein?« erkundigte sich Faber gespannt.

»Ja, wo mag es hingekommen sein«, wiederholte Fides, den Zeigefinger am Kinn, »warten Sie, es ist vielleicht in Martinas Schlafzimmer, in der Wäschelade. Mir ist, als hätte sie etwas gesagt, daß das Glas zerbrochen ist.« Wieder ging sie hinaus, und in der Tat brachte sie nach einer Weile auch dieses Bild. Es war fast ebenso groß wie das andere und ebenfalls in schwarzem Rahmen. Sie lehnte es an den Tisch und sagte: »Stimmt, die Glasscheibe ist zerbrochen.«

Faber vernahm ihre Worte nicht; sein Augenmerk richtete sich sogleich auf das Gesicht der Frau, das ihm nun zum erstenmal Erscheinung wurde.

Es war ein Gesicht, dessen Anblick wohl geeignet war, den Beschauer zu frappieren, ob er nun wußte oder nicht wußte, wen es darstellte.

Die Frau mochte sechzig Jahre alt sein. Der Kopf war von einer Kapuze umhüllt und erinnerte dadurch an eine Nonne oder Äbtissin, doch hatte die Umhüllung einen Saum von Spitzen, der zweifellos auf Weltlichkeit deutete, und ließ das schlicht gescheitelte Haar sehen. Das Antlitz, außerordentlich schmal, zeigte Linien von bestrickender Zartheit, und jede Form, Stirn, Wangen, Mund, Kinn und Schnitt der Augen war so vollendet regelmäßig, daß man den Porträtisten in Verdacht nehmen konnte, er habe die Natur korrigiert, weil es ihrer nicht habhaft geworden. Dem aber widersprach, daß der Ausdruck der Züge dem Bildnis eine überzeugende Lebenswahrheit verlieh. Eine schmerzlich-kontemplative, madonnenhaft-adlige Heiterkeit rückte das Gesicht wie hinter einen Lichtschleier; so kam ein schwebendes Spiel der Gegensätze zustande, Aufhebung des Wahrnehmbaren durch Geahntes, der Figur durch Schicksal, vor dem der Griffel des Zeichners sich zuletzt doch ohnmächtig erwiesen hatte, so daß Auge und Phantasie beunruhigt wurden und nach Anhalt in der Erfahrung suchten.

Fides' Blicke liefen von Faber zu dem Bild, von dem Bild zu Faber, und es sah aus, als ob sie mit Begierde, mit Erregung fast die Wirkung zu erforschen trachtete, die es auf ihn übte. »Es gibt den rechten Begriff nicht«, sagte sie, »es fehlt das Wesentliche. Das Lächeln fehlt. Die Frau hat Zähne wie ein siebzehnjähriges Mädchen, und wenn sie lächelt, überzieht sich das blasse Gesicht ganz mit Rosa. Das erstaunt einen jedesmal.«

Sie konnte Fabers Erwiderung, falls er eine zu geben gewillt war, nicht abwarten, da die Flurglocke läutete. Statt ihrer betrat dann Jakob Fleming das Zimmer, verklärt, mit ausgestreckten Händen. Faber begrüßte ihn freundlich, doch zerstreut. Seine Aufmerksamkeit war noch von dem Bild beansprucht. Nachdem er ein paar flüchtige Redensarten mit Fleming getauscht, wies er mit einer Kopfbewegung auf die Zeichnung und fragte: »Was ist nun deine Meinung über die Dame?«

Fleming schob die Lippen vor, nahm die Brille herunter, putzte umständlich die Gläser mit einem Zipfel seines Taschentuchs und erwiderte endlich: »In deiner Miene liegt etwas, was mich auffordert, Kritik zu üben. Da wendest du dich an die falsche Adresse. Wahrscheinlich hat man dir Dinge erzählt, die nicht ganz alltäglich klingen. Gefällt dir das Gesicht nicht? Das Bild ist ähnlich, sehr ähnlich. Dem Leben abgelauscht, wie man zu sagen pflegt.«

»Wozu das«, unterbrach ihn Faber unmutig, »antworte offen und grade.«

»Ja, wenn das so leicht wäre«, wand sich Fleming, »was soll dir meine unmaßgebliche Meinung? Du kannst zwanzig Leute fragen, und jeder wird dir was anderes antworten. Es liegt wohl daran, daß alle zwanzig unter dem Niveau bleiben. Das muß ich auch befürchten. Man kommt sich ein bißchen zwergenhaft vor, etwa wie ein vierjähriger Knirps, der die Gegenstände auf dem Tisch nicht sehen kann und die Zehen streckt.«

Faber machte eine ungeduldige Gebärde. »Verstiegenheiten«, murrte er. »Mit Verstiegenheiten bin ich aufgewachsen. Du erinnerst dich: Pedaltreten nannten wir es, wenn meine Mutter in die Superlative verfiel. Du warst doch immer ein leidlich gefaßter Mensch und kein Freund vom Pedal. Was hat dich in solchen Taumel versetzt?«

»Taumel?« rief Fleming komisch verzweifelt, »von Taumel ist nicht die Rede. Zeit meines Lebens war ich in keinem Taumel, mein guter Eugen. Du entrüstest dich am unschuldigen Objekt, wirklich.«

»Zanken wir uns nicht«, begütigte Faber, »kurz und gut: du kennst die Fürstin?«

»Ja, ich kenne sie. Das heißt, ich Hab zwei- bis dreimal mit ihr gesprochen und war drei- bis viermal dabei, wenn sie mit andern gesprochen hat. Ich gehöre ja gewissermaßen zum Bau jetzt. Ich bin seit einigen Wochen dort Lehrer.«

»Wo dort?«

»Na, dort, wo auch Martina ist. In der Kinderstadt.«

»Kinderstadt? Nennt ihr es so?«

»Ja, wir nennens so.«

»Da du die Frau kennst, mußt du mir auch Auskunft geben können, wer und wie sie ist.«

Fleming rückte verlegen auf dem Stuhl. »Natürlich«, stotterte er, »so ungefähr wenigstens. Ich begreife nur nicht …« doch Fabers finster werdendes Gesicht schüchterte ihn ein und er fuhr eilig fort: »Ich zweifle nur, ob ich dich in bezug auf Personalien werde befriedigen können. Daß sie einem unserer ältesten Adelsgeschlecht entstammt, wirst du ohnehin wissen. Neulich versicherte mir jemand, der als sattelfester Genealoge gilt, sie sei verwandt und verschwägert mit allen europäischen Höfen und Dynastien, den gestürzten und noch bestehenden. Aber ich bin ja ein alter Demokrat, und so was imponiert mir nicht. Von ihrer Vergangenheit ist uns fast nichts bekannt. Es geht das Gerücht, daß sie um ihr dreißigstes Jahr herum als Novize in einem Ursulinennenkloster gelebt hat, lange Zeit, daß sie aber dann aus irgendwelchen Gründen zurückgetreten ist. Schwerwiegende Erlebnisse, heißt es, haben sie wieder in die Welt gerufen, aber wie gesagt, darüber wissen wir nichts. Auch über ihre Vermögensverhältnisse herrscht keine Klarheit. Ein Zweig der Familie ist reich; der, dem sie angehört, soll verarmt sein. Was nicht hindert, daß sie fortwährend über bedeutende Mittel verfügt. Allerdings hat ihr die Gemeinde das Terrain und die Baracken halb und halb geschenkt; aber für die bloße Erhaltung sind ja Unsummen erforderlich. Ihren eigenen Besitz hat sie bis auf den letzten Pfennig beigesteuert; aber das war ein Tropfen im Meer. Die Sache ist die, daß Freunde hinter ihr stehen. Mit diesen Freunden muß es eine eigentümliche Bewandtnis haben. Niemand kennt sie, niemand nennt sie. Gewöhnlich wird das Geld für derlei Unternehmungen von philanthropisch gestimmten Kapitalisten aufgebracht; das sind manchmal gute Leute, manchmal minder gute, manchmal soziale Pioniere, manchmal Gelegenheitsgeber und Abzahler von schlechtem Gewissen. Das hier sind unsichtbare und namenlose Spender; oder eine Organisation von Spendern mit zentralisierter Macht. Sie gibt sich wie eine von ihnen Ausgesandte, wie die Beauftragte eines ebenso weitverzweigten wie verborgenen Ordens. Das Ganze ist äußerst geheimnisvoll. Der Charakter ist es, Ziel und Führung sind es. Meines Erachtens spielen da religiöse Strömungen hinein; es sieht aus wie ein großes Regenerationswerk unter einer mysteriösen Diktatur. Aber man durchschaut es nicht. Man spürt nur etwas Neues, etwas, das anders ist als alles Bisherige. Du bemerkst, wie vorsichtig ich mich ausdrücke. Doch bei aller Vorsicht darf ich die Tatsache nicht unterschlagen, daß jeder, oder fast jeder, der in den magischen Kreis tritt, ohne weiteres gesteht, daß er Zeuge von etwas Wunderbarem, etwas Erschütterndem geworden ist.«

Fleming schwieg und spähte blinzelnd zu Faber hinüber, der auf der andern Seite des Tisches saß und nervös auf der Platte trommelte. »Gib zu, daß ich als Fremdling ungläubig sein darf«, sagte er mit einem Ausdruck von Kälte und Abwehr, »was weiß ich noch von euch? Kaum mehr als ihr von mir wißt, und das ist herzlich wenig. Ich habe noch keinen getroffen, der so aus der Art, aus der Menschenart geschlagen wäre, daß ich daran Hoffnungen knüpfen sollte für mich oder für euch oder für das gesamte Geschlecht. Mit dem was uns in die Augen sticht, gehts wie mit den Scheinwerfern; aus der Nähe besehen ist so ein Lichtschleuderer ein erbärmliches Glühstümpchen vor einem Hohlspiegel, und man geniert sich, daß man sich von ihm hat blenden lassen. Gibs zu, gibs ruhig zu.« Fleming schüttelte tadelnd den Kopf. »Kein Anlaß, von Schein und Scheinwerfern zu reden«, entgegnete er. »Es liegt ja alles auf der Hand. Was geschieht, ist alltäglich und selbstverständlich. Wie es geschieht, steht auf einem andern Blatt. Ich weiß nicht, ob du genau unterrichtet bist. Eine Kinderstadt also. Kinder im Alter zwischen fünf und vierzehn Jahren. Vaterlose, mutterlose, vater- und mutterlose, von den Eltern verlassene, von Eltern und Erziehern mißhandelte, auf die Straße gestoßene und verwahrloste, von der Polizei aufgegriffene, bettelnde, halbverhungerte und bereits dem Verbrechen ergebene: keine Spielart fehlt. Von den Einrichtungen will ich nicht sprechen; ich weiß, daß dir Martina ausführlich darüber berichtet hat. Wahrscheinlich auch über den besonderen Informationsdienst, an dem sie in der ersten Zeit teilgenommen hat. Tag für Tag und Nacht für Nacht wandern erprobte Männer, Frauen und junge Menschen durch die Elendsquartiere, ziehen in Häusern und Wohnungen Kundschaft ein, haben ihre Funktionen bei den Ämtern, auf den Bahnhöfen, in den Straßen. Und so in einer Anzahl von Städten. Überflüssig, dir von diesen Labyrinthen des Grauens zu erzählen. Wer lebt, trägts mit. Um wieder auf die Fürstin zu kommen, muß ich feststellen, daß ihre physische Beschaffenheit die zarteste ist, die man finden kann, ihre Arbeitsleistung hingegen derart, daß man nicht begreift, wie sie es bewältigt. Ad eins. Ad zwei, und dabei kann ich mich auf die Aussagen einer ganzen Reihe von Personen stützen, strömt von ihr ein höchst seltsamer Zauber aus, etwas, dem auch ich, Jakob Fleming, der ich hier sitze und unfähig bin, davon Rechenschaft abzulegen, mich nicht zu entziehen vermochte, etwas, das überhaupt nicht häufig vorkommen dürfte in der Welt.«

Er stockte und strich sich mit der Hand über die Stirn. »Bin ich wieder ins verbotene Fahrwasser geraten?« fragte er mit liebenswürdiger Ängstlichkeit. »Zum Kuckuck, mein Lieber«, erboste er sich plötzlich, »warum machst du auch ein Gesicht wie ein Prüfungskommissar? Kann ich was dafür, daß die Frau was Besonderes ist? Ja, was ganz Besonderes, was Außerordentliches, was Großes vielleicht.«

»Es ist nicht erlaubt, von Größe zu sprechen dahier«, sagte Faber mit schmerzlichem und verbissenem Gesicht. »In dieser Weise ist es nicht erlaubt. Schnell hat man bei euch sein Diplom. Zeig mir den großen Menschen, daß ich mich vor ihm beugen kann, aber zeig ihn so, daß ich ihn nicht durch die Brille billiger Schwärmerei sehn muß und in der bengalischen Beleuchtung sattsam bekannter Charitas. Zeig ihn, zeig ihn! Ich kenn keinen, ich seh keinen, ich seh nur die kleinen, die dummen, die bösen. Ich seh nichts von Größe, ich spür nichts von Größe, ich weiß bloß von Gewalt und Raub. Ja! Gewalt und Raub geschieht dahier, geschieht an mir!«

Die letzten Worte schrie er und sprang empor. Fleming schaute ihn bang-staunend an und erhob sich gleichfalls, um ihn zu beschwichtigen; seine Gebärden waren lauter erschrockene Fragen. Doch Faber erschrak selbst. Er schloß eine Sekunde lang die Augen, dann legte er den Arm um Flemings Schulter und sagte hastig: »Nichts. Verzeih. Ich bin unzurechnungsfähig. Hab einen verdammt wirren Schädel. Du mußt Nachsicht haben. Setz dich, mein Bester. Erzähl weiter. Erzähl mir noch von der Frau. Nicht wahr, du findest auch, daß ein Zauber im Spiel ist? Siehst du, das interessiert mich über die Maßen. Gerade das ists was mich interessiert und nichts anderes. Also sprich: worin besteht der Zauber?«

»Mich wundert«, gab Fleming zögernd zur Antwort, »mich wundert sehr, daß du nicht Martina darum gebeten hast oder noch bitten willst. Das wollt ich schon vorhin sagen. Martina ist doch unbedingt die Berufenste dazu. Sie ist viele Stunden des Tags in unmittelbarer Nähe der Fürstin. Keine ist so bevorzugt. Sie wird von allen deshalb beneidet. Niemand kann dir bessern Aufschluß geben. Warum fragst du sie nicht?«

»Das will ich dir erklären«, sagte Faber mit feigem Blick, »aber nicht jetzt. Ein andermal. Halt mich nicht länger hin, Fleming, ich bitte dich: worin besteht der Zauber?«

»Worin der Zauber besteht …« erwiderte Fleming und verzog grübelnd die Stirn, »das ist schwer zu beschreiben. Wie soll man das beschreiben, den Zauber, den ein Mensch hat? Wenn du mich zwei, drei Stunden ruhig nachdenken ließest, damit ich mir einige Umstände aufnotieren könnte, würd ich möglicherweise was Annehmbares und Stichhaltiges zutage bringen. Aber so, mitten im Gespräch; du, das ist schwer. Ich wills aber probieren, um deinetwillen; will mich bemühen. Denk dir ein Paar Augen, stille große ernste Augen wie bei einem neugeborenen Kind. Du weißt ja, neugeborene Kinder haben so einen Urweltblick. Also diesen Blick denk dir. Wenn dich nun dieser Blick trifft, so hast du das Gefühl, du wirst aus dem Schlaf aufgeweckt. Du hast verschlafen, kommt dir vor, wirst aufgeweckt und schämst dich entsetzlich. Ferner denk dir eine Art von natürlichem Betragen, das einen gewissermaßen kitzelt. Man ist so überrascht, daß es einen kitzelt. Hast du noch nie die Erfahrung gemacht: hin und wieder begegnet man einem Menschen, der so natürlich ist, daß einem zumut ist, wie wenn einem die Lösung einer schweren Schachaufgabe gezeigt wird, über der man wochenlang stumpfsinnig gebrütet hat. Was, so dumm warst du, und so einfach ist die Geschichte! Denk dir dazu ein Lächeln ... ja, aber wie soll ich dir das Lächeln beschreiben, das ist ja vollends unmöglich; ein zärtliches und zutrauliches Lächeln ist es; schüchtern, als ob es sagen wollte: entschuldige, daß ich da bin; und dahinter, hinter dem Lächeln leuchtet eine ruhige, tiefe Kraft, eine ruhige, tiefe Seelenkraft.«

Mit zappligen Schrittchen durchmaß er den Raum, kehrte zurück, setzte sich wieder und fuhr mit hilfloser Geste fort: »Aber da bin ich schon am Ende. Bist du aus all dem klüger geworden? Kaum. Ich könnte das Roß anders aufzäumen, könnte dir allerlei kleine Szenen schildern. Stell dir vor: zehntausend Kinder! Da ereignet sich manches, was dann von Mund zu Mund geht. Da brodelt eine Menge Schicksal, da wirbeln Leidenschaften durcheinander, da dringt die Welt herein und lädt haufenweise ihr Böses ab, Unverstand und Verderbnis. Bloß ein Beispiel. Kommt da unlängst ein wüst besoffener Kerl, der sein Töchterchen zurückhaben will; er braucht das Kind, es muß kochen, die Mutter liegt im Spital und so weiter; alles Lügen; in Wirklichkeit hat er das Wurm halbtot geprügelt, wenn es von seinen Bettelgängen nicht genug Geld heimbrachte. Der tobsüchtige Bursche ist nicht zu bändigen, zertrümmert ein paar Fensterscheiben, fuchtelt mit dem Messer herum, verlangt nach der Fürstin; so wird sie ja auch unterm Volk genannt. Man führt ihn zur Fürstin, denn es ist Befehl, jeden, wer es immer sei, wer es fordre, Zutritt zu ihr zu geben. Der Kerl torkelt herein, zufällig war ich dabei, schreit, flucht, höhnt, will das Kind. Sie hört ihm zu; eine ganze Weile läßt sie ihn rasen; dann nähert sie sich ihm, legt ihm die Hände auf den Arm, spricht mit ihm, ganz vertraulich und freundlich wie mit irgendeinem von uns; da verstummt der Unhold, verstummt und starrt sie an, erst blöd-verwundert, dann beklommen und entgeistert; stiert und stiert, macht kehrt, wankt hinaus, lehnt sich draußen an die Mauer und fängt an zu heulen. Du, Eugen, das muß man gesehen haben, um zu wissen, was ein Mensch über den andern vermag. Da nützen keine Worte und Erzählungen, das muß man mit seinen zwei Augen gesehen haben.«

Faber schwieg lange. Endlich sagte er mit finsterm Eigensinn: »Mag es so sein. Ich wills für wahr und wirklich nehmen. Nur bessert es nichts an meiner Lage. Im Gegenteil, es verschlimmert sie.«

»An deiner Lage?« fragte Fleming erstaunt. »Wieso an deiner Lage? Was hat denn die damit zu schaffen, was die Fürstin ist oder nicht ist?«

Faber beugte sich über den Tisch, ergriff Fleming beim Handgelenk und flüsterte mit rauher Stimme und drohendem Blick: »Du kannst es wohl nicht mehr aushalten vor Neugier? Witterst Geheimnisse und möchtest mich zum Schwatzen bringen, was?«

Fleming verbarg seinen Unwillen. Er schüttelte den Kopf und sah Faber teilnahmsvoll an.

»Aber da sind keine Geheimnisse«, grollte Faber, und der Ausdruck seiner Züge wurde immer gehässiger, »hättest du Augen, so müßtest du nicht wie die Katze um den heißen Brei herumschleichen. Hellseher seid ihr nicht, ihr; was euch nicht brennt, blast ihr nicht, und wer nicht schreit, den hört ihr nicht.«

Er starrte traurig vor sich hin. Fleming seufzte und machte nicht ganz ernst gemeinte Anstalten, sich zu verabschieden. Doch Faber hielt ihn mit einem bittenden Blick zurück, der noch rätselhafter war als sein bösartiger Ausfall. »Du hast mich gefragt, warum ich mir von dir erzählen lasse, was ich wissen will, statt von Martina«, begann er wieder, und seine Stimme klang plötzlich weich, »hast du denn gedacht, das ist so einfach? Martina hat mir allerdings genug geschrieben über die Fürstin. Ich habe in den letzten zwei Jahren zweiundzwanzig Briefe von Martina bekommen, und sechzehn handeln beinahe ausschließlich von der Fürstin. Nun ist Martina keine Stilkünstlerin; sie trifft zwar manchmal mit ihren Bemerkungen den Nagel auf den Kopf, aber was sie schreibt, ist vom Augenblick geboren und wie es der Augenblick will. Wir waren ja nie aufs Schriftliche eingestellt. Das Schriftliche war karg zwischen uns. Das Mündliche in gewisser Hinsicht übrigens auch. Ich glaube, wir haben uns mit dreihundert Vokabeln verständigt wie die Bauern.«

»Das ist wahr, Eugen, das ist außerordentlich wahr!« rief Fleming eifrig nickend. »Ihr habt so stumm miteinander gelebt, ihr beiden, in einer so richtigen Stummheit, möcht ich sagen. Mir scheint, ihr habt nie höhere Gespräche geführt, wie man es nennt, habt nie Betrachtungen angestellt, über euch selbst nicht und über Gott und Welt nicht. Ihr habt immer nur von Wirklichem geredet, so ganz bescheiden von Gegenständen und Vorkommnissen. Das ist wahr; damals ist es mir gar nicht weiter aufgefallen; jetzt, wo du es erwähnst, muß ich darüber lachen, so wahr ist es.«

»Siehst du«, antwortete Faber, dankbar für die Zustimmung, »wie kann ich da auf einmal kommen und ein Verhör über jemand anstellen? Ich könnte gelegentlich fragen: was für eine Landsmännin ist die Betreffende? Was für Kleider trägt sie? Was hat sie gestern gesagt, als das und das passierte? Aber doch nicht: was für ein Mensch ist sie? Das wäre doch viel zu weit gegangen. Da hätte mich Martina kurios angeschaut. Ebensogut könnte ich fragen: was fühlst du für mich? Das käme ihr geradezu sinnlos vor; was fühlst du für mich! Verstehst du das endlich, Fleming?«

»Ja, ich verstehe dich genau«, sagte Fleming mit einer Miene, als sei jedes von Fabers Worten eine Offenbarung für ihn.

»Darüber denkt sie nicht nach, was einer für ein Mensch ist«, fuhr Faber in wunderlich belehrendem Ton fort, »das muß sie erfahren. Und wenn sie es erfahren hat, so weiß sie es zwar, aber nicht in der Ratio, sondern im Bilde. Bilder aber lassen sich nicht mitteilen, du hast es ja selber vorhin gestehen müssen. Wollt ich nun von ihr verlangen, sie soll mir ein Bild geben, das heißt, sie soll in Worte fassen, was verschwiegen in ihr lebt, so wäre das nicht bloß ein brutaler Eingriff in ihr Gemüt, sondern die Folge wäre auch, daß sie das Bild nicht mehr sähe und mir statt dessen lauter verkehrtes Zeug auftischen würde.«

Flemings Augen hinter den Brillengläsern wurden rund wie Teller. Obgleich er behauptet hatte, er verstehe ganz genau, schien er doch nur dumpf zu ahnen, was hier vor sich ging und was diesen Mann bewegte, der sich mit gewaltsamer Anstrengung nur, wie ersichtlich war, zu solchen Bekenntnissen entschloß. »Du sagst aber, daß Martina dir eine Menge Briefe über die Fürstin geschrieben hat«, bemerkte er scheu.

Faber lächelte wie über die Frage eines Kindes. »Martinas Briefe sind eben Martinas Briefe«, versetzte er trocken. »Tatsachen, nichts als Tatsachen. Wo sie gewesen ist. Wer zu ihr gekommen ist. Was sich ereignet hat. Was die Fürstin gesagt, getan, gewünscht, geplant hat. Alles hat natürlich den Bezug auf mich, so scheint es wenigstens. Sie nimmt ja an und darf annehmen, daß das was sie so glühend auffaßt und mitlebt, mich ebenso trifft wie sie. Sie vergißt nur, daß ich ausgeschaltet bin. Sie vergißts und wills nicht wissen. Sie spürts und läßt den Faden fallen. Ich aber wußte, es ist etwas weg aus meinem Leben, das ihm so eingefleischt war wie die Lunge meinem Leib. Seitdem ich das wußte, konnt ich eigentlich nicht mehr so recht atmen. Und es ist noch etwas Quälendes dabei, etwas entsetzlich Quälendes. Wenn ein Kranker den Namen seiner Krankheit kennt, so beruhigt ihn das gewissermaßen. Der Mensch muß seine Krankheit benennen können, sonst wird er trübsinnig oder noch was Schlimmeres. Es sind welche in die Heimat zurückgekehrt, die sind grausam enttäuscht worden. Man hat sie betrogen, man hat ihnen die gelobte Treue nicht gehalten; die Frau hat einen Liebhaber gehabt, mehrere Liebhaber gehabt, hat vielleicht sogar anderweitig geheiratet, weil sie ihn tot geglaubt; das hat Hand und Fuß, da weiß man wie man sich zu benehmen hat. Der arme Teufel kann die Möbel zertrümmern, kann schießen, kann irgendwem den Hals abschneiden; aber ich? Was soll ich tun? Ich weiß nicht einmal, was vorgeht und ob ich das Recht habe, mich zu beklagen.«

»Du, Eugen, am Ende sind das lauter Hirngespinste«, redete ihm Fleming treuherzig zu, »wärs nicht am einfachsten, du gingst mal zur Fürstin und sprächst mit ihr? Du solltest mal sehen, wie rasch die leeren Blasen platzen würden.«

»Ich habe nichts mit der Fürstin zu sprechen«, erwiderte Faber schroff, »ich habe nichts mit ihr zu tun. Nur mit dem Schatten hab ich zu tun, den sie wirft und der alles in meinem Leben finster macht, was einmal licht gewesen ist.«

Man hörte Stimmen; die Tür ging auf und Martina trat auf die Schwelle. Hinter ihr stand Fides und hielt einen riesigen Rosenstrauß in der Hand, den Martina mitgebracht. Das Wissen um den Besitz der Rosen machte ihr Gesicht noch strahlender als sonst.

Sie war amüsiert, als sie die beiden Männer in ernsthafter Haltung einander gegenüber sah. Die Heiterkeit steigerte sich zu hellem Gelächter, das nicht ohne einen Beiklang von Verlegenheit war, als sie die an die Wand gelehnten Bilder erblickte, das der Fürstin und ihr eigenes.

7.

Es war um die Dämmerungszeit; Faber hielt den Knaben auf den Knien und erzählte. Die begierigen Augen lösten seine Zunge aus jahrelangem Bann. Kaum wagte Christoph die Lider zu schließen, als fürchte er, es entgehe ihm etwas, wenn er den Blick nicht ununterbrochen auf den Mund des Erzählers heftete.

Das trostlos Eintönige der Gefangenschaft berührte Faber nicht; der Neigung zum Unheimlichen und Phantastischen bot die Natur Stoff genug. Von Wölfen zu vernehmen, die über die unendlichen Schneeflächen in mordlustigen Rudeln zogen, war allein schon Märchen. Die gewaltigen Ströme, grün vereist; unter der Erde vergrabene Dörfer, von denen in der Ebene nur ein paar Pfähle kündeten; Wälder, durch deren Dickicht kein Jäger zu dringen vermochte und die Hunderte von Meilen bis ans Polarmeer hinaufreichten. Wenn der Schnee schmilzt, ist alles Land überschwemmt; wochenlang mußt du im Boot fahren, eh du ein Ufer gewahrst. Bleigrau liegt das Wasser, die Schneegänse ziehen nach Norden, Fischreiher schießen herab und holen sich Nahrung aus der Flut. Schön sind manchmal die Nächte in der Unendlichkeit; die Sterne dicht nebeneinander gestickt, die Milchstraße als ein silberner Teppich; aus weiter Ferne kommt schwermütiger Gesang; ein Nachtvogel schnalzt in der Luft. Da wandert man gerne, wenn man wandern kann, wenn man frei ist …

Aber Christoph will Abenteuer hören. Man hat ihm von der Flucht des Vaters erzählt; er will es von ihm selber hören. Man muß sich die Gelegenheit zunutze machen, wenn man einen Vater besitzt, der spannende Dinge erlebt und sich nicht übel dabei betragen hat. Aber dies fällt Faber nicht mehr so leicht. Immerhin, er versucht es; und es läßt sich ganz erbaulich an für Christoph; die geheimen Verschwörungen und Bestechungen; daß ein Chinese gedungen wird, um Kleider zu besorgen; äußerst gruselig und angenehm das Warten auf die vereinbarte nächtliche Stunde; höchst aufregend das Entrinnen in der Finsternis, Kriechen auf allen Vieren, durch die Sümpfe waten, beim geringsten Laut sich im Gestrüpp verbergen, beim Nahen des Tages die Spuren verwischen und in einem ausgedörrten Regenloch liegen bleiben, zugedeckt mit Sand und Laub bis es Abend wird; es ist zum Jauchzen prächtig, und man genießt es, zu wissen, daß andere, die bereits Fluchtversuche unternommen haben, mit Lagerhunden verfolgt, zurückgeschleppt und erschossen worden sind.

Faber, über den die Erinnerung Gewalt erlangt, malt wie träumend fremde Landschaft hin, erspürt mit Sinnen, die die Einsamkeit tausendfach geschärft hat. Mittlerweile ist Fides ins Zimmer getreten, hat sich leise ans Fenster gesetzt und lauscht. Fabers Stimme verändert sich unmerklich, wie wenn ein Druck auf ihm lastete, den er doch nicht weg wünscht. So fuhr er fort, sich mit halblauten Worten in Asiens Unermeßlichkeit zurückzuträumen, und Christoph muß die Ohren spitzen, um keine Silbe zu verlieren. Die unbetretenen Graswüsten und Furcht vor Begegnung mit nomadischen Horden; gelb und starr aufsteigend das pfadlose Gebirge; wo eine Karawanenstraße ist, muß man sie meiden; in den Felsennestern hausen Räuberbanden; die spärlichen Ansiedlungen sind von bissigen Hunden bewacht, die jeden, der sich nähert, zerfleischen; in einem Dorf ist man an einen Händler empfohlen, der den Führer machen soll; Soldaten suchen die Gegend nach Flüchtlingen ab, und man wird in einem feuchten, von Ratten bevölkerten Keller verborgen, neun Tage lang. Eines Nachts geht es endlich weiter; groß und geheimnisvoll ist das Land; alle Farben erschrecken; alle Formen wie aus einer Welt, die man sich nur einbildet. Nach vielstündigem Marsch taucht ein von Papierlaternen beleuchteter Tempel auf; wunderlich wogt die Erde in der purpurbestrahlten Dunkelheit; es sieht aus wie ein vom Wind bewegter See, doch es sind lauter menschliche Körper, die hingestreckt liegen, Beter und Büßer, soweit man blicken kann. Als der Morgen graut, kommen drei ungeheure Gestalten den Berg herab; vergrößert sie das bleiche Zwielicht so furchteinflößend, oder sind es wirkliche Riesen? Sie ähneln farbigen Wolken und tragen gestickte Gewänder; ihre Gesichter mit den glanzlosen Jetaugen sind grausam, und sie schreiten als wären sie blind. Wer mögen sie sein? Und eines andern

Tages kommt man zu einer Stadt, deren Häuser alle an einer tausend Meter hohen Felswand angeklebt sind; die Gassen sind wie Leitern; unsägliches Gewimmel herrscht in ihnen; unten auf dem Strom ruhen Barken ohne Zahl; auf einer steht ein Löwe, frei, kettenlos; in einer andern liegen gefesselte Sklaven wie Bananenbündel. Faber trägt ein chinesisches Kleid; er folgt seinem Führer die Treppengassen hinauf, durch das unsägliche Gewimmel von Kindern und Tieren und Buden und Karren; da stürzt ein Mensch mit drohend geschwungenem Säbel auf ihn zu, der vielleicht trotz der Verkleidung den Fremden erkannt hat; schon glaubt er sich verloren, als ein weißbärtiger Greis des Weges kommt und gebieterisch den Arm erhebt; er bedeutet den Fremdling, ihm zu folgen und sie gehen in ein seltsam schönes Haus, wo er den müden Gast bewirtet und pflegt und mit Sorgfalt umgibt und seine verwundeten Füße heilt, alles stumm und sanft und freundlich. Dann geht es auf einer viele Tage währenden Fahrt auf einer Barke den riesigen Strom hinab, dem Meere zu, und in der großen Stadt am Meer, zaubervollsten aller Städte, harrt er Monat um Monat und denkt an die Heimat, denkt an Christoph ...

Plötzlich erhob er sich, stellte das Kind auf den Boden und verließ das Zimmer. Christoph schaute ihm betroffen nach. Er ging zu Fides ans Fenster, wo man noch sehen konnte; im Zimmer war es finster. Und sie sah in seinen großen grauen Augen Stolz, Ergriffenheit und Unruhe. Mit einer zerstreuten und versonnenen Gebärde strich sie ihm mit der Hand über das Haar, und während sie den Lichtschalter aufdrehte, seufzte sie leise. Da war Christoph schon emsig bemüht, aus zusammengestellten Stühlen ein Automobil zu fabrizieren, und einen alten Gummiball als Hupe benutzend, gab er garstige Alarmsignale von sich. Ein wenig später verwandelte sich das Fahrzeug: es wurde ein chinesisches Flußboot daraus, das gefesselte Krieger beförderte, und als Fides mit dem Abendbrot kam und an die Schlafenszeit mahnte, fand sie ihn in tiefen Gedanken an Bord sitzen. Er sagte mit gerunzelter Stirn: »Glaubst du, daß der Vater wieder gern bei uns ist? Wenn man so wunderbare Sachen erlebt hat, kanns einem zu Hause doch nicht mehr gefallen.«

»O doch«, erwiderte Fides, »die wunderbaren Sachen hören sich oft schöner an als sie beim Erleben sind. Ich glaube bestimmt, daß er gern da ist.«

»Wenn er wieder fortgeht, muß er mich mitnehmen«, sagte Christoph entschlossen, »einen Schildknappen kann man immer brauchen. Ich muß nur herausbringen, ob er mich für stark genug hält. Dann können wir die ganzen Chinesen unterwerfen.«

»Ja, das solltet ihr tun«, pflichtete Fides bei, »es sind sicher recht gefährliche Leute.«

»Nicht alle, aber die meisten, wie?«

»Freilich nicht alle; es gibt fromme und weise Menschen bei den Chinesen, soviel ich weiß.«

»Tausendjährige, nicht wahr?«

»Auch tausendjährige.«

»Findest du nicht, daß der Vater manchmal aussieht als wär er tausend Jahre alt?«

»Wieso? Das find ich nicht …«

»Ich kanns dir nicht erklären. Er schaut einen so an, so alt, so ganz alt. Gefällt er dir?«

»O ja, er gefällt mir gut.«

»Möchtest du seine Sklavin werden?«

»Sklavin? Das gibts doch bei uns nicht.«

»Bei uns, na ja; aber wenn du mit nach China gingst, könntest du seine Sklavin werden. Ich der Knappe und du die Sklavin. Fein, nicht?«

»Und deine Mutter? Was sollte die derweil beginnen?«

»Das muß ich mir noch überlegen. Vielleicht kommt sie uns nach, wenn sie sieht, daß wir Ernst machen.«

»Wie meinst du das: Ernst machen?«

Der Knabe schwieg, spähte schlau zu Fides empor und zuckte die Achseln. Fides, mit einem Blick auf die große Pendeluhr, beendete das Gespräch und Christoph mußte sich der Stunde fügen.

8.

Faber schritt in seinem Schlafzimmer hin und her, nahm ein Buch zur Hand, legte es weg und schritt wieder hin und her. Er öffnete die Tür zum Flur und horchte hinaus, dann öffnete er das Fenster und blickte auf die abendlichen Straßen hinab. Die Alleebäume gegenüber rauschten im Regen, die feuchte Luft trug das ferne Pfeifen von Lokomotiven her. Als habe er einen waghalsigen Entschluß gefaßt, verließ er rasch den Platz am Fenster, durchschritt Wohnzimmer und Flur und betrat Martinas Schlafzimmer. Er machte Licht und schaute sich um.

Er kannte alle Gegenstände hier, doch schien es als habe er sie in der langen Zeit vergessen und wolle die Wirklichkeit mit der Erinnerung vergleichen. In einem großen Ovalrahmen über dem Bett hing die Photographie von Martinas Vater; ein ernst, fast mürrisch blickender Mann mit einem weißen Knebelbart, der dem Gesicht etwas Vornehmes verlieh. Auf den untern Rand des Bildes hatte er mit Monumentalschrift den Vers aus den Metamorphosen des Ovid geschrieben: *Et documenta damus qua simus origine nati.* Einst hatte sich Faber darüber mokiert; ein zu bitteres Wort über dem Lager von Liebenden, hatte er gefunden.

Auf einem mit blauem Cretonne bespannten Lehnstuhl lag das blaue Stoffkleid, das sie gestern getragen. Er strich mit den Fingerspitzen darüber hin und beugte sich ein wenig vor, um den Geruch einzuatmen, der noch von ihrem Körper haftengeblieben sein mußte. Halb unter dem Bett stand ein Paar weiße Lederschuhe; der eine war zugeknöpft, der andere nicht; die Verschiedenheit wunderte ihn. Er ging zum Toilettentisch und musterte die Dinge, die auf der Glasplatte lagen: die Puderbüchse mit der Emailmalerei; das längliche Nadelbüchschen aus Schildkrot; den elfenbeingefaßten Handspiegel mit dem kunstvoll ziselierten Griff; die Parfümkaraffen auf silbernem Ständer; in ein Seidenpolster gesteckt die Gemme mit Martinas Kopf in Profil, die ein junger römischer Freund vor neun Jahren verfertigt hatte; jetzt war er tot.

Alles kannte er genau; es war nichts Neues da; alles besah er genau. Dann schaute er sich wieder im Zimmer um und machte, wie um sich eines zudringlichen Gedankens zu erwehren, eine wegschiebende Geste. Da ging die Tür auf, und Fides trat ein. Sie hatte das Zimmer herzurichten. Überrascht blieb sie stehen. »Ich wollte etwas suchen«, murmelte Faber, ungeschickt zur Lüge, und ging mit erkennbarer Feindseligkeit an ihr vorbei. Fides sagte: »Ich dachte, Sie seien ausgegangen.« Er schüttelte den Kopf und erwiderte, er wolle auf Martina warten. Martina werde spät nach Hause kommen, entgegnete Fides, während sie die Vorhänge zuzog; ob er nicht zu Abend essen wolle? Doch da hörten sie den Schlüssel in der Eingangstür und Martinas Stimme. Faber blieb im Korridor stehen, hinter der Gardine, die die Wirtschaftsräume verbarg. Es war dunkel hier; wieder befand er sich in der Situation des ertappten Diebes.

Ein junger Mensch und eine Frau waren mit Martina gekommen. Sie fertigte beide im Vorzimmer ab. Der junge Mensch übergab Fides eine mit Schriftstücken gefüllte Mappe, die er getragen; der Frau, die wie eine Leiche aussah, brachte Martina ein Dokument, das sie aus ihrem Arbeitstisch in der Wohnstube holte. Als beide fort waren, rief sie im Telephon eine Nummer an und sprach nur die Worte: »Alles erledigt.« Fides half ihr aus dem Mantel; Martina ergriff Fides' Hand und flüsterte in hastigem erregtem Ton mit ihr. So leise ihre Stimme war, Faber hörte doch, wie sie sagte: »Zu Schanden geprügelt. Wund geprügelt. Neun arme Würmer. Du kannst dir im ärgsten Traum so was nicht vorstellen. Ein wahres Mordnest. Die Fürstin ist ganz gebrochen. Wie sagst du? Ja, jetzt sind sie in Sicherheit. Das Scheusal ist verhaftet. Natürlich; eine Krüppelfabrik; Mitleid einzukassieren. Was für ein Abend, Fides! Unausdenkbar schrecklich.« Das Flüstern wurde gedämpfter; schließlich hörte Faber die Frage: »Ist Eugen da?«

Er fand noch Zeit, ins Wohnzimmer zu gehen, ehe Martina ihn sah. Sie kam herein und begrüßte ihn froh. Ihr Wesen hatte sich so verwandelt, daß er erschrak; und es war eine Verwandlung ins Heitere. Was er draußen von ihr gespürt und vernommen hatte, war das Gegenteil von dem was sie jetzt zeigte. Vielleicht war es auch so, daß eine andere Natur hervorbrach, die gefesselt gewesen war. Er vermochte es nicht zu unterscheiden. Er schien nur unruhig bis ins Herz, als sie lustig ihren Ärger darüber äußerte, daß er noch nicht gegessen hatte. Sie selbst habe schon vor zwei Stunden gegessen, sagte sie. Um Vorwürfe von Fides abzuwenden, erklärte Eugen, er habe fortgehen gewollt, habe es aber des Regens halber aufgegeben. Martina und Fides beratschlagten, was man für ihn zubereiten könne, und Fides schlug Eier mit frischem grünem Salat vor. Wenn es Herrn Faber recht sei, fügte sie hinzu und heftete einen eigentümlich mahnenden Blick auf Faber, den er nicht verstand. Martina fand es komisch, daß sie Herr Faber sagte; beinahe ängstlich sah sie sich nach diesem feierlichen Herrn um und lachte aus vollem Hals. Sie mußte zugeben, er war für Fides ein Herr. Salat würde sie auch gern mitessen, sagte sie, aber er müsse gezuckert sein; es verlange sie nach Süßem, das sauer und nach Saurem, das süß sei.

Und sie lachte.

Als Fides gegangen war, erzählte sie, daß sie von einer Menge Leute nach Eugen gefragt worden sei. Die Fürstin lasse ihn grüßen. Er wiederum berichtete, wie er den Nachmittag mit Christoph verbracht, und während er sprach, schien sie beständig froher zu werden. Fides kam mit den bestellten Speisen. Martina klagte, daß sie vom Regen feuchte Füße habe, und Eugen kniete nieder, um ihr die Schuhe auszuziehen. Ganz vertrauensvoll gab sie ihm einen Fuß um den andern, und Fides brachte die Lederpantoffeln. Als sie beide am Tisch saßen, hatte sie eine neue Klage und lachte zugleich über all ihren Jammer; die Haare seien ihr so schwer; sie müsse noch arbeiten und ob Eugen ihr erlaube, die Frisur zu lösen; das Gewicht der Haare ermüde sie in letzter Zeit recht oft. Sie zog die Nadeln aus den Haaren; die braune Flut fiel knisternd auf die Schultern. Während er lautlos aß, spießte sie mit der Gabel Salatblätter aus der Schüssel und amüsierte sich über die Unart, wie sie es nannte. Eugen fragte, was sie am späten Abend noch zu arbeiten habe; sie erwiderte, sie müsse einen Bericht aufsetzen, dessen einzelne Punkte sie mit der Fürstin besprochen habe und die sie nicht vergessen dürfe.

»Ich will nun sehen, daß ich mir einen Verdienst schaffe«, sagte Eugen.

Er brauche damit nicht zu eilen, entgegnete Martina, Ruhe könne ihm nicht schaden.

»Was soll mir Ruhe?« versetzte er. »Sechs Jahre liegen hinter mir wie ein schwarzes Brandloch. Kann ich sie jetzt nicht ausmerzen, werd ich sie nie mehr los. Ich muß sie los werden.«

»Du mußt sie freilich los werden«, sagte Martina sanft, »aber sei nicht gewalttätig gegen dich. Ich will dir helfen. Ich hab schon meinen Plan.«

»Du? Welchen Plan?« Sein Blick irrte vom offenen Fenster, wo er geweilt, zu ihren bewegten Zügen. Martina lächelte (ihr Lächeln war eine ganz andere Art der Lebensäußerung als das Lachen, ein viel aufrichtigeres gleichsam), beugte sich vor, berührte mit der Spitze ihres Zeigefingers sein Kinn und fragte: »Nun, Meister Finsterling, warum so finster?«

Er schwieg. Sie erhob sich, küßte seine Stirn und ging zum Schreibtisch. Ehe sie sich niedersetzte, sagte sie gegen die Wand hin, wie aus Schamhaftigkeit: »Gut, daß du wieder da bist, Eugen.«

»Ists wirklich gut?« brachte er mit gewürgter Stimme hervor, in die sich eine Hoffnung zwängte.

»Ja, Eugen, so gut, so gut«, rief sie, das Wörtchen so in inniger Weise betonend.

Dann lachte sie, dies seltsame Lachen der Scheu, des Innehaltens vor dem Sagen, vor dem Fragen. Sie fing an zu schreiben und bat ihn um eine Stunde nur Geduld; er aber stand auf und ging hinaus und griff nach Hut und Mantel und sagte verzweifelt vor sich hin: »Wer das begreift, wer das begreift …« Auf der Straße war er froh, daß ihm der Regen das Gesicht näßte. Er stürmte nur so dahin und sprach bisweilen unzusammenhängende Sätze, und als er eine halbe Stunde herumgeirrt war, befand er sich vor einem Kaffeehaus, das er in früheren Jahren oft besucht hatte, und er ging hinein. Der Raum war voller Menschen, aber er kannte keinen einzigen. Damals war er hier oft mit Freunden gesessen oder besser gesagt mit sympathischen Bekannten, an die ihn ein Berufsinteresse knüpfte, denn Freunde hatte er nie gehabt, einen wirklichen Freund nie, seit Martina in sein Leben getreten war. Gierig forschte sein Blick, ob nicht einer von diesen Kameraden da sei. Ein leidenschaftlicher Wunsch, mit irgend jemand zu reden, gerade in der jetzigen Stunde zu reden, war in seiner Miene verdichtet; aber es war keiner da, den er kannte, als ob in der Zeit, wo er fortgewesen, die Stadt lauter neue Menschen erzeugt hätte. Da entfernte er sich wieder, irrte wieder im Regen herum, irrte bis zu Flemings Haus, kehrte wieder um, und es war ein Uhr, als er heim kam. Da saß Martina noch immer am Schreibtisch, blaß, müde, leidend, aber mit einem äußerst gespannten Zug über den Brauen und einem tieffunkelnden Blick, und sah kaum empor, schien gar nicht bemerkt zu haben, daß er fortgegangen war.

Eine Weile schaute er ihr zu; endlich legte sie die Feder weg. Da sagte er: »Ich weiß nicht, was ich aus dir machen soll, Martina.«

Sie hob verwundert den Kopf. Dann schüttelte sie den Kopf ein wenig, verfärbte sich ein wenig, sagte aber nichts. Er schloß das Fenster, denn die Nacht fing an kühl zu werden. Er trug einen Stuhl zum Ofen, wo er in Martinas Rücken saß, und stützte die Stirn an die Kacheln. Stille erfüllte das Haus und die Stube.

Martina drehte sich um und gewahrte, wie er gegen den Ofen gekehrt dasaß und sagte lächelnd: »O Falada, der du hangest.« Jäh aufstehend fragte Eugen mit gepreßter Stimme: »Bist du noch meine Frau, Martina?«

Als Martina sein bleiches und zerwühltes Gesicht erblickte, trat sie zu ihm hin und schaute ihn verwundert und immer verwunderter an, wobei ihre Augen im Schatten schwarz glänzten. Aber es war nicht allein Verwunderung in den Augen, sondern auch Angst, lang vorher entstandene, die geschlummert hatte und nun wie durch einen brutalen Stoß erwacht war. »Was du da fragst, verstehe ich nicht«, murmelte sie mit gesenktem Haupt.

»Dann verstehen wir vielleicht einander nicht«, gab er zurück, »oder du weißt nichts mehr von dir und mir.«

Sie hob bittend die Hände auf. Jeder einzelne Finger hatte eine bittende Gewalt. Doch er fuhr trotzig und leidenschaftlich fort: »Ich bin wie in einem stockfinstern Keller, Martina, wo man nicht weiß, wo die Treppe ist und wo das Fenster. Man tastet und tastet; nichts als kalte Mauer. Verstehst du denn nicht? Du sagst, es ist gut, daß ich da bin. Dir nicht zu glauben, bringt keiner fertig, der dich kennt; wie also ich erst. Aber wozu ist es gut, sag mir, wenn ich dich verloren haben soll? Verstehst du denn nicht?«

»Verloren, Eugen?« stammelte sie bestürzt. »Wie kannst du so zu mir sprechen?« Sie umschlang ihn beschwörend mit den Armen. Seine Kälte ließ sie zurückweichen. Sie klammerte sich an dies »Verloren« und sagte verwirrte Worte, die ohne faßlichen Sinn waren. Zwiespalt und Befangenheit malten sich auf ihrem schönen Gesicht, daneben ein letztes Aufleuchten zaghaften Lächelns. Er sah, daß es kein anderes Mittel gab als sie zu verhören, wie es ein Richter tut, dieser stummen, wie in Brunnentiefe vergrabenen und versteckten Seele Frage um Frage zu stellen, Silbe um Silbe abzuringen, nur um ins klare mit ihr und sich zu kommen und einen Weg zu sehen.

Ob sie sich auf ihn gefreut habe?

Antwort war ein vorwurfsvoller Blick.

Ob vielleicht in der Freude ein wenig Furcht, irgendeine Art von Furcht gewesen sei?

Ein banges, zitterndes Nicken. Scheues Erstaunen über so viel Erratungsvermögen.

Wovor aber? Wovor sie sich gefürchtet?

Das wisse sie nicht.

Ob der Dienst, die Aufgaben da draußen, die Person der Fürstin, die Forderungen von dieser Seite sie so erfüllt hätten, daß dadurch alle anderen Gedanken und Empfindungen wären ausgeschaltet worden?

Erfüllt, ja; durch und durch erfüllt; ganz und gar. Aber an ihn gedacht, für ihn sich gesorgt habe sie immer und unveränderlich.

Wovor also um Gottes willen gefürchtet?

Das wisse sie nicht.

Er verfiel in grübelndes Nachdenken. Dann begann er wieder, dringlicher noch: ob es zu irgendeiner Zeit ihre Absicht gewesen, ihm Liebe zu verweigern?

Niemals habe sie dergleichen im Sinn gehabt.

Ob ein anderer Mensch, offen oder heimlich, sie dazu zu bestimmen gesucht?

Wer hätte so töricht sein sollen, war die Antwort.

Sie möge zurückdenken: es gäbe ja so viele Arten, auf ein schwankendes oder verdunkeltes oder in Zwiespalt geratenes Gemüt zu wirken.

Sie schüttelte den Kopf.

So werde er anders fragen, nicht fragen: die Liebe verweigern; sondern: den Körper verweigern; ob dies ihr Wille und Wunsch gewesen?

Abermaliges schmerzliches Staunen Martinas. Verweigere sie ihm denn das geringste? Habe ihm das so geschienen? Da tue er ihr bitter unrecht. Mit nichten verweigere sie etwas, verweigere sie sich. Verweigern? Nein, wirklich nicht. Sie schwieg erschrocken.

Was sonst, Martina? Was sonst, wenn nicht verweigern?

Sie schwieg.

Schwieg, und das Rätsel wurde immer unergründlicher.

9.

An den nächsten Tagen wurde Faber von der Familie gefordert, das heißt hauptsächlich von seiner Mutter, die ihre Rechte mit Ungestüm geltend machte. Sie kam und holte ihn einfach, und wenn Christoph zu Hause war, nahm sie ihn mit, ohne auf Fides' Einrede zu achten. Martina ließ sie wissen, sie möge nachkommen, aber Martina erschien nicht, und es wurde Anna schwer, ihre Bitterkeit zu verhehlen.

Rüstig und betriebsam, wie sie war, hatte sie für Eugen bereits einen Posten besorgt. Sie besaß unter Personen von Einfluß zahlreiche Bekanntschaften; ihre Hartnäckigkeit ermüdete vor keinem Widerstand, und manche Leute waren ihr nur deshalb zu Willen, weil an ihrem Namen die Erinnerung an Kampf und Opposition haftete. So war es ihr gelungen, ihm bei der Wiederherstellung der vernachlässigten öffentlichen Gebäude den ziemlich gut besoldeten Inspektionsdienst zu verschaffen. Im September sollte er das Amt antreten.

Martina erblickte darin kein Hindernis für den Plan, auf den sie hingedeutet hatte und den sie ihm nun verriet; sie hegte begründete Hoffnung, daß er bei den beabsichtigten Neubauten in der Kinderstadt als Architekt werde wirken können. Es sollte sich späterhin nicht mehr bloß um fliegende Baracken handeln; man dachte an solide Anlagen in einem dem Zwecke angemessenen Stil. Faber sagte weder nein noch ja; er verhielt sich kühl und schweigsam, als ihm Martina die Vorteile und Möglichkeiten eifrig auseinandersetzte.

Er schien es überhaupt nicht angenehm zu empfinden, wenn man sich seinet- und seiner Zukunft wegen befliß. Auch als ihm die Mutter freudestrahlend den Erfolg ihrer Bemühungen verkündete, brachte er es nur zu halbem Dank. Anna verübelte es ihm nicht, trotzdem ihr Schwiegersohn Hergesell, der zufällig zugegen war, mißfällig das Gesicht verzog und den Schwager kalt prüfend betrachtete. In Fabers antwortendem Blick war ebenfalls kein Wohlwollen; sie hatten sich beide noch nicht zu dem verwandtschaftlichen Du entschlossen, das Anna für selbstverständlich hielt und zu Klaras spöttischer Erheiterung mehr als einmal verlangt hatte.

Hergesell, wenig über dreißig Jahre, war Kunsthistoriker und gehörte einem exklusiven Kreis von Professoren und jungen Gelehrten an, die sich, weitab von den Wegen der Wissenschaft und Arbeiten des Friedens die Erneuerung vaterländischen Geistes zur Aufgabe gesetzt hatten und in einem leidenschaftlichen Kampf gegen die herrschende Regierungs- und Gesellschaftsform standen. In ihrer geheimbündlerischen und verfeinerten Weise scheuten sie ebensowenig vor den Mitteln des Hasses und der Aufhetzung zurück wie die Tribunen der Straße in ihrer schmutzigen und groben; indem sie hohe Gestalten und verehrungswürdige Ideale zu Dienern und Behelfen ihrer politischen Pläne und Utopien erniedrigten, und ihren Kundgebungen, auf Kunst und Sage, Philosophie und Geschichte bauend, den Ernst und die Dringlichkeit wahrhafter Zeugnisse, zielweisenden Tuns zu verleihen wußten, war die Wirkung, die sie übten, fast unwiderstehlich auf die Jugend und ganz unbedingt verführerisch. Hergesell war von trockener Natur und hatte aufgefaßt und verarbeitet, was ihn von Schauen und Miterleben befreite. Bevor er in diesen Zirkel getreten, war ihm jene freundliche Anmut der blonden blauäugigen Jünglinge eigen gewesen, die sich bis an die Grenze der zwanziger Jahre bewahrt, eine geistige Nettigkeit und Reinlichkeit auch, die ein Ergebnis guter Erziehung und sorgloser Verhältnisse ist; aber ganz allmählich, wie unter einem unausgesetzten Druck, hatte er sich verhärtet, verengert und verknöchert. Vom ersten Augenblick an stellte er in Eugen Fabel den Gegner fest; sie hatten noch kein Wort miteinander gesprochen, da nahm er schon die Haltung des Patriziers gegen den Plebejer an, des Eingesessenen und Edelgeistigen gegen den, der von draußen kommt und fordert, irgend etwas fordert, man weiß nicht was, aber jedenfalls sich selbst und seine dunklen, seine wahrscheinlich zerstörerischen Kräfte in eine gefügte Gemeinschaft zwängt. Und so blieb es, obschon Wort und Gehaben zunächst nichts davon merken ließen.

Faber hatte nicht geglaubt, die Schwester in strahlendem Eheglück zu finden, aber was er wahrnahm, enttäuschte ihn doch. Alles in dem Hause machte den Eindruck gefesteter Wohlhabenheit, und seine beharrlich beobachtende Miene ließ erkennen, daß er daraus gewisse Folgerungen zog, die ihn traurig, vielleicht sogar mitleidig stimmten. Klara mochte dies fühlen, aber sie war weit entfernt, eine Aussprache herbeizuführen, in welcher Erklärung oder Verteidigung so sichtlich erwartet wurde. Im Gegenteil, der Sarkasmus, mit dem sie Eugen behandelte, war noch stachliger als der, den sie gewöhnlich im Verkehr mit Menschen hatte.

Eines Abends waren sie allein, und das Gespräch kam auf ihre frühe Jugend. Eugen erinnerte Klara an die tollen Streiche, die sie begangen. Wie sie einst mit einem Bündel auf dem Rücken wie ein Handwerksbursch nach Venedig gewandert; wie sie in einer Mondscheinnacht in ihren Kleidern in den Schloßteich gesprungen, um die Wasserrosen zu pflücken, und wie sie dann, naß bis auf die Haut, mit den gelben Blüten im triefenden Haar an der Spitze der Freunde und Freundinnen Lieder singend durch die Straßen gezogen; wie sie, ein halbes Kind noch, sich mit kriegerischem Mut eines Judenjungen angenommen, den eine verwilderte Horde mit Steinwürfen verfolgte, »mit fünfen auf einmal hast du dich herumgebalgt; erinnerst du dich? Und dein Gesicht war von Blut überströmt, als du heimkamst.«

Sie erinnerte sich. Die Stirn trotzig umschattet blickte sie zu Boden und sagte ironisch: »Du gibst mir zu verstehen, daß diese Klara damals eine hohe Vorstellung von sich gehabt hat, was? Ihr Anspruch an Menschen war unerbittlich, meinst du, und so verwegen sies auch trieb, ihr zu nah zu kommen wagte keiner. Sie war nicht für die Wegelagerer da, wenn sie sich auch als Vagabund aufspielte, das willst du mir doch zu verstehen geben?«

Er sah still vor sich hin, ohne zu antworten.

Mit herausforderndem Spott in ihrer Miene fuhr Klara fort: »Du gehst herum wie einer, der was faul findet im Staate Dänemark. Freilich ist was faul, mein Lieber. Aber was willst du tun? Willst du dich als Rebell unter uns niederlassen? Auf deinem Gesicht steht immer zu lesen: ihr gefallt mir nicht mehr, ihr seid mir durch und durch zuwider. Das begreif ich. Fragt sich nur, wie wir dem abhelfen sollen. Dabei geben wir uns noch Mühe, einige unserer schlimmsten Schandflecke zu verheimlichen. Da ist zum Beispiel unser Neffe Valentin. Von dem weißt du noch gar nichts. Es braucht nur sein Name genannt zu werden, und Mutter fängt schon an zu zittern.«

»Was ist mit ihm?« forschte Eugen.

»Frucht«, erwiderte Klara verächtlich. »Du weißt doch, daß er Mutters Augapfel war. Somit Frucht. Mutter hat ihm so lange vorerzählt, daß ein geborener Faber ein Ausnahmemensch ist, und erst recht, wenn er das Glück illegitimer Herkunft hat, bis der junge Mann nicht umhin konnte, seine Maßregeln danach zu treffen. Wir waren ja alle Ausnahmemenschen, du, ich, Roderich, Karl, hast dus schon vergessen? Lauter Musterexemplare mit Sondervorrechten, aber doch nicht so beweiskräftige wie der. Immerhin waren wir auch als zweibeinige Demonstrationen erzeugt und gedacht und sollten dem bürgerlichen Viehzeug vor Augen führen, wie rückständig es ist mit seiner Moral und seinem Katechismus und so weiter. Findest du nun, daß wirs so herrlich weit gebracht haben, Bruderherz?«

Eugen schwieg.

»Um wieder auf besagte Frucht zu kommen, so waren und sind wir dagegen die reinen Engelein, an denen der liebe Gott seine Lust hat. Wie bequem hattens doch die Eltern in früheren Zeiten; wenn so ein Sprößling mißraten war, setzten sie ihn mit einer kräftigen Verfluchung vor die Tür und erklärten ihn für tot. Heutzutag bemüht man sich um seine Seele, wenn auch von Seele so wenig zu bemerken ist wie bei einem Hering. Dieser hoffnungsvolle junge Mann, fünfzehn Lenze alt, verbringt seine Nächte in Champagnerkneipen, teils als Tänzer, du kannst dir denken, was für Tänze das sind, teils als Barkeeper. Damit verdient man jetzt klotzig viel Geld, mußt du wissen. Bis vor einem Monat hat er bei uns gewohnt; Mutter und ich machten den Paravent und brachten es wirklich fertig, daß Hermann von seinem lästerlichen Leben nichts erfuhr. Aber neulich kam er des Morgens mit einem Kokainrausch nach Hause, da hat ihn mein Gatte hinausgeworfen. Wo er seitdem residiert, ist uns nicht bekannt. Bisweilen taucht fahles Gelichter hier auf, um sich nach ihm zu erkundigen; auch eine Art Damen; auch ein Schneidermeister mit unbezahlter Rechnung. Mutter ist in Verzweiflung und Sorge, obschon sie es uns zu verhehlen trachtet, und ich habe sie in Verdacht, daß sie ihre ganze freie Zeit darauf verwendet, sein Logis ausfindig zu machen. Sie glaubt noch an ihn. Sie ist in ihrem Innern fest überzeugt, daß diese Mißgeburt ein Prinz Heinz ist, der bis zur Thronbesteigung mit allerlei Falstaffs und Pistols sein lustiges Unwesen treibt. Mutter nimmt vom Leben nur an, was sie beschließt anzunehmen. Beneidenswert.«

»Du bist hart, Klara«, sagte Eugen.

»Gott sei Dank; wär ich weich, so wär ich längst zu Brei zertreten«, war die brüske Antwort. »Anzustoßen war immer mein Schicksal, darum brauch ich Krusten.« Sie stand auf, trat zum Fenster und sagte abgewandt: »Ich habe schlecht gehaust mit meiner Jugend, das ist es. Ich habe mir die Grenzen zu weit hinausgeschoben. Auf einmal begann mir zu schwindeln. Wenn einem schwindelt, greift man nach einem Halt. Man besinnt sich nicht lang, wenn einem schwindelt. Schluß damit. Laß mich in Frieden.«

Einige Male, wenn Faber gegen Abend die Wohnung der Schwester verließ, begegnete er auf der Treppe einem Jesuitenpater, einem Mann in mittleren Jahren, dessen ruhiges und gescheites Gesicht ihm auffiel. Einmal begleitete ihn Klara ins Vorzimmer, da kam der Priester gerade und Klara machte sie miteinander bekannt. »Pater Desiderio, das ist mein Bruder«, sagte sie, und ihre Stimme klang plötzlich sonderbar matt und gedämpft. Eugens fragender Blick glitt von der Schwester zu dem Priester; beide lächelten kaum merklich.

Im Lauf einer Woche kam er fast täglich zu Mutter und Schwester, obgleich sein Benehmen verriet, daß er sich keineswegs heimisch oder behaglich fühlte, besonders dann nicht, wenn Hergesell zugegen war. Dieser spürte es wohl, und eines Abends, nach dem Essen, äußerte er sich gegen Anna und seine Frau in etwas hochmütigem Ton darüber; er sei nicht gewöhnt, daß man in sein Haus komme, um ihn als lästig zu empfinden, sagte er.

Klara erwiderte achselzuckend: »Es zieht ihn ja auch nicht zu uns, zu mir oder zu Mutter. Es treibt ihn nur weg von daheim. Am liebsten ginge er von sich selber weg.«

»Das mag wohl wahr sein«, pflichtete Hergesell bei, »er ist eine entwurzelte Existenz. Wohin gehört er? Er weiß es nicht. Was erstrebt er? Er weiß es nicht. Wo sind seine tieferen Verpflichtungen? Er hat keine. Von solchen Menschen wimmelt unsere Welt jetzt, und bei den meisten bedarf es nur des Stichworts, und sie werden, … nun, sie werden, was sie eben sind.«

»Eigentümlich, wie genau du Bescheid weißt um den armen Eugen«, sagte Klara mit finsterem Gesicht, während Anna Faber den Schwiegersohn schweigend ansah.

»Wir erleben es jeden Tag, schaut euch nur um«, fuhr Hergesell mit seiner sanften, ein wenig knabenhaften Stimme fort, »der unfruchtbare Geist, der verneinerische Geist, das ist das Übel. Man erklärt sich für frei; man will keine Fessel tragen; recht schön. Aber es gibt Fesseln, die man sich selber anschmieden muß, will man nicht als form- und seelenloses Einzelwesen ein Zufallsdasein außerhalb der ewigen Gesetze und Zusammenhänge führen. Ich kenne Leute, die nur ein Lächeln haben, wenn man von Volksgemeinschaft spricht, von deutscher Nation etwa und deutscher Idee, dieselben Leute, die in eine törichte Ekstase geraten, wenn sie bloß das Wort Menschheit hören. Menschheit, das ist nachgerade ein Vorwand geworden für geistige Unzucht, ein hinterlistiger Weg für alle Arten von Brandstiftung und Verräterei. Sei nicht ungehalten, Klara, ich sage das nur, und ich bitte Mutter um Verzeihung, wenn ich so kühn bin, es zu sagen, weil ihr Fabers immer eine verhängnisvolle Neigung zu, … wie soll ichs nur nennen, zu verantwortungsloser Verbrüderung gehabt habt, zu einem Demokratismus ohne rechten Hintergrund und Aufblick. Und ich glaube bei Eugen rächt sich das am bittersten. Er steht nicht. Er ist kein Mensch, der steht. Er ist ein Mensch, der flieht.«

»Ach was, Blech«, brummte Klara. Sie hatte eine Kerze angezündet, um einen Brief zu siegeln. »Demokratismus; Blech. Was soll überhaupt der lichtvolle Vortrag? Uns bedauernswerte Fabers gänzlich zerschmettern? Laß uns doch noch eine Weile vegetieren, wenn auch auf unsere schlechte demokratische Manier. Wir lieben nicht die Kommandos. Wir lieben nicht, daß man uns zum Rapport ruft. Wir haben keine so strikten Überzeugungen. Wir sind von uns nicht so überzeugt und von … von euch nicht so überzeugt. Wir sind schüchterne Personen.« Sie blies die Kerzenflamme aus, während Hergesell sie erstaunt von der Seite anblickte.

Anna Faber ging ruhelos auf und ab. Als Hergesell sich in sein Arbeitszimmer begeben hatte, trat sie mit totenblassem Gesicht zu Klara und sagte: »In einem Punkt hat er recht: Eugen ist ein Mensch, der flieht. Das hat mich unmittelbar getroffen, weil es eben wahr ist. Was wird nun daraus werden? Sprich, Klara, du bist klug, du siehst die Dinge real: soll ich auch noch diesen Sohn verlieren? Hab ich ihn schon verloren?«

Klara spielte mit dem Petschaft in ihrer Hand. Ihre Lippen waren fest aufeinandergepreßt.

Anna packte ihre beiden Hände so heftig, daß das Petschaft zu Boden fiel. »Was ist mit ihm?« drängte sie. »Du weißt es. Was für ein Unglück droht ihm? Was muß ich tun, um es zu verhüten?«

»Übertreib doch nicht so, Mutter«, antwortete Klara unwillig, »das sind so starke Worte. Unglück; ich weiß von keinem Unglück. Es scheint, er und Martina vertragen sich nicht mehr so wie früher. Es scheint sich zwischen ihnen etwas verändert zu haben. Warum nicht? Wir alle müssen mal raus aus dem Paradies, so oder so. Was heißt das: den Sohn verlieren? Man hat einen Sohn nicht mehr, der dreißig Jahre alt und mit seinem Leben ganz wo anders steht als wo du stehst. Wenn man von Unglück reden kann, seh ich nur eins: daß du deine Hand nicht abziehen kannst. Eine Mutter muß lernen, die Hand von ihren Kindern zu nehmen.«

Sprachlos schaute Anna Faber die Tochter an. Sie wich zurück, tastete nach einem Sessel, ließ sich schwer darauf niederfallen und flüsterte: »Das klingt beinahe als ob ich ein Verbrechen an euch begangen hätte …«

Klara zuckte die Achseln. »Viel zu starke Worte«, sagte sie mit ihrer tiefen Stimme und hob das Petschaft wieder auf.

10.

Indessen wartete Eugen. Er überließ sich der Erwartung wie einer tragfähigen Woge, die den ermüdeten Schwimmer an ein Ufer wirft. Während er Haus und Heim floh, konnte er sich vielleicht einbilden, daß dort entscheidende Umstände an einer Wandlung wirkten. Doch war es nicht so sicher, daß er derlei Hoffnungen hegte. Im ganzen machte sein Wesen einen gedrückten und zerfahrenen Eindruck. Er ließ merken, daß ihn jede Art von Beobachtung belästigte und jede Art von Sorgfalt, die man etwa seinem Behagen zuwandte. So oft Fides ihn nach Bedürfnissen und Wünschen fragte, gab er mürrische und kurze Antworten. Ihr ruhig forschender Blick, er nahm keinen Anstand, es zu zeigen, war ihm ebenso unbequem wie die angstvoll fragende Miene der Mutter. Dann und wann erschien er bei Fleming, saß eine Weile, knüpfte ein belangloses Gespräch an und beeilte sich plötzlich, wieder fortzukommen. Es schien ihn sogar Überwindung zu kosten, sich mit Christoph zu beschäftigen; in den klaren Augen des Kindes lag zu viel natürliche Wißbegier und tadelnde Verwunderung. Auch war es ärgerlich, sich immer erst an die unvermeidliche Fides wenden zu müssen, wenn er den Knaben für ein paar Stunden für sich haben wollte. Als er sich darüber in dunkler Verstimmung bei Fleming beklagte und dieser nicht recht wußte, was er erwidern sollte, fügte Faber widerwillig erklärend hinzu: »Wo soll ich mit ihm hin, sag mir? Spazieren gehen? Ich kann nicht spazieren gehen. Das gehört zu den seltsamen Dingen, die einem da drüben im Osten geschehen: man kann nicht mehr spazieren gehen. Du lachst? Aber ist es nicht vielmehr lächerlich, das was man in Europa so nennt: spazieren gehen –? Ein Mensch, der die Natur als Genußmittel benutzt und sie hinter sich bringt, indem er seine Beine in hygienische Bewegung setzt.«

»Na, na, na«, sagte Fleming bedenklich. »Was hast du denn, mein Lieber, was tust du denn? Verachtest du uns gar so sehr? Mutterschoß und Vaterswerk, alles verachtest du?« Und als Faber schwieg, setzte er leise hinzu: »Du tust mir leid, Eugen. Du kommst mir vor wie jemand, in dem sich Gedanken und Worte und Wollen und Tun gestaut und gestaut haben, daß ihm beinahe die Hirnschale zerbirst. Verkrampf dich nicht, Guter. Weißt du, ein europäischer Mensch ist noch immer etwas Schönes und Edles, ... wenn er einer ist, *nota bene*. Haben wir nicht zweitausend Jahre Wissenschaft und Kunst im Blute und viele tausend Jahre Sehnsucht? Sehnsucht ist nichts Asiatisches.«

»Das mag wahr sein«, murmelte Faber und machte eine Bewegung mit der Hand als wolle er ein Bild von den Augen wegwischen. Er stand auf, ging durch das Zimmer, blieb vor Fleming stehen und sagte mit fernirrendem Blick: »Vielleicht täusche ich mich. Vielleicht bin ich ein anderer geworden und nur ich allein weiß es nicht. Vielleicht ist sie nicht mehr dieselbe und alle wissen es, bloß ich nicht. Das müßte man herauszubringen suchen. Wenn man sich nur einmal eine Sekunde lang mit den Augen des andern sehen könnte! Aber da das unmöglich ist, macht man alles falsch.«

»Ich verstehe nicht, worauf du hinaus willst«, sagte Fleming.

»Ist auch überflüssig«, erwiderte Faber schroff und wandte sich ab. Und abgewandt sprach er: »Heute Nacht hab ich einen Traum gehabt …«

Fleming, der emporschaute, sah, wie ein Schauder über seinen Rücken flog. »Erzähl mir den Traum«, bat er.

Aber Eugen ergriff seinen Hut und ging.

»Daraus kann nichts Gutes werden«, sagte Fleming vor sich hin und nahm die unterbrochene Arbeit an seinem Zettelkasten seufzend wieder auf.

Am selben Abend wartete Faber an der Haltestelle der Tramway auf Martina. Anderthalb Stunden ging er zwischen einer Plakatsäule und einem Laternenpfahl auf und ab und neunzehn elektrische Wagen fuhren durch die einsame Straße bis sie endlich mit der zwanzigsten kam. Sie war überrascht ihn zu sehen, aber sie zankte ihn aus. Damit erweise er ihr nichts Liebes, wenn er auf sie warte, äußerte sie; das müsse ihn ja gegen sie erbittern und sie selbst verliere die Freiheit.

»Freiheit?« fragte er leise und bot ihr den Arm. »Liegt denn so viel daran?«

»Alles«, erwiderte sie ohne Besinnen.

Die nächtlichen Straßen einer Stadt seien etwas Schreckliches, sagte er; sie des nachts allein auf der Straße zu denken, sei in all den Jahren eine der peinlichsten Vorstellungen gewesen, quälender fast als die von Krankheit und wirklicher Gefahr. Sie lachte leise vor sich hin und lehnte flüchtig die Wange an seine Schulter. »Dummer Eugen, wenn du wüßtest, was für Wege ich gegangen bin«, sagte sie.

Er antwortete: »Du siehst ja, ich habs gewußt. Man weiß es unten. Das Nichtwissen oben ist nur die Trägheit der Nerven.«

Ins Zimmer tretend, erblickte Martina die schönsten Blumen, Rosen und Orchideen. Er hatte sie mit Sorgfalt und Kenntnis ihrer Vorliebe ausgewählt und mit vielem Geschmack zu Sträußen gebunden. Wieder war sie überrascht, und es schien, daß die Betrübnis über seine Unrast, sein Nichtbleiben und Nirgendsverweilen, die sie all die Tage her empfunden hatte, sie zu Worten dränge. Keinesfalls vermochte sie sich die

Wandlung zu erklären, und nach welcher Seite auch sie ihre Gedanken lenkte, überall erhob sich die Furcht, das sah man ihr an.

Faber jedoch lauerte mit einer Art von Hunger auf den Ausbruch der Freude, an den er einst gewöhnt gewesen, wenn er ihr Blumen gebracht. Es war, damals, nie ohne einen herzlichen Anlaß geschehen, es war immer wie das Zeichen zu einem Fest. Und jetzt? Sie strich mit kosenden Fingern über eine Malmaisonrose und hielt den Kopf gesenkt. Sie dankte flüsternd. Hatte sie nicht ein wenig die Miene eines Schuldners, der argwöhnt, daß man ihn um Bezahlung drängen wird und nicht weiß, wie er zahlen soll? Der Angst hat, um Frist zu bitten, obwohl viel davon abhängt, daß ihm Frist gewährt wird –?

Eugen grübelte und begriff nicht.

Es zeigte sich aber, daß sie an diesem Abend ganz ungewöhnlich müde war. Sie vermochte sich kaum aufrecht zu erhalten und selbst das Sprechen fiel ihr schwer. Sie ließ sich in den Fauteuil sinken, bat, daß er die Hängelampe herunterziehe, damit der Schein sie nicht blende und schloß die Augen. Er kniete nieder, um ihr die Schuhe auszuziehen; sie ließ es geschehen. Er löste die Nadeln aus ihrem Haar, öffnete die Frisur und ließ die braungoldne Last vorsichtig über die Rücklehne des Sessels fließen. Sie ließ es geschehen und reichte ihm still, mit geschlossenen Augen die magere kühle Hand, die er an die Lippen preßte. Er fragte, ob sie nicht eine Tasse Tee haben möchte. Sie nickte. Es war schon spät, elf Uhr vorüber, Fides war langst zu Bett gegangen, so ging er in die Küche, stellte Wasser auf den Gaskocher, suchte die Teebüchse und bereitete den Tee auf die Art, wie er es in China gelernt hatte. Er trug die Kanne hinein, reichte Martina die gefüllte Schale und hielt die Untertasse, während sie in kleinen Schlücken trank, lächelnd und immer mit geschlossenen Augen.

Dann setzte er sich nahe zu ihr und ergriff ihre Hand. »Sieh doch, wie du dich herunterrackerst«, begann er und streichelte fortwährend ihren Handrücken, »bald wird nichts mehr von Martina übrig sein. Die Wangen sind schon hohl; auf der Stirn sind eins, zwei, drei Leidensfalten, und mit den Lippen, die mal so rot waren, kann man auch keinen Staat mehr machen.«

»Da bin ich ja eine hübsche Vogelscheuche geworden«, sagte Martina wie im Schlaf.

»Sag mir, Martina, wie du wünschest, daß ich sein soll«, fuhr er in tiefer Schmeichelei fort, »sprich ganz offen, ich will mich nach deinen Worten richten.«

Martina wandte ihm das Gesicht zu, ohne die Augen zu öffnen. »Kann man denn anders sein als man ist?« fragte sie, und die blassen Wangen überhauchten sich mit einer rasch wieder vergehenden Röte. »Wie meinst du denn, daß du warst? Wie meinst du denn, daß du werden sollst? Hab ich mich denn beklagt? Wir sind doch erwachsene Leute. Jedes hat seinen Weg.«

»Nicht so, Martina, nicht so«, unterbrach er sie bittend, »ich will über das Mißverständnis hinüber, von denen keiner von uns weiß, worin es besteht. Dazu ist nötig, daß wir einen Punkt finden, wo sich die Wege schneiden. Dann kann man entweder zusammengehen, oder …«

»Oder –?« forschte sie gespannt und tat zum erstenmal die Augen auf.

»Oder nicht zusammengehen. So wie jetzt, daß man sich ein einziges Mal am Tage am Kreuzungspunkt der Wege trifft, das eine zum Verlöschen müd, das andere von seinen Gedanken zermartert, so gehts auf keinen Fall. Und wenn ich sage, daß ich werden will, wie du mich wünschest, um jeden Preis, den du etwa fordern könntest, um jedes Opfer, so meine ich damit selbstverständlich, daß du mir die Gegengabe bringen mußt, das Gegenopfer, den Preis eben, den ich dir wert bin.«

Martina schaute ihn schweigend an. Ihre Augen hatten etwas Sternhaftes, so fern schienen sie, so zitternd in ihrer Ruhe. Plötzlich schüttelte sie heftig den Kopf und sagte fast tonlos: »Nein. Verlang es nicht. Nein. Nein. Nein.«

Faber erbleichte. Aber er behielt ihre Hand in der seinen und streichelte sie nach wie vor. »Und wenn ich dir«, fuhr er fort und beugte den Kopf zu ihr herab, »wenn ich dir diene mit aller meiner Kraft. Wenn mir der Schall deiner Tritte ist, was einem frommen Menschen das Läuten von Feiertagsglocken. Wenn ich aufmerksam und wachsam sein will, wie nie ein Mann aufmerksam und wachsam war. Wenn ich dich wie eine Prinzessin halten und an deinem Blick und Atem hangen will wie das Baumblatt am Licht. Wenn ich meinen Sinn darauf richten will, reich zu werden und zur Linderung von Menschenleiden und Mehrung des Glücks von Kindern tun will, was du bei aller Mühe und

Arbeit doch nicht leisten könntest. Auch dann nicht? Halt, halt, sprich noch nicht. Laß mich dir noch sagen, daß diese Worte nicht wiederkehren können, so wenig wie die Stunde, in der sie gesprochen sind, so wenig wie der Antrieb, der sie jetzt, aber nicht mehr zum zweiten Male formt. Und noch will ich dir sagen, daß damit, mit allen diesen Worten, der Zauberkreis ja schon verletzt ist, darin wir so lang gewohnt haben, du und ich, daß wir also ohnedies schon mit einer Schuld anfangen, die nicht mehr auszugleichen ist. Was antwortest du mir?«

Martina erhob die Hände, packte seine beiden Schultern, sah ihn fest an und erwiderte: »Ich kanns nicht.«

»Warum, Martina?« kam es dumpf und tot von seinen Lippen.

»Warum? Das kann ich dir nicht sagen. Wenn dus nicht spürst, wie du jetzt meine Arme und meine Brust spürst, so kann ich dirs nicht sagen. Ich weiß nur eins, Eugen: so hättest du nicht kommen dürfen.«

Er packte ihre Handgelenke, und preßte sie wie in einem Schraubstock. »Wie meinst du das: So?« murmelte er verstört.

»O Gott!« stöhnte sie. Ihr Kopf fiel auf die Seitenlehne des Sessels, und sie weinte.

Ein paar ewige Minuten vergingen. Dann sagte Faber, er hatte Martina losgelassen und das Gesicht abgekehrt: »Wenn du wüßtest, wie mich friert, wie mich fiebert.«

Sie schnellte mit dem Oberkörper empor und drückte die Faust an ihren Mund. So blickte sie ihn an.

»Ich muß dir einen Traum erzählen, den ich heut nacht gehabt«, sagte er.

Sie machte sich schmal im Sessel. »Komm her«, sagte sie eifrig, »setz dich zu mir, ganz nah zu mir, und erzähl mir den Traum. Komm, mein Liebster, ganz nah zu mir.« Sie umhalste ihn, schmiegte den Kopf an seine Brust und lauschte.

Er erzählte: »Ich saß in einer Matrosenkneipe, in einer Hafenstadt. Um mich herum lauter verkommene, verluderte Subjekte, Männer und Weiber. Niemand kümmerte sich um mich, aber ich wußte, wenn ich die geringste Bewegung mache oder nur eine Silbe rede, fallen sie alle über mich her. Weshalb war ich aber da in dieser Kneipe, in der alles so verrucht und traurig war? Weil ich heruntergesunken war wie in tiefes Wasser, und ich hatte bloß den einen Gedanken: nie mehr wirst du an die Oberfläche kommen, alles Süße hast du verloren. Komischerweise war es besonders dieses Wort: das Süße; das Süße hast du verloren, schrie es in mir; du kannst dir nicht vorstellen, mit welcher Gewalt. Nie hab ich so einen Ausdruck gedacht; außer in diesem Traum ist mir nie so etwas eingefallen. Und das Süße war etwas ganz Bestimmtes, mußt du wissen, es schwebte mir vor als eine silberweiße Eidechse. Ich war so erfüllt von dem Verlangen danach, daß ich mich platt auf den Boden warf, das Gesicht auf die schmutzigen Dielen preßte, und unter dem tobenden Gelächter des ganzen unflätigen Haufens blieb ich liegen, während ich die Fingernägel ins Holz grub und die Lippen blutig schürfte. Da näherte sich mir eines von den Frauenzimmern, das scheußlichste und lasterhafteste von allen; höhnisch entblößte sie ihren Busen, und da, zwischen den Brüsten glitzerte die silberne Eidechse, genau wie ich sie in meinem schrecklichen Verlangen gesehen hatte. Wie ich nun aufspringen will, ergreift sie das Eidechschen und hält es mit den Armen in die Höhe. Ich kniee vor ihr, da grinst sie mich hexenhaft an und schreitet mit dem erhobenen Tier noch rückwärts; und ich, in der Angst und Verzweiflung, ich könnte das silberweiße Gebild nicht erreichen und bis an die Haut bedrängt von all den Menschen in dem engen Raum, krieche ihr auf allen Vieren nach, selber wie ein Tier, und das Johlen und Gröhlen wird immer ärger und reißt mich endlich aus dem Schlaf.«

Es entstand eine Pause. Dann sagte Faber kaum vernehmlich: »Mich dünkt, so einen Traum darf man eigentlich gar nicht erzählen.«

Martina schaute versonnen vor sich hin, lange Zeit. Dann umschloß sie mit den Händen seinen Kopf, sah ihm ernst und gespannt in die Augen und sagte: »Komm in fünf Minuten zu mir.« Damit erhob sie sich und ging in ihr Schlafzimmer. Keine Fiber regte sich an ihm, nicht einmal die Lider zuckten, während er wartete. Und als er dann aufstand, um ihr zu folgen, kam ein Seufzer der Befreiung aus seiner Brust, wie wenn Ketten von ihm fielen.

Aber als sich ihre Körper miteinander vermischt hatten, als Mund von Mund sich gelöst hatte, herrschte ein Schweigen zwischen ihnen, dessen Gewicht und Dunkelheit sich von Sekunde zu Sekunde vermehrte und das sich wie eine Wolke über ihnen ausbreitete. Faber hatte das Gesicht zur Decke emporgerichtet, die Lippen standen halb offen, die

Pupillen waren starr, und in seinen Zügen war förmlich lesbar geschrieben: ist es möglich? Kann das denn sein? Martina lag zusammengeduckt auf der Seite, den Kopf zwischen die nackten Ellbogen geschmiegt, und in ihren Augen flimmerte Scham, die nicht den Mut besaß, sich so zu spüren, indes ihre reine Stirn der Kummer einer Frau belud, die die unwiderrufliche Bestätigung gehegter Furcht und Ahnung erfahren hat.

11.

Faber erhob sich und schlich wie ein Übeltäter aus dem Zimmer. In seiner Kammer angelangt, hüllte er sich in einen Schlafrock und stellte sich, in der Dunkelheit, ans Fenster. Eine Weile malte er mit dem Finger Zeichen und Worte auf das Glas, dann setzte er sich an den Rand des Bettes, schlang die Finger ineinander und stierte betäubt in die Finsternis. Als der Morgen graute, saß er regungslos noch auf demselben Fleck.

Später, mit offenen Augen liegend, hörte er Martinas Stimme im Flur, dann Christophs helle kleine Stimme, die nach ihm fragte, dann Fides' Stimme, die dem Knaben im munteren Ton etwas auf der Treppe nachrief, dann sprachen Fides und Martina miteinander, dann klapperten Tassen; offenbar frühstückten sie; dann ging Martina fort.

Es war ein Regentag. Faber machte sich mit seinen Zeichnungen zu schaffen, blieb aber nicht bei einem Blatt, sondern griff bald nach dem, bald nach jenem, stand immer wieder auf und ging durch alle Zimmer. Er kramte in Schubladen und Schränken, fand eine Flasche Kognak, nahm sie mit in seine Kammer und unterbrach die Arbeit immer wieder, indem er sich einschenkte. Vor Tisch verließ er das Haus, aß in einer kleinen Wirtschaft, setzte sich dann in ein Café, schaute durch die regenbeschlagene Scheibe auf die Straße, und so verfloß Stunde um Stunde. Als es dämmerte, ging er zu Fleming. »Wir wollen heut ein wenig lustig sein, Fleming«, sagte er zu ihm, »ich brauch dich. Ich such mir ein silberweißes Eidechslein.«

»Du bist ja mächtig aufgeräumt, mein Guter«, antwortete Fleming, »wie stellst du dir das vor: lustig sein, und gerade mit mir? Und was für ein Vieh ist das, das du dir suchen willst?« Er war beunruhigt, denn

Fabers Gesicht hatte einen Ausdruck von Verwegenheit und bösem Trotz.

»Frag nicht; nur nicht fragen. Wir wollen eine kleine Höhlenwanderung machen, das ist alles. Erst laß mich mal ein paar Stunden auf deinem Bett liegen, es ist ja nun schon eine schlechte Gewohnheit von mir, daß ich bei dir Siesta halte; dann ziehn wir los.«

Fleming, der für Faber fast den Instinkt einer Mutter hatte, sah, wie es mit ihm stand. Er versuchte gar nicht erst, ihn von dem abzubringen, was er vorhatte, versuchte nicht, ihm zu widersprechen, sondern beschloß, ihm zur Seite zu bleiben. Möglicherweise konnte er dadurch Unheil verhüten. Von Zeit zu Zeit ging er leise in die Kammer und betrachtete die Züge des in bleiernem Schlaf liegenden Freundes. »Am besten wärs, er schliefe weiter bis zum Morgen«, sagte er leise zu sich selber. Eine Hoffnung, die sich nicht erfüllte.

Die Erlebnisse dieser Nacht wurden von Jakob Fleming noch unter ihrem unmittelbaren Eindruck im Annalenheft aufgezeichnet, und bei seiner Wahrheitsliebe und gewissenhaften Beobachtung ist nichts anderes nötig, als seinem Bericht zu folgen, der sich ohne Kommentar und Kritik an das Tatsächliche hielt. Der Bericht lautete:

Als er aufwachte, schwatzte er in ziemlich alberner Weise wieder von der silberweißen Eidechse; ich bat ihn das Gerede sein zu lassen, wenn er mir nicht sagen wolle, was er damit meine. Er drängte hierauf zum Fortgehen und erklärte auf der Straße, er wolle in die sogenannte Fortuna-Bar, wo es, wie er gehört habe, immer hoch hergehe mit nackten Tänzerinnen und sonstigen Späßen. Da ich in meinem Leben nicht in solchem Lokal gewesen war, erschrak ich; bei seiner offensichtlichen Erregung hätte es aber keinen Zweck gehabt, ihn andern Sinnes zu machen, und so ergab ich mich ins Unvermeidliche, indem ich nur trocken darauf hinwies, daß man an derlei Orten eine teure Luft atme und er meines Wissens in Geld nicht eben schwimme. Er erwiderte, er habe Geld genug, habe noch von der Reise her die Brieftasche voller Dollars und schwadronierte überhaupt höchst unleidlich drauflos. Man wollte uns erst, da wir nicht im Gesellschaftsanzug waren, gar nicht in die Bar hineinlassen, aber Eugen wurde so ausfällig, wobei er mit englischem Slang um sich warf, daß man sich nicht getraute, ihn fortzuschicken, vielleicht meinend, man habe es mit einem Ausländer zu tun, der für seinen Übermut auch tüchtig zu zahlen bereit sei. Eugen bestellte sogleich Champagner, den er hinuntergoß wie Wasser, ich mußte mithalten oder mich wenigstens so anstellen, und obwohl er sich anfangs ganz ruhig benahm, wurde mir immer ängstlicher und ängstlicher zumut, denn seine Miene verhieß nichts Gutes. Außerdem wirkten die widrige Musik, der Parfümgeruch, die Hitze, die grellen, lasterhaften, gemeinen Gesichter der Männer und Weiber, die ich um mich sah, niederschlagend auf mich, und wenn ich dazu noch an Martina dachte, blieb mir über alles dies der Verstand stehn. Doch weshalb von mir reden; meine Person bietet hier des Interesses wenig, höchstens daß ich mir den Kopf zerbrach, aus welchem Grund mich Eugen gezwungen haben konnte, den Teilhaber und Gefährten seines Tuns abzugeben. Nichts an mir konnte ihn hierzu ermuntern oder verlocken. Später machte er eine Andeutung darüber, die aber nicht geeignet war, mich aufzuklären.

Unter den Frauenzimmern, deren traurige Aufgabe es ist, die Sinnenlust einer Horde von Vergnügungstigern zu reizen, befand sich eine, die unleugbar sehr schön war, schwarzhaarig, von blendender Haut und verführerischem Wuchs und, soviel ich davon verstehe, eine Meisterin im Tanz. Ihre Pirouetten und Sprünge waren schwindelerregend, und nach jeder ihrer Vorführungen, die nichts weniger als dezent waren, raste das halbbetrunkene Auditorium. Eugen verwandte keinen Blick von ihr. Ich fragte ihn nach einer Stunde schüchtern, ob wir nicht aufbrechen wollten, es sei schon spät; er lachte mir ins Gesicht. Das Mädchen seinerseits hatte Eugens Aufmerksamkeit wohl wahrgenommen; er mochte ihr gefallen, groß und hübsch, wie er ist, mit seiner blassen, leidenden Miene und dem reichen, kastanienbraunen Haar. Allmählich begann sie ihn mit den Augen zu verschlingen; in einer Pause näherte sie sich unserm Tisch, und als ob ein elektrischer Strom zwischen ihnen wirksam gewesen wäre, sprachen sie sofort in einer halb vertrauten, halb fieberhaften Weise miteinander. Das Mädchen hatte nichts am Leibe als einen dünnen Schleier; um die Stirn trug sie eine Perlenkette, die vermutlich unecht war. Sie lachte und lächelte so, daß einem der Atem verging, das muß ich zugeben, und ihr gebrochenes und kauderwelsches Deutsch vermehrte den schwülen Zauber, der von ihr ausging. Übrigens fing Eugen gleich an, mit ihr englisch zu reden, aber es war ein so vertracktes Chinesenenglisch, daß ich kaum etwas, verstand, obwohl mir doch gerade Englisch recht geläufig ist. Ich war vollkommen ausgeschaltet, wie nicht vorhanden für die beiden. Nach einer Weile erhob sich Eugen mit ihr; sie hatte von einem erotischen Tanz gesprochen, den er kannte; Eugen war immer ein vorzüglicher Tänzer gewesen; doch daß er in diesem Raum mit einem verworfenen Mädchen sich schamlos der Schaugier dieser Menschen preisgeben wollte, das glaubte ich nicht ruhig mit ansehen zu können; ich beschwor ihn durch Miene und Gebärde, es zu unterlassen; er stieß mich mit dem Arm zurück. Sie tanzten; ein widriger Tanz war es, zynisch und orgiastisch, mit einer Musik wie wenn Hyänen bellen und Gläser zerschellen, und als sie sich unter schallenden Bravos und Beifallsgeheul wieder an den Tisch begaben, setzten sie sich mit verschlungenen Händen nieder. Auf einmal sah ich, daß das Mädchen den Ring mit dem Saphir schmeichlerisch-lüstern betrachtete, den Eugen an der Hand trug. Diesen Ring hatte ihm Martina vor nun genau zehn Jahren geschenkt; das wußte ich. Kaum beschreiben läßt sich meine Empfindung, als er den Ring herunterzog, um ihn auf den Finger der Dirne zu streifen. Und sie, sie fragte, ob sie ihn behalten dürfe; er flüsterte ihr darauf etwas ins Ohr. Ich konnte mich nicht mehr beherrschen. Eugen, rief ich ihm warnend zu. Er schaute mich groß an und sagte, indem er mir wie ein Halbverrückter zublinzelte, er leihe ihn ihr bloß, er werde ihn morgen wieder holen und ihn auslösen, wie ein Pfand. Diese Worte übersetzte er ihr; sie lachte und umarmte ihn. In diesem Moment wurde sein Gesicht aschfahl. Mit einem Ausdruck von Ekel, wie ich ihn noch nie auf einem menschlichen Antlitz wahrgenommen habe, stieß er das Mädchen so roh von sich, daß sie sich am Tischrand halten mußte, um nicht zu fallen; sie verfärbte sich; das fassungslose Erstaunen in ihren Augen verwandelte sich in unbeschreiblichen Haß; hätte sie ein Messer gehabt, sie hätte ihn sicherlich erstochen; solche Kreaturen sind ja von gefährlicher Leidenschaftlichkeit. Die Szene erregte Aufsehen; man umringte uns; das Mädchen streckte den Arm aus und sagte etwas mit heiserer Stimme; von dem Schleier, den sie trug, hatte sich die Agraffe gelöst und sie stand völlig nackt da; Eugen hatte demütig den Kopf gesenkt; aufgefordert seine Rechnung zu begleichen, reichte er mir die Brieftasche; ein Neger erschien plötzlich auf der Bildfläche, der uns mit drohender Miene hinausbegleitete; ich stammelte: der Ring, Eugen, um Gottes willen, der Ring. Er machte eine zornigwegwerfende Geste. Alles an ihm und er selber erschien mir unbegreiflicher als je.

Wir schritten durch die nachtleeren Straßen. Es schlug drei Uhr. In der Nähe des Gerichtsgebäudes, in einer dunklen Gasse, kamen wir an einer Wein- und Schnapsschenke vorbei, die noch oder vielleicht schon wieder geöffnet war. Eugen zog mich mit hinein. Ein paar fragwürdige Gäste saßen bei trüber Beleuchtung an den Holztischen; zwei oder drei von ihnen schliefen. Wir setzten uns in einen abseitigen Winkel und Eugen verlangte Kognak. Ich bat ihn inständig, er möge doch den Fusel nicht trinken, der hier verzapft würde; er achtete nicht darauf. Eine Zeitlang saß er schweigend und trank das höllische Gebräu, von dem man eine ganze Bouteille vor uns hingestellt hatte; auf seiner Stirn perlte seiner Schweiß. Auf einmal wendet er sich zu mir und spricht: »Du bist nun Zeuge gewesen. Man kann nicht behaupten, daß ich die Dame gleichgültig gelassen hätte. Verdammt schöne Dame. Die verzehrt zehn auf einen Sitz, zehn in Frack und Lackschuhen, und bleibt bei Appetit wie vorher.« Er wischte sich mit dem Taschentuch die Stirn. »Was soll das?« frag ich. »Du wirst doch nicht sagen wollen, daß das eine Dame ist?« Er lacht. »Entrüste dich nicht, tugendhafter Fleming«, antwortet er, »ich meine bloß, daß ich keine ausgeblasene Hülse bin. Ich hätte sie aufziehen können wie eine Stahlfeder, bis zum Klingen. Ich war keine taube Nuß für sie; sie hat gewittert, was für einen Brand ich in ihr hätte entzünden können, und sie in mir, jawohl auch sie in mir. Du warst Zeuge.« Ich sagte achselzuckend: »Ja das war ich.« Er fährt düster fort: »Du bist auf dem Holzweg, alter Fleming, wenn du dich in eine pharisäische Verachtung solcher Frau hineineiferst. Die ist erfahren im Blut und lügt der Natur nichts vor. Sie weiß, was ein Weib zu wissen hat, wenn sie unter den schmierigen Händen des Mannsvolks nur mit einigermaßen heilen Gliedern durchschlüpfen will, und wenn sie mal auf einen den Blick wirft, so kannst du dich darauf verlassen, daß sie ihrer und seiner sicher ist. Da heißts nichts für nichts und viel für viel und fürs Herz unter Umständen alles. So stehn die Dinge.« Ich darauf: »Schön; aber ist es deines Amtes und deiner, Eugen Fabers, würdig, denen das Panier zu halten? Es sind vielleicht andere da, ihnen Gerechtigkeit widerfahren zu lassen, andere, die im Kot nach Perlen klauben dürfen. Du nicht. Und du weißt, warum nicht.« Er schaut mich eine Weile stumm an und fragt sodann: »Glaubst du mir, Fleming?« Es bedurfte hierauf keiner Entgegnung; er ist ja der aufrichtigste aller Menschen, unfähig zur Verstellung. »Glaubst du mir«, fährt er fort, über den Tisch gebeugt, wobei ich in seine ernsten braunen Augen blicken kann, »glaubst du mir, wenn ich dir sage, daß ich in all den Jahren kein Frauenwesen auch nur in Gedanken angerührt habe?« Ich nicke. »Und du meinst doch nicht etwa, daß es an Gelegenheit und Anreiz gefehlt hätte? Die Erde ist groß und das Leben ist weit, und überall rinnt der nämliche Saft durch Menschenadern. Aber da war keine Faser in mir, die ins Glühen gekommen ist, trotz allem, was das Hirn malt, was das Fieber aufwirft aus der Tiernatur. Reden wir davon nicht. Vermutlich hast du darüber nie nachgedacht in deiner zufriedenen Weisheit.« Nein, darüber hätte ich niemals nachgedacht, sage ich. »Gut, das wollt ich nur hören«, antwortet er, »und nun, versteh mich recht und reim dir darauf was zusammen, wenn du kannst: man greift nach dem Becher, der Becher ist voller Wein, verschmachtet setzt man ihn an den Mund und trinkt und trinkt und fühlt auf einmal, es labt einen gar nicht, und es wird einem schaurig kalt zumute und man weiß auf einmal: was du trinkst, ist leere Luft. Wie geht denn das zu? Vielleicht so: die Hand, die dir den Becher reicht, ist nur barmherzig, verstehst du, nur barmherzig, nichts von andrem, was du dir eingebildet hast, nicht etwa ungeduldig, mitzutrinken, nur barmherzig. Und Barmherzigkeit, Fleming, ist das letzte auf der Welt, worauf ich gefaßt bin, wenn ich meinen ganzen Menschen bringe.« Wieder wischt er sich den Schweiß von der Stirn, und ich, leider, ich verstehe nicht. Mir will scheinen, als habe er zu viel von dem eklen Spiritus hinuntergegossen und seine Geisteskräfte seien getrübt. Da er meine Verwunderung bemerkt, lacht er kurz auf und versinkt wieder in sein brütendes Schweigen. Mit Mühe gelingt es mir, ihn zum Aufbruch zu bringen. Draußen dämmerte es bereits; er sagte, er möchte nicht nach Hause, ob er in meiner Wohnung schlafen könne. Wir gingen also zu mir, und ich richtete ihm notdürftig ein Lager auf meinem Sofa. Halbausgekleidet warf er sich hin und fiel sogleich in schweren Schlaf, der ohne Unterbrechung vierzehn Stunden dauerte. Ich selber konnte nur wenig ruhen; erstens weil mein Tag unabänderlich zur nämlichen Zeit beginnt, und dann, weil mich die Vorgänge der Nacht viel zu sehr beschäftigten, als daß ich ein Auge hätte schließen können. Obschon mir bei fortgesetztem Nachdenken manche von Eugens Worten nicht mehr so rätselhaft erscheinen wollten wie zuerst und sich mir, wie durch wolkiges Gespinst, der erschütternde Kampf zweier Seelen enthüllte, bin ich doch im wesentlichen noch ebenso ratlos, und es scheint mir außer Frage, daß nicht nur das Gleichgewicht von Eugens Gemüt verhängnisvoll gestört ist, sondern daß auch Ereignisse stattgefunden haben, die mir verborgen sind und in die er mir keinen Einblick geben will oder kann. Inzwischen habe ich erfahren, daß Martina mit der Fürstin nach England gereist ist, und zwar, ohne vorher Abschied von Eugen zu nehmen, am Nachmittag, ehe Eugen zu mir kam. Die Entscheidung war innerhalb einer Stunde gefallen; um vier Uhr wurde der Entschluß gefaßt, um sechs Uhr waren schon Pässe und Billette bereit. Es handelt sich, wie ich höre, um wichtige Beratungen mit den Führern der Mission; die Fürstin, die natürlich allein nicht reisen wollte, hat Martina als Begleiterin erwählt, und diese soll so glücklich darüber gewesen sein, daß der Brief, den sie für Eugen hinterlassen, nur aus ein paar in aller Eile hingeworfenen Sätzen bestand. Leider vermehrt sie durch solche Unüberlegtheiten das Heikle und nun schon Gefährdete der Situation, und wer sie nicht kennt, wie ich sie kenne, vermöchte wohl an der Dauerhaftigkeit eines Bandes zu zweifeln, das ich, meinerseits, für geradezu metaphysisch unzerreißbar halte, nach wie vor, mögen Weltleute und Alltagspsychologen auch die Achseln darüber zucken.

12.

Als Faber gegen neun Uhr abends nach Hause kam, gab ihm Fides den Brief Martinas. Abreise Martinas; darauf war er nicht vorbereitet. Sein Gesicht wurde totenbleich. Er sagte nichts; Fides ging wieder hinaus. Er nahm den Brief noch einmal in die Hand; unwillkürlich zählte er die Worte, die wenigen Worte. Der Ton war von unbefangener Herzlichkeit; es hieß unter anderem: »du kannst dir denken, was es für mich bedeutet, die Fürstin mal ganz für mich zu haben.« Das Schreiben schloß wie folgt: »Es steht noch nicht fest, wie lange wir fortbleiben werden, keinesfalls länger als zehn Tage. Fides wird alles für dich besorgen, meine beiden Männer könnten besser nicht aufgehoben sein. Leb wohl. Deine Martina.« »Deine« war zweimal unterstrichen.

Er saß, den Kopf in die Hand gestützt, da kam Fides wieder und erkundigte sich, ob er nichts brauche. Er bat um schwarzen Kaffee. Es dauerte nicht lange, und sie brachte den Kaffee, breitete das Tischtuch auf, stellte die Tasse hin, alles beinahe geräuschlos. Nicht nur still war sie, es machte auch den Eindruck, als wolle sie unsichtbar sein. Sie trug ein einfaches schwarzes Hauskleid und eine schneeweiße Schürze. So hatten auch ihre Züge etwas auffallend Reines, gleichsam Gescheuertes; der Blick unter den merkwürdig phantasievoll geschwungenen dichten Brauen war ruhig, ohne flimmernde Mitteilsucht, überhaupt ohne Betonung von Anwesenheit und Selbstsein.

»Haben Sie gestern abend nach Martinas Abreise auf mich gewartet?« fragte Faber.

»Ja. Ich bin bis gegen zwölf aufgeblieben«, erwiderte sie, »ich wollte nicht, daß sie den Brief so unpersönlich in die Hand bekamen; ich wollt ihn Ihnen selber geben. Aber Sie sind nicht heimgekommen.«

Kein Untertan von Tadel oder Forschen; nur Feststellung. Er schwieg. Als sie sich entfernen wollte, sagte er: »Möchten Sie mir nicht ein wenig Gesellschaft leisten? Vielleicht haben Sie Lust, auch eine Tasse zu trinken.«

»Gern«, sagte sie, holte eine zweite Tasse, nahm Platz und schenkte sich ein. Er blickte auf ihre Hände, die sehr gut geformt waren, schmal, etwas knochig, mit spitz zulaufenden Fingern und in der Bewegung von angenehmer Sparsamkeit. Er schüttelte den Kopf und sagte vor sich hin, immer die Hände betrachtend: »Ich hatte bisher die Empfindung, als ob Sie mir aus dem Weg gingen. Und nicht bloß das, als ob Sie es in feindseliger Weise täten. Das war wohl ein Irrtum von mir?«

»Ja. Dann waren Sie im Irrtum«, war die trockene Antwort.

»Umso besser. Im Hausgenossen möchte man kein Übelwollen wecken. Aber ich bin störrisch. Unbekannte Menschen machen mich verstockt. Der Unbekannte reizt mich, daß ich nein sage, auch wo ich ja sagen müßte. Mißtrauen liegt mir in der Natur; wie chronischer Fieberdunst. Fast in allen meinen Träumen werde ich ungerecht verfolgt.«

»Sonderbar. Und Sie haben eine so glückliche Jugend gehabt«, sagte Fides.

»Glücklich? Ein dummes Wort: glücklich. Man sollte es nie auf den Zustand eines andern anwenden. Wer weiß vom Glück des Andern? Glückliche Jugend … lassen Sie mal sehen. Wir haben Freiheit gehabt, mehr als wir begehrt haben. Wir sind sogar ohne Religion erzogen worden, damit unser Geist keinen Zwang erleiden sollte. Schließlich, die Religion fordert, daß man sich einem Gott oder einem Dogma unterwirft. Und Unterwerfung sollte uns erspart bleiben. Man hatte solche Furcht, uns einzuengen, solchen Eifer, uns Hemmungen aus dem Weg zu räumen, überzeugte uns mit solchem Nachdruck von der Machtvollkommenheit unseres eigenen Ichs, daß wir allesamt nichts Eiligeres zu tun hatten, als uns, jeder auf seine Manier, die Fesseln selber zu schmieden, vor denen man uns mit so viel Umsicht und Sorge bewahrt hatte. Der eine hat sich im ersten Rausch für seine Wissenschaft verblutet, der zweite hat sich für ein schlechtes Weib zugrunde gerichtet, die dritte hat sich ohne Herz in die Ehe verkauft und paktiert jetzt mit der Kirche, und ich? Meine Formel ist nicht so einfach. Die ist schwer zu finden. Ich wills gar nicht erst versuchen.«

Mit gespannter Aufmerksamkeit lauschend, wodurch das kluge Gesicht wie von innen beleuchtet schien, ließ Fides keinen Blick von ihm. Diese Bereitschaft und Begierde zu hören war es jedenfalls, die ihn weiter trieb. Er begann, ihr von seiner Kindheit zu erzählen. Es waren Vorgänge und Stimmungen, deren er sich jetzt vielleicht zum erstenmal erinnerte, befehligt von dem lebendig auf ihn gerichteten Auge. Er sagte, er sei als Knabe so lieblos gewesen, daß er mit einer Art Wollust die Schwächen der Menschen vor sich und andern entblößt habe; keine Leistung habe ihm Respekt abgenötigt; das erste Wort, die erste Regung sei immer der Spott gewesen; nicht zu glauben, nicht zu bewundern, nicht anzuerkennen hätten er und die Geschwister sich geradezu zur Übung gemacht, und sie hätten noch nicht ordentlich lesen können, da hätten sie bereits ein satirisches Witzblatt verfaßt, zu dem jeder allwöchentlich seine Beiträge an Karikaturen und Parodien lieferte. Einmal sei ein geistlicher Herr ins Haus gekommen, der dem Vater eine Botschaft zu bringen hatte; die Eltern seien fortgewesen; er hätte sich freundlich in ein Gespräch mit den Kindern begeben, von denen Karl, der älteste, damals zwölf Jahre gezählt habe; nach kurzer Zeit hätten sie dem guten hochbejahrten Priester eine solche Menge blasphemischer Unflätigkeiten aufgetischt, daß der, unter schallendem Gelächter der Vier, sich fortwährend bekreuzigt und zum Schluß die Flucht ergriffen habe. Die Mutter habe sich darüber königlich amüsiert und die schüchternen Bedenken des Vaters nicht gelten lassen wollen. Einmal habe der Vater von einem seiner Bekannten ein schönes altes Bild zum Geschenk erhalten, an dem er große Freude hatte und das er im Wohnzimmer aufhing. Der betreffende Mann, der dem Vater das Gemälde geschenkt, war namentlich Eugen und Klara aus irgendeinem Grund unleidlich; es war ein ruhmrediger, alberner und geschwätziger Mensch, dessen Anständigkeit und freundschaftliche Gesinnung der Vater stets vor den beiden verteidigen mußte. Aber die hegten ihren unausrottbaren Haß, und eines Tages benutzten sie den Umstand, daß sie, wie so oft, wieder allein in der Wohnung waren, nahmen das Flaubertgewehr, das sich Karl gekauft hatte, und machten das Ölbild an der Wand so lange zur Zielscheibe ihrer Schießversuche, bis es wie ein Sieb durchlöchert und vollständig vernichtet war. Das waren nicht bloß törichte und ausgelassene Knabenstreiche; es war mehr, viel mehr, sagte Eugen mit bohrendem Gesichtsausdruck; es war so etwas wie die Raserei der Gesetzlosigkeit. Denn in diesem wie in jedem ähnlichen Fall war von Strafe oder nur Zurechtweisung nie die Rede. Das Höchste, wozu es kam, war Verhandlung und Kritik. Dies geduldige Wenn und Aber, dies nachsichtiggewährende Verstehen und Betrachten habe Anreiz auf Anreiz gezüchtet, alle Gewissensmahnung erstickt, alle Dämme unterhöhlt. Er insbesondere sei dadurch in immer wilderes und wüsteres Trotzwesen geraten, als ob es der geheime Wunsch und Wille in ihm gewesen sei, auf den endlichen Widerstand zu stoßen, der die schmerzhaft wuchernden Kräfte beschneiden sollte. Er entsinne sich, daß er schon als Siebenjähriger ein leidenschaftlicher Leugner alles persönlichen Eigentums gewesen sei; nicht infolge von Lehre und Belehrung, Gespräch der Erwachsenen und äußere Beeinflussung, nein, von innen her, von innerem Aufrührer- und Zerstörertum her. Er sei in krankhafte Wutanfälle verfallen, wenn jemand in seiner Umgebung behauptet hatte, dieser oder jener Gegenstand »gehöre« ihm, diese oder jene Sache »besitze« er; dann war er nur von dem Bestreben erfüllt, ihm den Besitz zu entreißen oder wenigstens streitig zu machen, und bei vielen Anlässen solcher Art sei es zwischen ihm und den Geschwistern zu nicht immer harmlosen Kämpfen gekommen; einmal, als Roderich eine Taschenuhr zum Geburtstag erhalten, sei er mit dem Messer auf diesen losgegangen, habe ihn der Uhr beraubt und, damit sie keinem »gehöre«, aus dem Fenster auf die Straße geschleudert. Er entsinne sich, daß eines Tages der Verdacht aufgetaucht sei, ein Patient des Vaters, ein Handlungs-Kommis, der seit einiger Zeit regelmäßig zur Ordination kam, verübe im Wartezimmer regelmäßig kleine Diebstähle. Bald fehlte ein Album, bald ein Bronzefigürchen, bald eine Porzellanschale. Als die Eltern den Fall miteinander besprachen und erwogen, ob die polizeiliche Anzeige zu erstatten sei, habe er sich heftig dawider aufgelehnt und zugleich den wahnwitzigen Plan gefaßt, nicht nur den Mann zu warnen, sondern auch dem Vater Geld zu entwenden und es dem Dieb heimlich zuzustecken. Beides habe er getan und es nachher dem Vater gestanden. Er erinnere sich noch sehr wohl der betrübten Ratlosigkeit im Gesicht des Vaters; es habe ihn plötzlich gereut und er habe sich in seiner stets ausschweifenden Weise zu Boden geworfen und geschluchzt. Das alles scheine so fern, sagte Eugen mit melancholischer Bedächtigkeit, doch im Grunde sei es nah und gegenwärtig, weil zu tiefst mit dem Gewordenen verwachsen. Wenn ein reifer Mensch von seiner Kindheit spreche, so husche ihm die entlegene Vergangenheit schattenhaft vorbei, tückisch verkürzt, möchte er fast sagen; aber während man es lebe, sei es über unendlich viele Tage und Nächte ausgedehnt; überhaupt, so finde er, sei das Kindheitsalter das längste, das verweilendste und in der Entfaltung quälendste von allen menschlichen Altern, und wo der Dreißigjährige einen Augenblick der Finsternis, der Verstörung, des verbrecherischen Antriebes habe, da sei der Knabe in eine Ewigkeit verdammt und die Stunde habe ein ganz anderes Gewicht und einen unvergleichlich wichtigeren Verlauf. Wenn er zurückschaue, tue er es ungern, aber wenn er es tue, wolle es ihn bedünken, daß er auf einem kalten, kahlen, schaurig einsamen Weg ohne Aussicht auf Umkehr und Rückweg gegangen sei, und aufs Verderben zu, blind und wild; aber im Moment, wo ihm zumute gewesen, als müsse er die ganze Welt wie eine gekochte Kastanie in die Luft springen lassen, sei ihm Martina begegnet.

Er schwieg, und Fides unterbrach sein Schweigen nicht. Ihre Lider waren gesenkt; ihre Züge zeigten intensives Nachdenken; mit der rechten Hand zerkrümelte sie ein Stückchen Biskuit auf dem Tischtuch.

»Ohne Martina gehts wieder auf den alten kalten kahlen Weg«, sagte er nach einer langen Pause, »in den sechs Jahren hab ich die Gefahr heimlich wachsen sehen und konnte mich nicht wehren. Es war wie wenns langsam finster wird. Sieben Jahre lang war Tag gewesen, und als ich von ihr fort mußte, begann schon das Licht zu schwinden. Und nach abermals sieben Jahren … Die sind jetzt bald um.« Eine tiefe senkrechte Kerbe entstand auf seiner Stirn. »Sie denken sich wahrscheinlich: trauriges Zerrbild; ein Mann, der so ausschließlich auf die Liebe zu einem Weib gestellt ist. Das denken Sie doch, was?«

Fides schüttelte langsam den Kopf.

»Aber es ist nicht das«, fuhr er fort, »Liebe; damit ist eben gar nichts gesagt.« Wieder schwieg er eine Zeitlang, dann fragte er plötzlich: »Wie haben Sie eigentlich Martina kennengelernt, unter welchen Umständen? Darf ich das wissen?«

Fides errötete jäh. Gleich darauf wich alle Farbe aus ihrem Gesicht. »Dazu müßte ich zu weit zurückgreifen«, gab sie leise zur Antwort, »es setzt zu viel von meinem Leben voraus.«

»Verzeihen Sie«, lenkte Faber etwas erschrocken ein, »ich möchte nicht indiskret erscheinen –«

Sie machte eine abwehrende Geste. »Es gibt Dinge, die nur vertragen, das man darüber schweigt. Aber das kann ja ohnedies geschehen. Als ich Martina zum erstenmal sah, lag ich im Spital. Die Fürstin hatte sie zu mir geschickt. Ich war sehr krank damals. Es war mehr ein Verlust des Lebensmutes und der Gemütskräfte als sonst etwas. Das körperliche Übel, mein Herz wollte nicht mehr recht arbeiten, spielte daneben kaum eine Rolle. Die Fürstin, sie kannte mich längst, meinen Namen und mein Leben, hatte natürlich gewußt, was sie tat, indem sie gerade Martina veranlaßte, zu mir zu kommen. Wenn es irgendein Heilmittel für einen Menschen gibt, so findet sie es, und in jeder Schicksalslage. Sie hat die Eingebung. Sie stellt sich einen Menschen vor, sein Leiden, sein Tun, seine Schuld, sie gewinnt das untrüglichste Bild von ihm und faßt ihren Beschluß, der dann wirklich wie von oben kommt und wie höhere Botschaft ist. Ich erinnere mich noch, wie die Tür aufging und Martina eintrat. Mein erstes Gefühl war Erstaunen. Wie ist das möglich? dachte ich, so etwas Strahlendes existiert noch in der Welt, in dieser Welt? Sie setzt sich an mein Bett; sie plaudert; sie nimmt meine Hand; sie lacht;

sie ist zärtlich, und nach einer Viertelstunde komme ich mir verwandelt vor. Ein Stein war einem in die Brust gesenkt; das ganze Innere war Stein geworden; auf einmal löst sichs, das Leben fängt wieder an zu fließen.«

Faber hing an ihren ernst und bestimmt redenden Lippen. »Kann ich mir gut denken«, murmelte er und legte beide Hände gekreuzt auf den Tisch.

»Ich hatte damals nicht die geringste Lust, wieder in Beziehung zu einem Menschen zu treten, nicht die allergeringste«, fuhr Fides fort, und Faber merkte ihr an, daß sie nur mit Überwindung von dieser Zeit sprach, mit tiefem Widerstreben von sich selber, »ich kann nicht beschreiben, wie es mit mir war. Ich wollte einfach nicht mehr die Mühe haben. Wenn nach der so und sovielten schlaflosen Nacht wieder ein Tag anbrach, graute mir; jeder Stundenschlag war Grauen. Martina trug mich heraus. Es war plötzlich eine andere Welt, und sie konnte mich die frühere vergessen lassen. Dabei geschah nichts. Es war keine Absicht dabei, kein Plan; kein Zureden; kein vorgenommenes Wirken; es gelang nur, weil sie so durch und durch arglos ist, so ganz bescheidene Natur und weil alles was sie spricht und tut, aus der Natur kommt, so daß man nie zweifelt, sich nie sträubt; eine solche Erscheinung war mir vollständig neu. Später, als ich schon hier im Hause war, und es nötig wurde, daß ich mir ein wenig Kleider und Wäsche versorgte, ging sie mit mir in die Geschäfte; auch mußte ich ein paarmal wegen meiner Papiere zu den Behörden; es war immer wie ein Vergnügungsausflug; wir lachten auf der Straße wie die Schulmädchen; ich hatte auf einmal Freude daran, ein Kleid und einen Hut zu kaufen; derselbe Polizeibeamte, der mich mürrisch angelassen hätte, wär ich allein gewesen, war verständig und freundlich, weil sie dabei stand. Ihr fügen sich die Menschen; vor ihr verstecken sie ihre schlechten Eigenschaften; kein Lügner kann lügen, wenn sie ihn anschaut. Und sie weiß es nicht; sie ist immer arglos. Nun leb ich so viele Monate mit ihr, und noch nicht ein einziges Mal hat sie mich nach der Vergangenheit gefragt, auch nicht mit einem Blick. Sie nimmt einen an und auf und begnügt sich mit dem, was man ist. Und darüber täuscht sie sich nicht, über das Wesentliche gibt es keine Täuschung bei ihr.«

»Ja, das ist wahr; so ist sie, genau so ist sie«, sagte Faber mit grübelnder Miene. »Daß sie nie gefragt hat, das ist echt Martina. Sie hätten nichts Bezeichnenderes hervorheben können. Sie ist nämlich in einem fast lächerlichen Grade unneugierig. Es geht so weit, daß sie um Dinge zu fragen vergißt, schlechtweg vergißt, die zu erfahren für sie wichtig und nützlich wäre. Ich hab mich früher oft geärgert, wenn sie niemals und nach nichts fragte. Man konnte bisweilen glauben, sie interessiere sich gar nicht für einen, auch für die nicht, die ihr nah standen.«

Fides lächelte. »Unneugierig nennen Sie es«, sagte sie, »und das ist bei einer Frau schon etwas Seltenes. Es rührt aber davon her, daß sie den Krampf nicht kennt. Fast alle Menschen heute sind verkrampft. Sie ist frei davon; sie ist nie gespannt, und wer nicht gespannt ist, ist auch nicht neugierig, natürlicherweise.«

»Aber haben Sie nicht doch gewünscht, sie möchte fragen?« forschte Faber. »Ist Ihnen die Zurückhaltung nicht wie Mangel an Teilnahme erschienen? Man erlöst sich doch, wenn man sich einem Freund mitteilen kann.«

»Nein, ich hatte nicht den Wunsch«, erwiderte Fides leise, »wozu das Vergangene aufdecken, wenn es so düster ist? In Martinas Nähe und mit ihr bin ich immer ruhiger geworden; manchmal war mir, als hätte sich das Schreckliche in einem früheren Dasein von mir abgespielt. Sobald ich längere Zeit allein bin, freilich, steht alles wieder da, und ich weiß, es ist geschehen, es ist mir geschehen.«

Sie hob den Blick und begegnete seinem. Sie sahen einander an, jeder mit dem eigenen Schicksal beschäftigt. Es war außerordentlich still im Haus und auf der Straße. Nur feiner Regen knisterte kaum vernehmlich an die Fensterscheiben. Aber wenn man lange hinhörte, wirkte es wie heftiges Gepoch.

»Haben Sie einmal den Namen Heinrich Kapruner gehört?« fragte Fides plötzlich mit veränderter, rauher Stimme, ohne von seinem Blick zu lassen.

Er besann sich. Ja, er habe den Namen gehört. Ob sie den Revolutionär und radikalen Propheten meine? Er habe in ausländischen Zeitungen von ihm gelesen. »Man hat ihn erschossen, wenn ich mich recht erinnere«, fügte er hinzu.

»Erschossen? Nein. Erschlagen. Massakriert.« Sie war weiß wie das Tischtuch. Sie senkte die Lider und brachte nach einer Weile mühsam hervor: »Ich bin seine Witwe.«

Sie verstummte, und Faber wagte nicht, das Schweigen zu brechen. Er betrachtete ihre nervös bewegte Hand und wartete. Es schien, daß es sie danach drängte, zu reden und daß sie durch die Nennung jenes Namens schon zu weit gegangen war, um noch zurück zu können. Es schien auch, daß die Offenheit, mit der ihr Faber von seinen Knabenjahren erzählt hatte, das Verlangen in ihr erweckte, sein Vertrauen zu erwidern.

So begann sie mit angenehmer, dunkel gefärbter Stimme und in gleichmäßigem Rhythmus zu berichten.

13. Geschichte der Fides

»Ich bin in einer norddeutschen Mittelstadt geboren; einen Teil meiner Kindheit und Mädchenjahre habe ich im deutschen Süden verlebt, auf einem Gut, das einem Bruder meiner Mutter gehörte. Ein großes schönes Gut, in weiter Wald- und Hügellandschaft. Mein Vater stammte aus einer Junkerfamilie, aus kleinem Adel also; sein Rang als Offizier erhob ihn in die herrschende Kaste. Er konnte sich als Gebieter der Stadt fühlen, und die Stellung, die er beanspruchte, wurde ihm auch eingeräumt. Ich sah immer nur Menschen, die sich vor ihm demütigten oder ihm schmeichelten. Insofern er keinen Widerspruch erfuhr, war er ein umgänglicher und höflicher Mann, wenn auch kühl und formelhaft.

»Meine Mutter war von viel vornehmerer Geburt als er. Keinen Augenblick des Lebens verleugnete sich ihre Abkunft aus uraltem Hause und historisch-berühmtem Geschlecht, das in den Ostprovinzen, in der Vorzeit schon, für den Glauben gekämpft und Männer von unvergänglichem Ruhm hervorgebracht hatte. Mein Vater würdigte diesen Familienstolz durchaus an ihr und behandelte sie auch im häuslichen Kreis mit einer etwas steifen Auszeichnung. Ich erwähnte vorhin, daß meine Beziehung zur Fürstin weit zurückreicht; die Fürstin ist eine Verwandte meiner Mutter im zweiten Grad, und meine Mutter hat es ihr nie verziehen, daß sie aus ihrer Exklusivität heraustrat und sich, wie sie es ausdrückte, mit dem Volk gemein machte. Ich hörte in meiner Kindheit sehr viel von der Fürstin sprechen, aber nur Nachteiliges, auch bei den Verwandten in Süddeutschland; als es sich einmal fügte, daß ich sie sah, um mein fünfzehntes Jahr herum, war ich sehr betroffen von ihrer Schönheit und Milde, und ich begann an manchem irre zu werden, freilich nur schüchtern und kaum bewußt. Sie war gekommen, weil die Mutter nach ihr verlangt hatte. Die Mutter wollte sie noch einmal sehen. Sie war krank und fühlte ihren Tod heraus.

»Ich glaube nicht, daß wir arm waren. Reich waren wir keinesfalls. Schmuck und edles Mobiliar hatte sich von Jahrhunderten her vererbt. Die Lebensführung war, was man als standesgemäß bezeichnete. Das hatte seine unverrückbaren Formen und Gesetze. Es war für jeden einzelnen geregelt, in dem was er sprach, und in dem was er tat. Keiner konnte etwas tun oder sagen, was man nicht von ihm erwartete. Geselligkeit entwickelte sich nach einem Programm. Urteile über Menschen und Ereignisse waren immer wie aus höherem Mund diktiert. Sich dagegen aufzulehnen war unmöglich. Eine Meinung zu äußern, die nicht die Meinung von allen war, hätte die größte Bestürzung erregt. Bei den Verwandten im Süden war man ein wenig liberaler, aber doch eigentlich nur in Worten, in der Ausdrucksweise und dem rascheren Temperament zuliebe; der Grundton, wenn ichs recht bedenke, war auf die nämliche Starrheit gestimmt. Die Laune war besser, man lachte leichter. Aber für mich wars schon ein Unterschied wie Tag und Nacht.

»Natürlich wenn man in solcher Luft erzogen ist, kommt der Geist schwer zum Bewußtsein, daß es andere Art und anderes Leben überhaupt gibt. Wie sollte mans denn erfahren haben; nicht einmal zum Bilde reichts; der Wille ist noch ganz erstickt. Heute weiß ichs. Heute weiß ich, daß ich bis zu meinem zwanzigsten Jahre eine Marionette gewesen bin; dann erst sickerten Begriffe in mich hinein, und das alte Uhrwerk wollte nicht mehr laufen. Das heißt, es kam einer, der die Räder auseinander nahm und die Drähte zerschnitt und nachschaute, ob eine Menschenseele da war. Bis dahin war mein ganzes Dasein, wie soll ich sagen, erzwungene Äußerung gewesen. Jeder Wunsch stand unter Zwang. Die Gedanken waren befohlen, Umgang war befohlen, jedes Gespräch war ein Zeremoniell. Wenn man allein war, war man in einem unergründlich leeren Raume, grausig geradezu, und unter Menschen war man in einem eisernen Käfig. Immer ohne es zu wissen, und das macht alles so gespenstisch, trotzdem man Bälle und Theater besucht und Sport treibt und von der Zukunft und von Hoffnungen redet. Man dreht sich immer auf demselben Fleck, und die Leute sagen etwa: schau hin, da ist eine schöne Aussicht und man sagt ja und macht eine entzückte Miene, und der hinter einem, der die Drähte in der Hand hält, paßt schon auf, daß man keinen Schritt zuviel tut und das Entzücken nicht das gebührliche Maß überschreitet. Ich erinnere mich, daß ich einen Schreck bekam, wenn mir jemand zum Beispiel von einem neuen Buch erzählte oder nur den Titel nannte, ja, einen sonderbaren Schreck, wie wenn man gewohnt ist, im verriegelten Zimmer zu schlafen und man hört, wie der Riegel zurückgeschoben wird. Immerfort spürt man schaudernd: wo ich gehe, ist rechts und links Geländer; jenseits ist das Unbekannte, das Gefährliche, das Zwanglose. Da erlebt man nicht und ergreift nichts; sieht und hört nicht einmal; alle Sinne sind im Gefängnis, und so existieren Tausende und existieren noch immer so. Mit der Zeit, ganz, ganz langsam wurde der Gedanke zur Unruhe in mir: ich bin gar nicht ich, ich bin eines andern Ich, vielleicht keines Menschen, sondern eines Schattens oder eines Götzen Ich. Und ich fragte mich logischerweise: wo bin ich denn dann und wer bin ich, wenn mir mein Ich nicht gehört, wenn ich meines Vaters und meiner Mutter und meiner Verwandten und meiner Vorfahren Ich bin? Das war also schon der Anfang von Verwirrung oder auch von Abtrennung, wenn Sie wollen. »Es war kurz nachdem ich zwanzig Jahre alt geworden war, daß ich wieder zu meinen Verwandten auf das Gut reiste, um dort Sommer und Herbst zu verbringen. Diesen Sommer zu vergessen, ist nicht gut möglich, denn es war der, in dem der Krieg ausbrach. Aber von Ahnen oder Aufmerken darauf war keine Spur in mir und von den Weltzuständen wußt ich nichts; ich freute mich nur auf das ungebundenere Landleben. Gleich in den ersten Tagen machte ich mit meinen Kusinen vielerlei Pläne; es waren drei Schwestern zwischen sechzehn und zwanzig, ich war sonach die älteste. Alle drei waren hübsche und aufgeweckte Mädchen, obwohl ungemein hochmütig; ein Bürgerlicher war für sie ein Mensch zweiter Ordnung, und ich hörte einmal einen alten Handwerksmeister, dessen Gruß sie kaum erwidert hatten, hinter ihnen hersagen: ›Du gutes Gottchen, mir scheint, unsereinen hast du erst am achten Tag erschaffen.‹

Ich vertrug mich aber vortrefflich mit ihnen, schon deshalb, weil ich nie das Talent hatte, mich zu einer Partei zu schlagen und mich immer nur aufnehmend verhielt.

»Unser Lieblingsgang war zu einem Pächter, der etwa eine halbe Stunde vom Herrenhaus entfernt wohnte und der eine Zucht von Rassehunden angelegt hatte, lauter riesigen Doggen. Mit den Tieren, es mochten im letzten Jahr sechs oder acht sein, waren wir Mädchen vertraut, kannten wir doch fast alle seit der Geburt, und jede hatte eins, das sie bevorzugte und das ihr besonders anhänglich war. Oft zogen wir mit der ganzen Meute durch die Landschaft, und das war ein prächtiger Anblick; die stolzen Hunde, gehorsam auf den Wink, und die Fräuleins in weißen Kleidern; dann lagerten wir uns, die Hunde rings umher, der eine zu Füßen der Herrin, der andere den Kopf auf ihrem Schoß, der dritte in majestätischer Positur vor ihr. Ich sehe sie noch, die Tiere, mit den finster aufmerksamen Augen und den kraftvoll geschmeidigen Leibern; manchmal verspürte ich beinahe Furcht, wenn sie reizbar aufzuckten und ein grollendes Geknurr hören ließen, wobei die Lefzen zitterten. Der Pächter unterließ nie, uns zu ermahnen, daß wir achthaben und namentlich zwei der Hunde, deren er nicht sicher war, an die Leine nehmen sollten; trotzdem wir uns auf eingezäuntem Gebiet bewegten, käme es doch bisweilen vor, daß sich Fremde hereinverirrten; dann könne ein Unglück leicht passieren. Aber hierin waren wir nach und nach völlig sorglos geworden. Eines Tages, als wir wieder plaudernd unter den Weiden am Fluß kampierten, gab meine Dogge drohend Laut. Ich rief sie zur Ruhe, da springt sie auf, macht ein paar furchtbare Sätze gegen das nahe Gehölz, zwei, drei der andern Hunde folgen bellend; eh wir uns recht besinnen, ertönt ein gräßlicher Schrei; wir laufen hinüber; da liegt ein Mann; das Tier hat ihn zu Boden gerissen und bereits Schulter und Oberarm zerfleischt. Wir waren vor Schrecken gelähmt. Ich war die erste, die den Hund packte und zurückzerrte; die jüngste Kusine läuft ans Wasser und näßt ihr Taschentuch; die andere versucht, das strömende Blut mit Moos zu stillen; die dritte eilt ins Pächterhaus, um Hilfe zu holen, denn der Mann ist ohne Besinnung. Es kommen Knechte mit der Tragbahre; der Verletzte wird zu den Pächtersleuten geschafft; man ruft den Arzt, der die Dogge zur Untersuchung verweist und den übel zugerichteten Menschen verbindet. Die

Wunde sei nicht lebensgefährlich, ist sein Urteil, aber zur Heilung seien Wochen erforderlich, vorausgesetzt immer, daß der Hund nicht an der Wut leide. Das war nicht anzunehmen; es zeigte sich auch später, daß die Dogge gesund war. Den Verletzten in die Stadt zu transportieren, war schwierig und nicht ratsam; bei den Pächtersleuten fehlte es an aller Bequemlichkeit, so wurde er auf Geheiß des Onkels am andern Tag ins Herrenhaus gebracht, um dort verpflegt und pasteurisiert zu werden. Die Kusinen und ich, wir besuchten ihn abwechselnd, fühlten wir uns doch ihm gegenüber schuldig, ich noch mehr als die andern; wir erfuhren, daß er Kapruner hieß und Privatgelehrter sei, seit einigen Monaten in der nahen Stadt ansässig; es war ein Mann Mitte der Dreißig, und als ich ihn zum erstenmal sah und sein durchdringender Blick auf mir ruhte, während er unbefangen und freundlich ein paar Fragen an mich richtete, fühlte ich mich sonderbar verwirrt und muß mich wie ein recht dummes Ding benommen haben, denn er lächelte fortwährend, trotzdem er große Schmerzen litt, wie ich wußte.

»Ich meinte nicht anders, als daß der durch unsern Leichtsinn beinahe zu Tod verblutete Mann im Gutshaus bleiben und gepflegt werden würde, bis er einigermaßen hergestellt war; so wars auch gesagt und beschlossen worden. Da kam aber am dritten Tag gegen Abend das Lazarettautomobil aus der Stadt, und der noch schwer Fiebernde wurde fortgeschafft. Ich war sehr verwundert darüber; ich fragte nach dem Grund der veränderten Verfügung; die Kusinen zucken die Achseln, ebenso verwundert wie ich; die Tante antwortet ausweichend und verlegen; ich wende mich an den Onkel; in seinem Gesicht ist eine eigentümliche Erbitterung. Er will mir nicht Rede stehen; ich beharre aber; da erklärt er mir unwillig und widerstrebend, er habe erst heute in Erfahrung gebracht, daß Kapruner ein Individuum von üblem Ruf sei. Inwiefern? frage ich erschrocken. Er will mir keine weiteren Aufschlüsse geben. Ich beharre. Solche Hartnäckigkeit war mir selber neu an mir. Endlich setzt er mir auseinander, Kapruner befasse sich seit Jahren mit der Produktion und Verbreitung umstürzlerischer Schriften; er sei ein Jugendverderber und Geistvergifter, ein Feind der Gesellschaft und des Staates, und jemand, der auf sich halte, könne einen Menschen von der Art nicht einen einzigen Tag in seinem Haus und im Umkreis seiner Familie dulden. Es klang sehr aufgeregt, das alles, und eigentlich mit einem Unterton von Feigheit, der mir nicht entging. Später habe ich diese Art Feigheit bei ähnlichen Gelegenheiten noch oft bemerkt. Mein Nachdenken über das Gehörte hatte keinen Zweck, da ich keinen Begriff damit verband. Doch zwei Dinge erschienen mir als Gewißheit: erstens daß Gesicht und Wesen jenes Mannes nicht mit der Vorstellung schlechter Handlungen vereinbar war; zweitens, daß es eine durch nichts zu rechtfertigende Grausamkeit war, einen Menschen in so gefährdetem Zustand vor die Tür zu setzen. Je länger ich beides bei mir erwog, je unruhiger wurde ich. Mein Onkel hatte sogar strenge verboten, daß man Erkundigungen nach Kapruners Befinden einziehe; er hätte sich nicht anders gebärden können, wenn ein Pestkranker in seinem Haus gelegen wäre. Es fügte sich, daß ein Universitätsprofessor aus der Stadt Besuch bei den Verwandten abstattete; ich konnte ihn in einem günstigen Moment allein sprechen und fragte ihn nach Kapruner; dieselbe Verlegenheit; dieselbe Feigheit. Nachdem das Erstaunen über meine Frage verwunden war, kam etwa folgendes, hastig gestottert: ein Mann, der vielleicht von den besten Absichten beseelt sei; das wolle er nicht bestreiten; aber ein unverantwortlicher Draufgänger jedenfalls und Bedroher geheiligter Ordnungen, einer jener zahlreichen modernen Wühler, die in Wort und Schrift den mühsam gefestigten Bau des Reiches ins Wanken brächten und die darum vom allgemeinen Bannstrahl nicht nachhaltig genug getroffen werden könnten; er wolle doch um Himmels willen nicht hoffen, daß ich einer Erscheinung wie dieser irgendwelche Teilnahme zugewendet hätte. Ich beschwichtigte ihn, aber ich wollte mich nun nicht mehr auf Gesagtes und Gehörtes verlassen; beim ersten Gang in die Stadt kaufte ich mir in einer Buchhandlung eine der Schriften Kapruners und las sie heimlich in der Nacht. Es war eine sozialpolitische Broschüre, viel zu hoch für mein Verständnis, aus der ich aber doch dunkel herausfühlte und bei öfterer Lektüre immer überzeugter inne wurde, daß da ein feuriger und redlicher Geist mit Ideen von gewaltiger Bedeutung rang und das Los seiner Mitmenschen zu erleichtern mit allen Kräften und Gaben am Werke war. Plötzlich erwachte ein Zorn über die Handlungsweise meiner Verwandten in mir, der von Stunde zu Stunde anwuchs. Ganz mit einemmal geschah das. Ich erschien mir wie mitschuldig an einem Verbrechen, oder ärger noch, an einer Unanständigkeit und Unehrlichkeit. Ich wünschte nicht, daß Kapruner glauben sollte, ich sei eines Sinnes mit ihnen und hätte mich gedankenlos über das Vorgefallene getröstet. So schrieb ich ihm, teilte ihm dies mit, bat ihn um einige Zeilen und gab die Adresse des Pächters an, dem ich vorher sagte, daß ich möglicherweise einen Brief bei ihm abholen würde. Kapruner antwortete, freundlich-gelassen, doch nicht ohne bittere Resignation. Zum Schluß forderte er mich auf, ihm über mich selbst zu schreiben; meine Worte hätten ihn bewegt; mein Unternehmen sei, gemessen an der Gesinnung meiner Umgebung, so ungewöhnlich, daß er fast Mitleid mit mir empfinde. So kamen wir in Korrespondenz. Jeder neue Brief von ihm schälte etwas Verhärtetes von mir ab; jeder warf einen Lichtstrahl in meine Herzensfinsternis; in jedem war ein Wort, das mich um und um kehrte. Ich hatte gar nicht geahnt, daß es solche Worte gibt, daß man die Welt so betrachten könne, daß ein Mensch dem andern so viel aufschließen könne. Ich sah meinen Kerker; ich konnte mit den Händen das Gitter fassen; ich erinnere mich, daß ich fast nicht mehr schlief und nicht mehr aß, so durch und durch ging mir alles. Und wie erst, als wir uns dann sahen und einander trafen, immer heimlich, an heimlichen Orten in der Landschaft. Denn daß wir uns begegnen mußten, war ja Notwendigkeit; er war inzwischen völlig hergestellt und die Wunde vernarbt, doch war eine Lähmung im linken Arm verblieben. Er sagte, daß er seiner Mutter den lästigen Unglücksfall habe verschweigen können, da sie während der ganzen Zeit in ihrer Heimat geweilt habe; vor wenig Tagen erst sei sie zurückgekehrt; er lebe mit ihr in gemeinsamem Haushalt; er habe ihr von mir bereits erzählt. Das hatte alles viel Gewicht, was er von seiner Mutter sagte; es fiel mir aber nicht weiter auf; ich war zu begierig, von ihm belehrt zu werden, mein unentschiedenes, schales Leben vor ihm aufzutun wie man bei der Beichte seinen sündhaften Wandel bekennt. Dabei war die Furcht vor Entdeckung groß, obwohl Kriegserklärungen und Kriegslärm in eben diesen Tagen die Welt erfüllten und argwöhnische Augen von mir ablenkten. Mein Vater kam für vierundzwanzig Stunden; er so wenig wie die andern merkte, wies um mich stand und so zog ich Nutzen aus der allgemeinen Verwirrung. Der wilde Rausch und die Kampflust um mich her, die Begeisterung vom Höchstgestellten bis zum Niedersten zogen mich mit in den Wirbel; aber Kapruner wollte mich so nicht haben. Er war ruhig und kalt, er allein, und einmal gegen Abend, als wir durch den Wald gingen, den Tag und die Stunde werd ich nicht vergessen, es war der fünfte September, die ganze Landschaft war in blutige Sonnenröte getaucht, sprach er mit mir darüber. Er sagte, es gäbe nur eines, was er mit allen seinen Sinnen und Gedanken und bis ins Mark seiner Seele verabscheue: das sei Zwang und Gewalt. Und in seiner stillen Weise, mit der tiefen Stimme, die immer noch ein gurrendes Echo in seiner Brust hatte und die mich schon überzeugte, ohne daß ich auf die Worte hörte, setzte er mir auseinander, wie alles Unheil der Menschen von Gewalt und Vergewaltigung stamme. Aus Gewalt und Vergewaltigung aber werde die Lüge geboren, unaufhaltsam, unweigerlich. Die ganze Geschichte der Menschheit sei das Resultat von Zwang und Gewalt, eine fortlaufende Kette von Blutopfern, Schlachtengreueln, Bruderkriegen, Verfolgungen, Hinrichtungen und von Mord in jeglicher Form. Gegen einen Friedensbringer und Propheten der Schönheit und des Glücks träten immer tausend auf, die Haß und Vernichtung predigten, Völkerhaß, Rassenhaß, und was ihnen an triftigen Argumenten fehle, ersetzten sie durch Lüge, durch nichts als Lüge, und von nichts erfüllt und getrieben als von Ehrgeiz, Konkurrenzneid, Machtgier und Besitzgier. Niemals habe ein großer Arzt, ein großer Erfinder, ein großer Astronom auch nur annähernd soviel Verehrung und Ruhm genossen wie diejenigen, die ihre Mitmenschen zu Millionen in den Tod gehetzt, und wer immer sich dawider auflehne, dessen Rede werde erstickt und dessen Andenken vertilgt. Davor dürfe man sich aber nicht fürchten, und wenn die Mauer, die zu erstürmen sei, auch himmelhoch wäre, und wenn man in Brandschutt und Trümmern, die durch Gewalt und Lüge erzeugt werden, bis an den Hals versinke, davor dürfe man sich nicht fürchten; man müsse verkündigen, daß alle Menschen Gottes Kinder seien, gleicherweise Glieder eines Leibes, und daß man seinen Nächsten nicht berauben, bestehlen und belügen kann, ohne sich selbst zu berauben, zu bestehlen und zu belügen. Man müsse nach den Lehren Christi leben, nämlich im Geist und in der Wahrheit leben, und nicht im Wort und in der Lüge. Seit neunzehnhundert Jahren aber hätten es immer bloß einzelne versucht und getan, und die hätten nichts anderes erfahren, als was Christus selbst habe erfahren müssen. Deshalb gehe in unserer Kulturwelt jeder fünfte Mensch im Armenhaus oder im Spital oder im Irrenhaus zugrunde und in Kriegszeiten jeder dritte auf dem Schlachtfeld und durch Hunger und Seuchen. Es müsse aber anders werden, denn mit solcher Gewissenslast auf dem Rücken könne man nicht leben, nicht atmen, nicht lachen und sich nicht dem frohen Gedanken ergeben. Die Arbeit müsse unabhängig werden vom Gelde und es dürfe keine Richter und keine Strafe mehr geben; und es dürfe keiner Besitz von Leben und Seele eines anderen ergreifen; der Mensch müsse dahin gelangen, daß er im anderen Menschen ein Teil von Gott erblicke, und daß er wisse, beständig wisse und lebendig empfinde, daß er Gott leiden lasse, wenn er den schlechtesten seiner Brüder leiden lasse, daß er Gott hungern lasse, wenn er ein Kind hungern lasse.

»So redete er zu mir, der Verfemte, der, den man wie einen mit Ungeziefer Behafteten aus dem Hause verwiesen, darin ich wohnte. Ich habe es mir Silbe für Silbe gemerkt; ich habe es in meinem Gedächtnis aufbewahrt, und es wird mir nicht verwelken und veralten, das weiß ich.

»Indessen waren wir gerade an jenem Tag miteinander gesehen worden. Es erschien aber zu unwahrscheinlich und wurde nicht geglaubt, darum ließ man mir aufpassen und umstellte mich mit Spionen, und als man Gewißheit erlangt hatte, sah ich plötzlich lauter befremdete, eisige Mienen um mich her; die Kusinen reichten mir nicht mehr die Hand, Onkel und Tante schlugen feierlich die Augen nieder, wenn sie meiner ansichtig wurden, selbst die Dienstleute blickten scheu und finster auf mich. Wie ich erst lange nachher erfuhr, hatte Kapruner, dessen frühere Sünden man ja gern vergeben und vergessen hätte, wenn er still geblieben wäre, aus seiner Gesinnung, mit der er sich damals überkühn einem ganzen Volk in den Weg stellte, kein Hehl gemacht; er hatte das gefährliche Wagnis unternommen, vor der allgemeinen Raserei zu warnen und ihre schrecklichen Folgen für Deutschland, für Europa, für die Menschenwelt vorauszusagen. Wut und Entrüstung erwiderten ihm. Er durfte sich nicht mehr auf der Straße sehen lassen und war, wie ich auch erst später erfuhr, zu einem seiner Freunde geflüchtet, der ein einsames Gehöft in der Nähe besaß und ihn wochenlang versteckt hielt. Nur um mich zu sehen, verließ er diesen Zufluchtsort, und nur seine Mutter wußte, wo er sich aufhielt. Ich meinerseits sah mich plötzlich in sein Schicksal mit hineingerissen; es wurde darauf gewartet, daß ich Rede stand. Darauf war ich aber nicht vorbereitet; ich wußte nicht, was sagen, was tun; sollt ich mich verteidigen, sollt ich andere anklagen? Wogegen sollt ich mich kehren? Da fragte mich eines Tages mein Onkel, starr und hochaufgerichtet, ob es den Tatsachen entspreche, daß ich mit Kapruner Beziehungen unterhalte; man habe mich in seiner Gesellschaft gesehen, nicht einmal, sondern mehrere Male; ob es wahr sei, und wenn ja, wie ich das Unfaßliche zu erklären gedenke? Ich erwiderte, es sei wahr; zu erklären hätte ich dabei nichts, außer das eine, daß ich mein Los an das Los Kapruners unverbrüchlich gebunden erachtete. Wenn die Balken der Decke eingestürzt wären, hätte das Entsetzen meiner Verwandten nicht größer sein können. Ich schaute in lauter fahle verzogene Gesichter. Nun muß ich bemerken, daß mir bis zu dem Augenblick auch der Gedanke nicht gekommen war, den ich da so ruhig und zuversichtlich aussprach; es war zwischen mir und Kapruner auch nicht mit einem Hauch dergleichen erörtert oder erwähnt worden, und ich wußte daher auch nicht, ob er mich als Weib und Gefährtin haben wollte. Denn als Weib hatte ich ja gesprochen, ganz gegen meine eigene Absicht. Aber ihre Mienen und Blicke trieben es aus mir heraus; etwas anderes hätte ich nicht zu sagen vermocht; es war wie Befehl. Dann geschah dies. Der Onkel verfügte, daß ich mein Zimmer nicht verlassen dürfe, bis der Vater benachrichtigt und dessen Bescheid eingetroffen sei. Als ich mich zu wehren versuchte, gebot er, mich einzusperren. Das ist also eure Logik, dachte ich, das sind eure Argumente: Gewalt; wie recht hatte Kapruner. Ich mußte mich fügen. Aber als ich die erste Nacht im versperrten Raum verbracht, und die Empörung über solche Schmach ins kaum Erträgliche gewachsen war, faßte ich den Plan zur Flucht. In der nächsten Nacht drehte ich aus Bettuch und Vorhangschnüren ein Seil und ließ mich zum Fenster herab. Nur mit einem Schal über den Schultern wanderte ich bei Regen den drei Stunden langen Weg in die Stadt; morgens um fünf Uhr trat ich bei Kapruners Mutter ein. Ihr Erstaunen war nicht geringer als meine Beklommenheit und Ratlosigkeit. Ich erzählte ihr das Vorgefallene, sie hört mir stumm und ernst zu. Dann, nach einer Weile, teilt sie mir mit, ihr Sohn habe in seinem bisherigen Asyl auf Sicherheit nicht mehr rechnen dürfen; die militärische Behörde habe sich seiner Person bemächtigen wollen; vorgestern sei er außer Landes geflüchtet; bis vor einigen Stunden sei sie in größter Sorge gewesen, ob er die schweizerische Grenze habe passieren können; um Mitternacht habe sie durch einen ins Vertrauen gezogenen Freund endlich die beruhigende Nachricht erhalten. Ich schwieg und grübelte vor mich hin. Wirklich, meine Lage war sonderbar genug. Im Haus der Mutter eines Mannes, für den ich eben alles hingeworfen hatte, was einem jungen Mädchen Existenz und Zukunft sichert, Familienbande, Verwandtschaftsgefühl, sogar das, was man im bürgerlichen Sinn Ehre nennt; eines Mannes, von dem ich nicht einmal wußte, ob er das Opfer anzunehmen gesonnen war, das ich ihm in leidenschaftlicher Aufwallung gebracht; ohne Geldmittel, ohne Erfahrung, ohne jeden Plan zu irgendeiner Tat, ja der Freiheit zu handeln gänzlich beraubt, was sollte aus mir werden? Ich durfte nicht einmal in der Wohnung der Frau Kapruner bleiben; mich dort aufzufinden, hätte meinen Leuten keine Schwierigkeiten bereitet; bis Kapruner von meinem abenteuerlichen Schritt unterrichtet war und seine Antwort kam, konnten Wochen vergehen, da man im schriftlichen Verkehr mit ihm die äußerste Vorsicht anzuwenden hatte; wohin derweil mit mir? Ich war seiner auch nicht sicher; das heißt, die innere Stimme gab mir recht, und auch die Stimme von ihm war in mir, die guthieß, was ich getan; aber vor dieser Frau, der ich mich im ersten Sturm meiner Empfindungen vielleicht zu naiv und rückhaltlos eröffnet hatte, schämte ich mich. Freilich merkte ich, daß er ihr von mir erzählt hatte, und so erzählt, daß ich mich nicht einer Zudringlichkeit zu zeihen brauchte; denn ihr Blick prüfte mich bis in den Grund; jedes Wort und jede Bewegung von mir haschte sie auf und suchte sich danach ein Bild von mir zu machen. Heimlich war sie mir nicht; ein Herz konnte ich mir nicht zu ihr fassen. Sie mochte Mitte der Fünfzig sein und war wohl einst schön gewesen; noch jetzt zeigte das Gesicht Spuren davon; aber sie hatte tiefliegende Augen, was mich an Menschen immer erschreckt, und eine Art von Schweigsamkeit, die mir die Brust einengte. Um bei alledem nicht zu lang zu verweilen, denn sonst würde ich bis zum Morgengrauen nicht fertig, will ich nur sagen, daß ich die nächsten Tage in einer Fremdenpension logierte; ich depeschierte von dort an einen Vetter meines Vaters, der mir immer viel Wohlwollen bezeigt hatte, um Geld, eine ziemlich große Summe, die ich ein Jahr später aus meinem mütterlichen Erbteil zurückerstattete; ich reiste dann in die Grenzstadt, wohin auch Frau Kapruner kam und wo ich die erste Nachricht von Heinrich empfing. Sie war so, wie ich sie, trotz aller Bangigkeit, unbewußt erwartet hatte; und konnte ja auch nicht anders sein, wenn das, was ich getan, wahr getan war. Er teilte mir mit, daß er vor seiner Abreise an mich geschrieben hätte; daß er mir angeboten, was ich vorweggenommen; daß er mich als seine Freundin, seine Schwester, sein Weib betrachte und wohl wisse, was er damit auf sich nähme, höhere Pflicht noch gegen die Welt, unabzahlbare Schuld, denn daß ihm aus dem harten Amboß seines Schicksals auch nur ein Funken Glück aufspritzen würde, damit habe er nie gerechnet, und jetzt sei es auf einmal eine ganze Garbe. Aber auch ich dürfe mir nicht verhehlen, was zu tragen ich mich unterfinge; der Weg, den er gehe, verspreche der Gefährtin nichts von Freude und Behagen, kaum irgendwelche Rast, und ob die Blöcke, die er vor sich wälze, ihn nicht eines Tages rückgleitend zermalmen würden, stehe dahin. Fast täglich schrieb er mir nun; jeder Brief ließ mich ihn mehr bewundern, seine tapfere Seele, sein unsägliches Ringen, und wie er freundlich war gegen die Menschen und an das Gute in ihnen mit kindlicher Unerschütterlichkeit glaubte. Drei Monate vergingen, da konnt ich zu ihm reisen, und wieder drei Monate, da heirateten wir. Seine Mutter zog zu uns. Sie allein zu lassen und ohne sie zu leben, wäre ihm nie in den Sinn gekommen, so wenig wie eine solche Möglichkeit für sie bestand.

»Um diese Zeit arbeitete Kapruner an einem großen Werk, das den Titel hatte: ›Fron und Hörigkeit in Staat und Gesellschaft‹. Es sollte seine Weltanschauung und die Summe dessen geben, was an Erkenntnis in ihm gereift war. Er verwandte die Stunden des Abends und meist auch die der Nacht darauf; Schlaf brauchte er nur wenig; der Tag war gefordert von persönlicher Wirksamkeit. Er gewann mehr und mehr an Ruf; seine Ideen breiteten sich aus und fanden Anhänger in allen Ländern. Die Menschen kamen zu ihm; sie wollten ihn sehen und hören; sie brachten Botschaften, Briefe, Beschlüsse, geheime Aufträge. Es gab Versammlungen, Diskussionen, Beratungen, eine weitverzweigte Korrespondenz, Nachrichtendienst, Abfassung von Manifesten und Fädenknüpfen nach allen Enden der Welt. Wir bewohnten etwas außerhalb der Stadt drei mäßig große Zimmer; die Mutter überm Flur ein kleineres Quartier für sich. Oft hatten wir nicht Raum genug für die Menge der Gäste, und Späterkommende mußten warten, bis wieder einige gegangen waren. Es kamen Journalisten, Schriftsteller, Abgeordnete, Philanthropen,

Pazifisten, Flüchtlinge, Deserteure und Unterhändler von allen Nationen. Da waren aber Leute von recht zweifelhafter Gattung dabei; Menschen, denen der Verrat auf die Stirn geschrieben stand und deren bloßer Gruß schon doppelzüngig war; und Neugierige, und Schwätzer, und Wichtigtuer; und solche, die nur warteten, auf welche Seite sich die Wagschale neigen würde, damit sie sich in Sicherheit und ihr Schäfchen ins trockene bringen könnten; und dann die finsteren Fanatiker, die Aug-um-Aug- und Zahn-um-Zahn-Leute, denen es noch immer nicht blutig genug herging und die keinen Stein auf dem andern lassen wollten; und dann jene, die aus der Weltverbesserung ein Geschäft machten und am großen Brand ihre Suppe kochen wollten: was für Gesichter, was für eine Luft von Trug und List und Wahn; die paar edlen Männer und Frauen wurden in der unreinen Masse fast erdrückt. Auch unter ihnen war keiner und keine, was Kapruner war, so bescheiden und geduldig und so erglüht in der Sendung. Mir wurde manchmal angst und bang, und ich sprach von meiner Furcht, denn es gab ja immer einmal eine Stunde, wo wir für uns sein durften. Aber er redete mir zu, freier zu denken und das Ganze im Blick zu halten; die Menschen zu ändern, dazu seien wir nicht da, und das könne man auch nicht; nur lenken könne man sie und den Willen in ihnen stählen. Von Vorsicht und Auswahl wolle er nichts wissen, obschon er sich keiner Täuschung darüber hingab, wie das trübe Element um ihn immer gieriger wucherte. Jede große Idee hat ihren Troß, sagte er, und je mehr Morgendunst, je schöner bricht die Sonne durch. Wie nun sein Ansehen wuchs und der Widerhall seines Wortes kräftiger wurde, drangen seine Jünger und Gesinnungsgenossen in ihn, er solle als Führer unter sie treten, sobald die Zeit reif sei, und das verhießen und erwarteten sie bald; er müsse handelnd verwirklichen, was er im Geiste geschaffen. Dazu aber wollte er sich nicht verstehen; er erwiderte ihnen, daß es verhängnisvoll sei, wenn ein Mensch wie er seine ihm von der Natur gesetzten Grenzen überschreite; da kehre sich das Gute ins Üble. Es sei nicht seine Gabe, es sei nicht seine Bestimmung; eines sei der Gedanke, ein anderes die Tat; als Märtyrer bin ich euch ohnehin nicht verloren, rief er einmal lachend aus, und ich weiß noch, wie michs kalt überlief bei diesem Wort. Er zeigte bei solchen Anlässen eine bezaubernde Güte und Überlegenheit, und sein Charakter erschien mir wie ein Stück Edelmetall, dessen Schimmer durch das Zugreifen schmutziger Hände um nichts vermindert wurde. Eine solche Menschensubstanz übt eine Macht aus, einen beständigen magnetischen Bann, wenn man es so nennen will, und das Vorhandensein davon genügt allein schon, die Last des Lebens zu erleichtern und seine Aufgaben mutiger zu übernehmen. Aber das begriffen die wenigsten. Mir war ein Alp von der Brust, seit ich um seine offene Erklärung und Abwehr wußte, um so mehr, als mir da kein Einspruch erlaubt war; hätte es doch ausgesehen, als wollt ich ihn für mich bewahren und in meinen Ketten halten. So war unser Bund nicht; wir waren unter einem höhern Gesetz vereinigt. Aber es waren andere Ketten da. Wie er wider seine Überzeugung und sein tieferes Wissen und Gefühl doch hineingezogen, hineingerissen wurde in den Feuerschlund, drin er verbrannte, das will ich jetzt erzählen, obschon es schwer für mich ist. Schwer, davon zu sprechen und den Zusammenhang aufzudecken; da ist viel Geheimnisvolles dabei und Dinge, die vielleicht besser nicht ans Licht gezogen werden. Aber vielleicht soll es sein und ich mache es mir auf die Art selber einmal ganz klar.

»Es gibt Ehen, glaube ich, in der Mann und Weib zu einer Einheit werden, ohne daß sie einander mehr geben als eben die Person und die Existenz, mit der sie in der Welt stehen, ich meine ohne das gewisse Suchen von Verständnis und Verständigung und ohne das Bedürfnis und die Forderung immerwährender Nähe; bloß durch die Pflichten und Aufgaben des alltäglichen Tages. Ich sprach bereits davon, daß die besondere Art von Leben, die wir führten, uns selten in Ruhe zueinander kommen ließ. Kapruner teilte seine Zeit an die Arbeit und an die Menschen aus; von Sparen wußte er darin überhaupt nichts. Ich half ihm, soviel ich vermochte, und die Monate flogen wie im Sturmwind hin. Nur daß wir uns einig wußten, das gab Sicherheit. Der einzige Mensch, für den er an jedem Tag vorbestimmte Stunden erübrigte, war seine Mutter. Sie erwartete und verlangte es. Von jeher war es die Regel gewesen, und abgesehen davon, daß es Gewohnheit und Wunsch auch bei ihm war, wagte er gar nicht, sich dem zu entziehen. Sie hatte den größten Einfluß auf ihn; aber die eigentliche Beschaffenheit von diesem Einfluß habe ich nie ganz durchschauen und ergründen können. Er behandelte sie mit einer Rücksicht und Ehrerbietung, als ob sie ein höheres Wesen wäre. In allen schwierigen Angelegenheiten fragte er sie um ihren Rat und unternahm nichts ohne ihre Zustimmung. Niemals widersprach er ihr, aber sie war klug genug, daß sie ernste Meinungsverschiedenheiten und Konflikte nicht entstehen ließ, und oft kam ich auf den sonderbaren Gedanken, sie habe ihm dadurch, daß sie ihn in seiner entscheidenden Lebensrichtung nicht nur nicht behinderte, sondern bestärkte und antrieb, in einer tiefen Erkenntnis seiner Natur eine Gehorsams- und Dankbarkeitspflicht aufgezwungen, die er in allem übrigen, was sein Leben betraf, glaubte abtragen zu müssen. Es war jedenfalls ein seltsames Verhältnis, das mich immer in der Schwebe zwischen Verwunderung und unbestimmter Furcht hielt. Gegen mich betrug sie sich von Anfang an eigentümlich passiv. Es war, als nehme sie mich mit in den Kauf; als sie sich von meiner Fügsamkeit überzeugt hatte, sagte sie sich wahrscheinlich, daß ich für ihn die wünschenswerteste Kameradin, für sie die ungefährlichste Schwiegertochter sei. Da geschah es, daß ich im zweiten Jahr unserer Ehe in die Hoffnung kam, und von dem Zeitpunkt ab veränderte sich das Benehmen der Frau gegen mich. Sie zeigte eine Feindseligkeit, die mich erschreckte. Erst verhüllt und stumm, in ihrer verschlossenen Art, dann rückhaltlos und aufschürend. Ich war ihr nicht mehr recht. Ich war ihr plötzlich im Wege. Sie tadelte meine Führung, meine Haltung, meine Hoffräuleinsmanieren, wie sie es nannte; was ich machte, war in ihren Augen falsch; was ich sagte, mißbilligte sie. Oft bemerkte ich, daß ihr Blick mich mit dumpfem Haß verfolgte, dann wurde mir ganz unheimlich zumut. Ich flüchtete förmlich zu Kapruner; er suchte mich zu beruhigen und wollte mir das Betragen der Mutter als vorübergehende Laune und Verdüsterung darstellen, aber seine Erklärungen und Tröstungen hatten etwas Verzagtes, das mich noch mehr beängstigte. Er bewies mir die zarteste Sorgfalt in dieser Zeit, gab acht, daß ich mich schonte, las mir jeden Wunsch von den Augen ab, doch auch dies begann mich zu quälen, denn ich sagte mir, daß ich vielleicht dadurch eine eifersüchtige Erbitterung bei der Frau hervorrief. Ich raubte ihr Stunden, die Heinrich sonst ihr geschenkt hatte; ich nahm ihn mehr als früher für mich in Anspruch, wenn auch unvorsätzlich; das trug sie mir sicherlich nach. Ich teilte Heinrich meine Gedanken mit; er schaute mich ernst an und schüttelte den Kopf. Was aber war es? Vielleicht fürchtete sie bei unserer ziemlich beengten materiellen Lage den Zuwachs an Familie. Vielleicht hatte sie damit nicht gerechnet und machte mich für die Erschwerung der Lebenslast verantwortlich. Auch das war es nicht; wenigstens gab alles das nicht den Ausschlag. Da wurde ich zu Anfang des Winters recht schwer krank. Es war die Krankheit, die ich drei Jahre später noch nicht verwunden hatte, und die mich zu der Zeit, als mich die Fürstin hierhergebracht hatte, am heftigsten niederwarf. Auch damals war der Anfall so jäh wie nachhaltig, und es wurde so schlimm, daß ich in ein Sanatorium geschafft werden mußte. Viele Tage hindurch wich Kapruner nicht von meinem Bett; er pflegte mich selbst und war für keinen Menschen zu sprechen, außer für den Arzt. Eines Nachts, ich hatte hohes Fieber und lag beinahe bewußtlos, ging die Tür auf, und die Mutter trat herein. Ich glaubte zu sehen, daß Heinrich furchtbar bleich wurde; ich hörte sie miteinander flüstern. Plötzlich kam die alte Frau an mein Bett und schaute mich an. Ich hatte die Augen geschlossen. Es war mir, als stieß mich ihr Blick in eine Grube hinunter; etwas Verderbliches ereignete sich mit mir; ein ähnliches Angstgefühl hatte ich vorher nicht gekannt. Aber mitten in der Angst und mitten im Fieber wurde mir auf einmal klar, was im Innern der Frau vorging; ich erriet es nicht, ich sah es einfach, wie man ein Bild sieht. Die Ärzte hatten sich bemüht, das Kind zu retten; bis zu dieser Nacht hatte man es glauben dürfen; eine Stunde nachdem die Frau fortgegangen war, hatte ich nichts mehr zu hoffen. Vielleicht hat sie das Geschöpf mit ihren Augen in mir getötet. Und so war es: sie wollte nicht noch ein zweites Wesen zwischen sich und dem Sohn haben; sie zitterte davor wie vor nichts sonst in der Welt. Noch weiter teilen, noch mehr hergeben von ihm, noch mehr ihn entbehren, da sie ihn doch sechsunddreißig Jahre allein besessen hatte, das ertrug sie nicht. Besessen; ein anderes Wort zu sagen, ist nicht möglich; sie hatte ihn besessen; er war ihr Um und Auf gewesen, der Mittelpunkt ihres Denkens, ihr Licht, ihr Leben, ihr Außen und Innen; sie wußte nichts als ihn, sie kannte nichts als ihn, sie fühlte nur für ihn; alle anderen Menschen waren ihr wie Steine, wie Schatten. Das schlummerte zuerst nur als Ahnung in mir; dann, als ich mit Kapruner darüber sprach und er mir in seiner Erschütterung Punkt für Punkt zugeben und bestätigen mußte, erkannte ich auch den ganzen Umfang des Unglücks, das noch drohend über mir hing. Aus seinen zögernden Erzählungen ging hervor, daß sie ihn, den Sohn, aus einer Ehe mit einem schändlichen Mann nach qualvollen Kämpfen und jahrelangen Verfolgungen endlich für sich erobert hatte; daß sie sich mit der Willenskraft einer Riesin aus der tiefsten Armut herausgearbeitet hatte; für ihn; daß sie ihn durch seine Kindheit und Jugend förmlich getragen hatte, mit einer Zärtlichkeit und steten stummen aufreibenden Furcht vor Not, vor Krankheit, vor Menschen, vor dem ganzen Leben, die ihn hätten gefügig machen, in ergriffenem Staunen hätte erhalten müssen, auch wenn er ein herzloser Idiot gewesen wäre. So sagte er, so machte er es mir verständlich, und ich glaubte es, ich wußte es. Aber was sollte aus mir werden? Wie konnte da ein Zusammenleben gedeihen? Die Wirklichkeit übertraf meine ärgsten Vorahnungen. Die Frau auferlegte sich keine Scheu mehr. Sie hatte sich vielleicht mit der Erwartung betrogen, daß die Beziehungen zwischen mir und Heinrich mit der Zeit von selbst erkalten und daß er dann zu ihr, weil belehrt und seiner Illusionen beraubt, um so williger zurückkehren würde; als dies nicht der Fall war, und sie sah, daß sich Heinrich im Gegenteil noch herzlicher an mich schloß und mich die Enttäuschung mit dem Kind, die ich erlitten, auf alle Weise vergessen zu machen suchte, entwickelten sich geradezu teuflische Instinkte in ihr, und kein Mittel war ihr zu schlecht, um meine Stellung zu untergraben und Zwietracht zu säen. Ich will mich nicht zurückverlieren in dies Kleine und Gemeine, die häßlichen Anspielungen, die Verdächtigungen, die böswilligen Verdrehungen von Worten, den Unglimpf, den sie auf meine Herkunft warf, und von der Aristokratin sprach wie man von einem Auswurf spricht; die Art, wie sie meine Flucht aus dem Hause der Verwandten verächtlich machte; wie jede Handreichung einer hämischen Kritik unterzogen wurde; wie sie meine Schritte, mein Lächeln, mein Weinen, meine Ratlosigkeit, meine Verzweiflung sogar beargwöhnte; wie sie mich vor anderen herabsetzte, meine Ungeschicklichkeit in der Wirtschaft verspottete, mich zur Verschwenderin stempelte, jeden Fehler und Fehltritt aufbauschte, und wie Heinrich es hinnahm und dann wieder sich dagegen bäumte; wie er mich zu beschwichtigen, sie zu versöhnen trachtete; wie er in die Enge getrieben nach keiner Seite sich handelnd wenden mochte oder konnte: wozu es im einzelnen aus der Erinnerung locken, die es gern zugedeckt hält? Nur so viel will ich sagen, daß ich mir wie in die Hölle verdammt vorkam und daß ich ein Ende zu machen entschlossen war. Ein unbedeutender Anlaß führte die

Entscheidung herbei; ich hatte eines Tages vergessen, einen wichtigen Brief abzuschreiben, den mir Heinrich diktiert hatte; es waren eine Menge Leute dagewesen, und im Trubel hatte ich das Konzept verlegt. Als Heinrich mich im Beisein der Mutter fragte, gestand ich es beschämt; die Frau fuhr mich an wie einen Dienstboten, der beim Diebstahl ertappt wird; Heinrich wies sie sanft zur Ruhe, beschwor sie, sich zu mäßigen; sie verließ grollend das Zimmer. Empörung schloß mir den Mund; ich antwortete nicht auf Heinrichs Bemühungen, mich zu versöhnen; Gerechtigkeit war mir hier zu wenig und Verständigung auch. Ich ging in die Schlafkammer, packte in Eile meine Sachen, kehrte zu ihm zurück und sagte, daß ich das Haus verlassen wolle. Er sah mich wortlos an. Wie steht es nun in unserem Fall mit Gewalt und Vergewaltigung, Heinrich? fragte ich ihn; darf ein Mensch seinen Liebesanspruch so weit treiben, daß er den andern zum Sklaven erniedrigt? Erwirbt man durch die Liebe einen Freibrief auf Leibeigenschaft? Und wenn der Sohn für ewige Zeiten seiner Mutter verfallen ist, als Leibeigener, ist dann seine Gefährtin schutzlos ausgeliefert? Wie verträgt sich das mit deinen Anschauungen und deinem Leben? Ich war ganz ruhig, als ich ihn so fragte, und ich sah den schweren Seelenkampf in seinem Gesicht. Er schaute mich traurig an und erwiderte nach einer Weile, er sehe wohl ein, daß wir zu dreien unter einem Dach nicht länger hausen könnten, deshalb wolle er auch keinen Versuch machen, mich dazu zu bewegen; er schlage mir vor, mich für einige Zeit bei Freunden einzulogieren und nannte Namen und Wohnung dieser Freunde; inzwischen würde er mit sich selber ins klare zu kommen suchen und die Mutter auf die Trennung von ihm vorbereiten; denn daß er sich als zu mir gehörig betrachte, daran sei kein Zweifel möglich, für ihn nicht und hoffentlich auch für mich nicht. Er begleitete mich dann zu seinen Freunden, die ich nur oberflächlich kannte, und wir sprachen noch von der Zukunft und wie wir uns von nun an einrichten wollten. Es wurde aber alles ganz anders, als er es gesagt und geplant hatte. Er kam am dritten Tag; ich war bei den Leuten, einem zigeunerhaft lebenden Ehepaare, schlecht und recht untergebracht; ich kam mir vor wie verstoßen; er aber redete von seinen Versprechungen nicht mehr; in seinem Wesen war etwas Verstörtes, zugleich Schüchternes und Schuldbewußtes; nachdem er eine Stunde bei mir gewesen, entfernte er sich hastig. Dann schrieb er mir, am selben

Tag noch; der Brief war voller Beteuerungen; daß ich ihm fehlte; daß kein äußerer Umstand, keine Macht der Erde uns voneinanderreißen könne; daß ich der einzige Mensch sei, der ihm geistig und seelisch unentbehrlich sei; daß aber der Entschluß, vor den ich ihn, vor den er sich selbst gestellt, den völligen Bruch mit der Mutter bedeute, und damit habe er sie nicht nur verloren, sondern auch, wie er wohl wisse, zur Verzweiflung und zum Untergang verurteilt. Es sei also natürlich und verzeihlich, wenn er mich noch um Frist bitte; überstürzen dürfe er nichts, falls er vor seinem Gewissen rein dastehen wolle. Ich fragte mich: warum schreibt er mir das? Gebrichts ihm an Mut, mir sein Zaudern und Zurückweichen Aug in Aug zu bekennen? Er kam wieder; er kam täglich, aber es war quälend für mich, quälend für ihn und mit jedem Mal mehr. Jedesmal war er erregter, leidenschaftlicher, zerfahrener und aufgewühlter. Es trieb ihn von der Mutter weg zu mir und von mir weg zu der Mutter. Ich täte sehr unrecht, ihn der Charakterschwäche zu zeihen; Kraft ist relativ, und die Kraft jener Frau war ungeheuer und für gewöhnliche Menschen kaum zu ermessen. Ich hatte dem nichts Ähnliches entgegenzusetzen, keine solche dunkle Telepathie, und da ich gewahrte, daß es den Mann zerrieb und vergiftete, der mir über alles teuer war, daß er, hin und her irrend zwischen zwei Wesen, denen er sich in gleicher Weise verbunden fühlte, sich gänzlich verlieren mußte, so beschloß ich, zu verzichten und vom Schauplatz zu verschwinden. Ich brachte meine Papiere in Ordnung und fuhr, ohne ihn, ohne irgend jemand benachrichtigt zu haben, nach Deutschland. Die Stadt brauch ich nicht zu nennen; ich kann ihren Namen nicht mehr über die Lippen bringen, fast nicht denken, sie ist mir noch immer wie ein Ort, wo Feuer und Schwefel vom Himmel fällt und Menschen zu Teufeln werden. Ich lebte zwei, drei Monate aufs äußerste eingeschränkt, denn ich hatte nur sehr wenig Geld. Es war mir gelungen, ein Atelier zu mieten, dessen früherer Bewohner auf ein Jahr verreist war. Ich merkte nichts von dem, was um mich vorging und kümmerte mich um die Weltereignisse nicht. Ich war wie in mich selbst vergraben. Der Krieg war längst zu Ende; daß überall Aufruhr loderte, spürte ich wie im Schlaf; oft wenn ich ausging, hörte ich Getümmel, fernes Schießen, sah erhitzte oder ängstliche Gesichter, nachts rannten Menschen über das dröhnende Pflaster,

aber ich redete mit niemand und las keine Zeitung. So einsam kann
man nur in einer großen Stadt sein.

»Eines Abends pochts an der Vorzimmertür; ich erschrecke, frage,
öffne: Heinrich steht vor mir. Er zieht mich ins Zimmer, umschlingt
mich, stürzt vor mir nieder, preßt den Kopf in meinen Schoß und
schluchzt. Um Gott, was ist geschehen? Wie verändert er aussieht; müde,
die Züge verloschen, die Augen krankhaft flammend. Was ist geschehen?
Er hat mich auf der Straße erblickt; gestern; von weitem bloß, wie einen
Schatten, ist mir gefolgt, hat nicht gleich gewagt, zu mir zu kommen.
Es ist gefährlich, wenn ich zu einem Menschen komme, höchst gefährlich
für ihn, stöhnt er. Wieso bist du hier? frag ich. Er ist seit vielen Wochen
hier. Er hat sich mit den Empörern vereinigt, er ist eines ihrer Häupter
geworden; jetzt sind sie eingeschlossen, zum Teil gefangen, zum Teil
geächtet, der Traum von Aposteltum und Menschheitswandlung ist
ausgeträumt und das Erwachen grauenhaft. Warum hast du das getan,
du, Heinrich, du? Deinen Weg verlassen, deine beste Überzeugung ver-
leugnet? Er sei nicht mehr er selbst gewesen nach meiner Flucht; er
habe sich nicht mehr finden können; da erst habe er gespürt und erfahren, was ich ihm geworden war und er sei, wie um sich gegen eine
übergreifende Macht zu rechtfertigen, in den Kampf gegangen, wie um
sich durch die Tat zu erweisen, sich in ihr zu stählen und zu reinigen;
oder in ihr zu enden und zu sühnen. Auch sei ihm mein Weggehen
von ihm wie eine Aufforderung erschienen, seinen Fall bei einer höheren
Instanz anhängig zu machen und sich gleichsam einem Gottesurteil zu
unterwerfen. So sei er unter die Räder gekommen. Aber was nun, frage
ich, was nun? Eh er noch antworten kann, hör ich Tritte von Menschen
auf der Stiege, und es wird mit aller Gewalt gegen die Tür geschlagen.
Da sind sie, sagt Kapruner; mach auf, es bleibt nichts anderes übrig, sie
waren mir auf der Spur. Als ich gehn will, packt er mich am Arm und
sagt, es gäbe nur einen Menschen, der ihn vielleicht retten könne; er
nennt den Namen der Fürstin. Ich hatte ihm einmal erzählt, daß sie
eine leibliche Verwandte von mir wäre. Sie befinde sich in der Stadt,
sagte er, wohne im Ursulinerinnenkloster und habe sich durch eine
weitverzweigte persönliche Hilfstätigkeit in Ansehen gesetzt, seit vielen
Jahren, so daß ihr Wort bei allen Parteien Gewicht habe. Der Lärm
verschlang seine letzten Worte fast; als ich mich zur Zimmertür wende

und sie öffne, haben sie die Tür draußen in Trümmer geschlagen. Fünf oder sechs Soldaten in Stahlhelmen und Gewehr dringen finster ungestüm herein, hinter ihnen ein Leutnant, ein blutjunger Bursch, und kurz hernach noch ein Mann, der ein höherer Offizier zu sein scheint, aber im Sportanzug ist und eine Reitpeitsche im Stiefelschaft stecken hat. Handfesseln! schreit der Leutnant. Der Mann im Sportanzug geht auf Kapruner zu und fragt ihn, wer er sei. Er nennt seinen Namen, da reißt der Mensch die Reitpeitsche heraus und schlägt ihn ins Gesicht. Ich schreie auf; der Mensch kehrt den Blick zu mir; er scheint überrascht, scheint mich zu kennen, zu erkennen; auch mir ist, als hätte ich ihn schon früher gesehen, doch erinnere ich mich seiner nicht. Je länger er mich ansieht, je sicherer scheint er seiner Sache zu sein; schließlich war ja meine Heirat zum Skandal und unauslöschlichen Schimpf für meine Familie geworden. Als ich bittend die Arme ausstrecke, für Heinrich in meiner Ahnungslosigkeit bittend, gibt der Leutnant einem der Soldaten einen Befehl; der kommt auf mich zu, offenbar um mich festzunehmen; der andere Offizier winkt ihm ab, nähert sich mir und sagt mit dem Ausdruck kalter Verachtung, schnarrend scharf, ich solle schleunig gehen und dafür sorgen, daß man mir nicht mehr begegne; es sei um meines Vaters willen, dessen Namen ich getragen, daß er mich schone. Heinrich schaut mich starr an; was er mir aufgetragen, bringt mich in Bewegung; ich zwänge mich durch die Leute, fliege die Treppen hinunter, an einem Posten vorüber, der mir verdutzt nachschaut und eine Gebärde macht, als wolle er das Gewehr anlegen, hinaus auf die Straße, in die Nacht hinaus. Ich laufe sinnlos in irgendeine Richtung; ein Auto kommt mir in den Weg; ich rufe, springe hinein, nenne das Kloster, eine Viertelstunde darauf lieg ich vor der Fürstin auf den Knien. Ich kann nicht mehr sagen, wie ich zu ihr gelangt bin, wer mich zu ihr geführt hat, was ich zu den Frauen geredet habe, ob sie schon zu Bett war. Sie sieht mich, hört mich und es ist als wären wir gestern beisammen gewesen. Sie weiß von mir, sie weiß von Kapruner, sie kennt mein Schicksal; Worte zu verlieren, ist nicht nötig; ihr ganzes Wesen drückt aus, daß jede Sekunde kostbar ist. Wir sitzen wieder im Wagen. Wir fahren in eine Kaserne. Niemand kann Auskunft geben. Es ist Mitternacht vorüber; Nachrichten zu erhalten ist schwer. Wir fahren in eine andere Kaserne; in eine dritte; zum Polizeigebäude; zum Justizpalast; ins Kriegsministerium; nichts,

nichts. Überall aufgeregte Menschen, sonst nichts. Während wir weiter und weiter fahren, straßauf, straßab, hat die Fürstin meinen Kopf auf ihren Arm genommen; sie spricht nicht, aber ihr Atem, ihr Blick, ihre Berührung ist wie Arznei, wie was Überirdisches, als ob man von oben her in den eigenen Schmerz, in die eigene Angst schauen könnte und Leben und Tod nicht mehr das Wichtige wären. Gegen drei Uhr begegnen wir einer Kolonne mit einem Obersten an der Spitze; eine Gefangeneneskorte. Die Fürstin läßt halten; sie kennt den Oberst; er begrüßt sie ehrerbietig; er nennt einen Ort etwas außerhalb der Stadt, wo viele Aufrührer hingebracht worden sind. Zwanzig Minuten später sind wir dort. Ein großer düsterer Hof, von ein paar Laternen erleuchtet. Vor uns eine glatte Mauer, wo dreißig bis vierzig Leichname liegen. An einer andern Mauer lehnen Gewehre; Soldaten gehen auf und ab. Vor der Fürstin treten alle zur Seite; einige salutieren. Sie wendet sich an einen Unteroffizier. Der schüttelt den Kopf. Ein anderer tritt heran. Kapruner? Der werde wohl unter den Erschossenen sein. Ein dritter weiß besser Bescheid; zu einem so ehrenvollen Tod habe es der Kapruner nicht gebracht; er deutete in einen finstern Winkel, wo ein zerfetzter menschlicher Körper liegt, ein formloser, blutiger Haufen Fleisch. Nur die rechte Hand ist heil. Als ich auf den Boden hingesunken war, ist die Fürstin neben mich hingekniet, hat sich über mich gebeugt und mir die Augen geküßt. Das war das letzte, was ich sah und spürte, dann lange Zeit nichts mehr. Gut, daß das Wissen aufhörte; der nächste Atemzug war schon im Wahnsinn geschehen.«

Fides schwieg. Ihre Stimme hatte am Schluß etwas Gläsernes bekommen. Jetzt senkte sich der Kopf tief herab; die Lippen waren zusammengepreßt, die gefalteten Hände wie ohne Leben. Plötzlich zuckte sie förmlich auf und sagte mit geistesabwesendem Lächeln: »Es ist spät. Man muß schlafen gehn. Gute Nacht.« Rasch erhob sie sich und ging.

Faber jedoch blieb noch länger als eine Stunde am Tisch sitzen.

14.

Da der folgende Tag ein Sonntag war, begab sich Christoph, als er mit den Morgengeschäften fertig war, zu seinem Vater, um verschiedene schwebende Angelegenheiten mit ihm auszumachen, deren Besprechung er bis jetzt verschoben hatte. Zudem gingen in den nächsten Tagen die Ferien zu Ende, und vorher mußten reinliche Verhältnisse geschaffen werden. Zuerst wollte er die Sache mit dem neuen Hausbesitzer zur Debatte stellen: vor etwa zwei Monaten war nämlich das Haus an einen Herrn Schadenbach verkauft worden, einen Lederhändler, der die Wohnung im dritten Stock unter der Faberschen innehatte, dortselbst auch seit Jahr und Tag mit seiner Familie friedlich gewirtschaftet hatte, jedoch seit seiner neuen Würde, die wieder eine Folge neuen Reichtums war, die Parteien auf alle mögliche Weise drangsalierte und in ihrem Behagen störte. Bald verdroß ihn in einer Etage das Teppichklopfen, bald in einer andern das Klavierspiel; bald lief ihm die Wasserleitung zu lange; bald schlug einer mit den Türen; bald lag Schmutz auf der Stiege, bald warf ein dienstbarer Geist irgendwelche Objekte zum Küchenfenster hinaus; kurz, er hatte beständig Anlaß zu zetern, und manchmal schallte seine rohe Stimme halbe Stunden lang durch sämtliche Stockwerke. Darüber ärgerte sich Christoph. Er ärgerte sich beinahe täglich über Herrn Schadenbach. Er haßte Herrn Schadenbach wegen seiner Anmaßung und seines Geschreis. Er hatte schon oft mit Fides über den Fall beraten; aber Fides' Meinungen waren schwankend; die rechtliche Grundlage von Herrn Schadenbachs Übergriffen, denn Übergriffe waren es, wie man es auch betrachtete, waren ihr nicht ganz klar. So trat er also, mit unabgekühlter Empörung noch immer, vor seinen Vater.

Zu erkunden war: erstens ob Herr Schadenbach befugt sei, einen so unanständigen Krawall zu verüben, da doch der käufliche Erwerb eines Hauses niemandem, selbst fetten und bärtigen Personen nicht, das Recht gab, seine Bewohner zu mißhandeln; zweitens aber, wenn die meisten Leute schon so feig seien, sich derartiges gefallen zu lassen, wie man dann Herrn Schadenbach beikommen könne. Beikommen; so sagte er; ein kräftiger und einleuchtender Ausdruck in seinem Munde. Und er erwartete von seinem Vater auch einen kräftigen und einleuchtenden Bescheid.

Aber hierin wurde er enttäuscht. Faber vermochte nur einige allgemeine sozialkritische Bemerkungen zu formulieren, aus denen Christoph den Schluß zog, daß der Schatz seiner Erfahrungen in diesem Punkt nicht eben groß sei. Er zeigte ein konventionelles Bedauern über diese Unzulänglichkeit, überlegte eine Weile mit gefalteter Stirn, wie er sich ferner zu verhalten habe und ging dann zum nächsten der vorgesetzten Probleme über. Nämlich: ob ein Regenwurm, wenn man ihn entzweigeschnitten, auch zwei Seelen habe, da sich doch jeder Teil selbständig weiterbewege; oder vier Seelen, wenn man ihn vierteile; oder ob Regenwürmer überhaupt keine Seele hätten und sich dadurch etwa ihre Gleichgültigkeit gegen so umfassende Operationen erklären lasse? Seele; was sei überhaupt Seele? Der Vater möge ihm begreiflich machen, was eine Seele sei.

Faber bemühte sich herzlich, aber mit geringem Erfolg. Wie, Menschen besäßen eine Seele und Affen nicht? Oder wenn man sie den Affen zugestehe, warum den Hunden nicht? Den Ameisen nicht? Einem Baum nicht? Einem Wasserfall nicht? Wo fange Seele an, zu sein? Worin zeige, worin beweise sie sich? Habe vielleicht Herr Schadenbach eine Seele und das Pferd da drunten vor dem Karren nicht? In so kategorischer Manier zur Rede gestellt, konnte Faber nur mit dem Absud einer tausendjährigen Popularphilosophie antworten, Christoph hatte kein Verständnis dafür. Er seufzte, durchschritt energisch das Zimmer und kam zum dritten und letzten Gegenstand seiner Denkarbeiten: Weshalb die Mutter verreist sei? Weshalb sie, da sie zu Hause einen Mann und ein Kind habe, mit einer fremden Dame weggefahren sei? Ob denn das Frauen dürften, so einfach wegfahren? Ob es dagegen kein Gesetz gebe? Seien denn Frauen frei? So frei wie Männer? Könnten sie tun, was ihnen beliebe, oder hätten Männer bloß nicht den Mut, ihnen ordentlich zu sagen, was sie dürften und nicht dürften? Das wolle er wissen.

Bei diesen Worten war Fides eingetreten, die das Frühstück für Faber brachte. Sie lächelte kaum merklich, strich im Vorbeigehen mit den Fingern durch Christophs Haar und ging wieder hinaus. Faber nahm den Knaben auf den Arm und drückte ihn an sich. Er war in der Lage eines Mannes, der als Autorität in einem Prozeß angerufen wird, bei dem er selber Kläger ist. Der Knabe schien den Betrug zu spüren, der durch Zärtlichkeit an ihm verübt wurde, und sträubte sich gegen die Zärtlichkeit. Er sah den Vater aufmerksam an und verzog dann das Gesicht zu einer pfiffigen Grimasse, wobei er Martina in komisch wirkender Weise ähnlich wurde. Faber setzte ihn neben sich aufs Sofa und suchte ihn durch Erzählungen abzulenken. Er erzählte von malaiischen Piraten und indischen Tempelstädten und den Urwäldern Ceylons, doch beging er aus Zerstreutheit einige Verwechslungen, und Christoph sah sich genötigt, ihn tadelnd zurechtzuweisen. Er vernahm es nicht ungern, als der Knabe ihm ankündigte, daß er bei Tante Klara zu Mittag eingeladen sei. Als später Anna Faber kam, um den Enkel mitzunehmen, sperrte sich Eugen in seiner Stube ein und ließ sich verleugnen. Gleich hernach kam Fleming, und er ließ sich auch vor dem verleugnen.

Beim Mittagessen saß er mit Fides am Tisch. Sie sprachen von gleichgültigen Dingen. Nach jeder Frage und Replik entstand eine bleierne Pause. Als er wieder in seiner Stube war, versuchte er zu lesen, konnte sich aber nicht sammeln und legte das Buch beiseite. Gegen vier Uhr ging er zu Hergesells, um Christoph abzuholen, wie er es mit Fides vereinbart hatte. Seine Mutter traf er nicht an. Sie verschwinde jetzt jeden Tag für mehrere Stunden, teilte ihm Klara mit; Klara vermutete, daß sie Valentins Aufenthalt ausfindig gemacht hatte und diese Zeit in aller Heimlichkeit bei dem angebeteten Lümpchen zubrachte, denn sie käme meist ganz wohlgelaunt und animiert zurück; manchmal freilich auch in Sorgen und Gedanken. »Ich warte jeden Tag auf die Katastrophe, die sich schließlich doch mit dem Jüngling ereignen wird«, sagte Klara mit ihrer sich selbst persiflierenden Trockenheit und einer Menge Parallelfalten auf der Stirn, »es ist bereits langweilig, und man möchte, daß einem der verdammte Ziegelstein endlich schon auf den Schädel fällt. Und was treibt der Herr Bruder?« fuhr sie fort. »Er macht sich selten, wie ich merke. Martina ist nach England gereist, geht das Gerücht. Die kleine Martina wird sehr betriebsam, scheint es.« Sie betrachtete Eugen von der Seite, wie ein Huhn, während sie ihrem ältesten Töchterchen das Haar kämmte. Sie hatte beide Kinder tags zuvor vom Land heimgebracht.

Zu Hause fand Eugen ein Telegramm von Martina, in welchem sie ihre Ankunft in London meldete. Er saß müßig und unfroh am Fenster und sah zu, wie es dämmerte, wie es finster wurde. Er lauschte den in ein dumpfes Gedröhn zusammenfließenden Geräuschen der Stadt: Glockengetön, Räderrollen, Stimmen und Schritten. Christoph kam und sagte ihm gute Nacht. Er blickte den Vater prüfend an, enthielt sich aber diesmal des Fragens. Erst als ihn Fides zum Essen rief, erhob sich Faber. Sie ließ ihn allein bei der Mahlzeit. Später räumte sie schweigend den Tisch ab, und gegen neun Uhr fragte sie ihn, in der Tür stehenbleibend, ob er noch etwas wünsche. Er verneinte; stockte; dann entfuhr es ihm, halb wider Willen, ob sie sich nicht zu ihm setzen wolle; der ganze Tag sei ihm so öde gewesen.

Sie erwiderte nichts; nach ein paar Minuten kam sie und brachte ihre Näharbeit mit, Wäsche von Christoph, die auszubessern war. Sie nahm an der breiten Seite des Tisches Platz, dicht unter der Lampe und legte Zwirn, Schere und Leinwandstücke vor sich hin. Sie trug dasselbe schwarze Kleid wie gestern, eine frische weiße Schürze und um den Hals, an einem schwarzen Band, ein schwarzes Medaillon mit einer winzigen Perle.

Faber schaute der beim Nähen maschinenhaft auf- und niedergleitenden Hand zu. Wie gestern schon, erregte diese Hand seine Neugier, als sei sie ein Wesen für sich, das genauer zu kennen reizvoll wäre.

Er sprach von Christoph; von seiner putzig-frechen Manier, die Leute zur Rede zu stellen und überall den Punkt aufs I zu nageln. Mit solcher Kohlhaserei werde er sich bald den Kopf wund stoßen an der Welt.

Fides pflichtete bei. Ein einziges Kind sei immer in Gefahr, sich in allem was es tue, zu übertreiben. Er sollte ein Geschwister haben, das wäre gut für ihn, meinte sie.

Ja, das wäre freilich gut, gab Faber zu. Ob der Bub die Fragen wegen seiner Mutter und deren Abreise auch schon an Fides gerichtet hätte? erkundigte er sich dann. Und als Fides nickte: was sie ihm geantwortet hätte? Was man überhaupt darauf antworten solle? Er müsse gestehen, daß es ihn stumm und dumm mache. Er eigne sich darum schlecht zum Erzieher; es fehle ihm an Geistesgegenwart, und die müsse ein Erzieher doch vor allem haben.

Er habe natürlich auch sie ins Verhör genommen, entgegnete Fides; vorhin vor dem Einschlafen wieder; die Sache scheine ihn sehr zu beschäftigen. Sie habe ihm gesagt, er dürfe über seine Mutter erst urteilen, wenn er fähig sei, ihre Handlungen zu verstehen; dazu müsse er Erfahrungen sammeln und sein Gemüt bilden. Dann habe sie ihm allerdings begreiflich machen müssen, was das heiße: das Gemüt bilden; es sei ziemlich schwer gewesen. Aber sie habe doch erreicht, daß er nachdenklich geworden sei.

Um Fabers ausdrucksvollen Mund legte sich ein Zug, der alles mögliche bedeuten konnte: Beifall, Langweile, Überdruß, sogar Ironie. Er erhob sich, ging zum Fenster, setzte sich wieder, erhob sich wieder, ging zum Ofen, setzte sich dann in einen Sessel, der etwas abseits vom Tisch stand, legte ein Bein übers andere und fuhr sich mit der Hand über die Stirn. Fides nähte ruhig weiter und schien nichts von seiner Nervosität zu bemerken. Sie nahm den Zwirn in den Mund, biß ihn ab, wobei die schönen, etwas zu großen Zähne sichtbar wurden und fragte, ob er Kopfschmerzen habe.

Nicht gerade Kopfschmerzen, erwiderte er, aber der Kopf sei ihm benommen. Den ganzen Tag habe Föhn geherrscht; das vertrage er nicht. Auch jetzt noch sei die Luft draußen wie ein Backofen.

Wieder stand er auf, trat zum Fenster, öffnete es und schaute hinaus. Während er ihr den Rücken kehrte, hatte Fides' Gesicht einen Ausdruck bohrenden Besinnens. Als er sich umdrehte, schien es wieder ganz gleichgültig.

»Dahinten, wo das Mondlicht durchsickert, steht eine dicke, faserige Föhnwolke, noch immer«, sagte er und schloß das Fenster.

»Sind Sie denn so empfindlich gegen atmosphärische Einflüsse?« erkundigte sich Fides. »Wenn man dagegen nicht abgehärtet ist, hat man viel zu leiden.«

»Es ist verschieden«, gab Faber zur Antwort, während er hinter Fides Stuhl auf und ab ging, »die Jahreszeiten geben den Ausschlag. Im Frühling acht ich weniger darauf als im Herbst. Immerhin, ein Tag wie der heutige ist von Anfang bis zu Ende ein Greuel. Man sollte sich an solchem Tag ins Bett legen und ihn nicht ins Bewußtsein lassen.«

Da er merkte, daß es ihr unbehaglich war, ihn im Rücken zu haben, ging er auf die andere Seite des Tisches und setzte dort seinen Marsch fort. Endlich nahm er wieder auf dem Stuhl ihr gegenüber Platz, schaute wieder der emsigen Hand zu und fragte nach einer Weile: »Was flicken Sie da? Ein Leibchen? Es ist schon recht ordentlich zerstopft.«

»Freilich, was soll man machen, er zerreißt viel, der Bub«, seufzte Fides.

»Hat er die Fürstin schon einmal gesehen?« fragte Faber plötzlich, etwas scheu, mit dem Kopf gleichsam in die Richtung deutend, wo Christoph war. Er räusperte sich umständlich, als sei es ihm peinlich, die Frage gestellt zu haben.

»Gewiß; ein paarmal schon«, versetzte Fides. Als sie nach der Schere griff, entfiel ihr diese. Faber sprang herzu und hob sie vom Teppich auf. Auch Fides hatte sich gebückt, und ihre Haare berührten seine Wangen. »Danke schön«, sagte sie freundlich.

Faber lauschte gegen den Flur. »Hat das Telephon nicht geklingelt?« fragte er.

Fides erhob den Kopf und lauschte ebenfalls. »Nein«, sagte sie. Ihr Blick streifte seine Stirn, die gerade im vollen Licht war. Sie sah, daß er eine sehr schöne Stirn hatte, kräftig, eckig, mit nach innen gewölbten, weiblich feinen Schläfen. Sie wandte den Blick gleich wieder ab.

»Ich habe manchmal Gehörshalluzinationen, besonders was das Telephon betrifft«, sagte Faber unzufrieden. Dann, nach einer Weile: »Am ersten Abend hat es zweimal geläutet. Mitternacht war schon vorbei, und man hatte immer noch was mit Martina auszumachen.« Er lachte kurz und verlegen. Es war auch nicht recht klar, weshalb er gerade davon sprach.

Plötzlich fragte Fides, in beiläufigem Tone fast, aber doch so als wolle sie einer unnatürlichen Gespanntheit ein Ende machen: »Hat Ihnen eigentlich Martina damals geschrieben, wo und auf welche Weise sie der Fürstin zum erstenmal begegnet ist?«

Sie sandte einen blitzschnellen Blick zu ihm hinüber, um den Eindruck zu erforschen, den die Frage auf ihn machte, ob er sich näher darauf einlassen würde oder nicht, ob sie ihn angenehm berührte oder nicht. Ihr Gesicht hatte etwas Listig-Erwartungsvolles, aber sie wußte dies gut zu verbergen.

Er schien überrascht, wollte es jedoch nicht merken lassen. In gekünstelt lässigem Ton erwiderte er, er entsinne sich des Briefes, doch habe sich Martina auf eine flüchtige Schilderung beschränkt, wie ihn dünke. Er habe die einzelnen Umstände nicht im Gedächtnis behalten; nur daß sie der Zufall auf einem Bahnhof zueinandergeführt, sei ihm erinnerlich.

So hingeworfen dies klang, verriet doch seine Stimme, daß er das Thema nur höchst ungern wieder fallen lassen würde. Trotzdem stellte er sich, als errege ein kleiner gelber Nachtfalter sein Interesse, der um die Glühbirnen flatterte, und er haschte sogar nach ihm.

»Soll ich Ihnen erzählen, wie es war?« fragte Fides. »Vielleicht sagt es Ihnen etwas.«

»Bitte; wenn es Ihnen nicht beschwerlich fällt«, entgegnete er, stützte den Ellbogen auf den Tisch und den Kopf in die Hand, wie jemand, der sich bereitet, eine anregende, aber nicht besonders wichtige Mitteilung anzuhören.

Bisweilen im Nähen innehaltend, erzählte Fides das Folgende.

Martina hatte mit Christoph einen Ausflug gemacht. In die Waldgegend; den Ort wußte Fides nicht zu nennen; man hatte einige Stationen mit der Bahn zu fahren. Es war ein Feiertag. Bei der Rückkehr am Abend herrschte in der Bahnhofshalle ein beängstigendes Gedränge, da die halbe Stadt an jenem Tag im Freien gewesen war. Außerdem brach gerade ein Gewitter los, als sie mit dem Kind aus dem Zug stieg; die Leute stauten sich vor ihr, niemand wollte die schützende Halle verlassen. Während sie den Buben fest an der Hand hielt und sich schrittweise weiterschob, lockerte sich plötzlich die dichte Menge; es stehen Menschen im Kreis, und in der Mitte des Kreises gewahrt sie eine würdevolle, schöne alte Dame, von deren Haltung und Gesicht sie gleich aufs äußerste frappiert ist. Um sie herum Kinder, zehn bis zwölf kleine Mädchen, von denen sie sich verabschiedet, wobei sie mit jedem in ruhiger, mütterlicher Art, ungemein sanft und liebevoll spricht. Es scheint, daß sie sie tröstet oder ermutigt oder ihnen Ratschläge erteilt. Benommen von dem Anblick und Wesen der Frau, bemerkt Martina auf einmal, daß Christoph nicht mehr bei ihr ist. Sie hat ihn im Gedränge verloren. Sie will zurück; die Menschenmauer versperrt ihr den Weg; sie fleht, daß man ihr Platz mache; Angst überwältigt sie; es wird ihr schwindlig; sie taumelt; da tritt die Dame zu ihr hin, fragt, beschwichtigt sie, bemüht sich um sie, und bei jedem Schritt, den sie, Martina am Arm, vorwärts tut, weichen die bis dahin so stumpfen und widerwilligen Massen ehrfurchtsvoll zur Seite, als ob sie allesamt von einem unsichtbaren Arm mit Geistergewalt Raum zu geben gezwungen würden. Es bildet sich eine Gasse; sie gehen hindurch; da gewahren sie auch schon Christoph, der auf einem Zementfaß hockt und sehr aufmerksam in die Glaswölbung der Halle emporstarrt, auf die der Regen schmettert und die Blitze flammen. Die Fürstin brachte dann Martina in ihrem Wagen nach Hause. Sie saß bei ihr bis in die späte Nacht.

»Als sie wegging«, endete Fides ihre Erzählung, »hatte sie mehr von Martinas festverschlossenem Innern erfahren als irgendeine ihr noch so vertraute Person in vielen Jahren.«

»Hm«, sagte Faber.

»Und es war ein kritischer Augenblick für Martina«, fügte Fides hinzu, »ein Wendepunkt sozusagen.«

»So?« machte Faber lakonisch. Dann, etwas gespannter, mit einem Stirnrunzeln: »Wieso? Wieso ein Wendepunkt? Sie meinen die Bekanntschaft mit der Fürstin? Natürlich war das ein Wendepunkt. Das weiß ich, leider.«

»Nicht gerade das meine ich«, erwiderte Fides leise, »Sie mißverstehen mich. Die Fürstin hat damit nichts zu tun.«

Er stutzte, wollte aber offenbar nicht neugierig erscheinen und schwieg. Vielleicht konnte er es mit seinem Stolz nicht vereinigen; vielleicht wurmte es ihn, daß er Fides gegenüber, die doch eine Fremde in seinen Augen war, zugeben sollte, sie wisse mehr als er selbst, der doch von Martina alles hatte wissen müssen; kurz, er verstummte und wandte seine Aufmerksamkeit wieder dem unermüdlichen kleinen Falter zu. Nach einer Weile sagte er, indem er seiner Stimme einen möglichst harmlosen Klang zu verleihen suchte: »Es wäre doch gut, wir ließen das Fenster ein wenig offen; glauben Sie nicht?«

»Ich habe nichts dagegen«, versetzte Fides.

Er machte das Fenster auf und ging nun zur Abwechslung einige Male rings um den Tisch herum, die rechte Hand in der Hosentasche und mit Schlüsseln klappernd. Eine beinahe zornige Gereiztheit trat mit jeder Bewegung stärker hervor.

»Setzen Sie sich doch«, redete ihm Fides zu, »Sie haben wirklich gar keine Ruhe in sich.«

Er gehorchte, sah sie eine Weile starr an und sagte: »Das ist hübsch, das Medaillon, das Sie am Hals tragen; woher ist es?«

Er hatte wohl etwas ganz anderes sagen wollen und hörte nicht einmal hin, als Fides erwiderte, es sei von ihrer Mutter.

»Sie müssen bedenken«, fing er plötzlich an, indem er sich lebhaft über den Tisch beugte und den Zeigefinger ausstreckte, »daß Martina von jeher ein völlig unsoziales Wesen war. Der andre Mensch, der da draußen herumrennt und seine Geschäfte treibt, war ihr so fern, daß sie ihn eigentlich bloß verzerrt sah, mit lauter närrischen und komischen Schnörkeln. Anonymes Leiden hat ihrer Phantasie nichts anzuhaben vermocht. Nicht der Schatten einer Neigung, sich dem hinzugeben, war in ihr. Dergleichen ihr zuzumuten, wäre ihr als das Absurdeste von der Welt erschienen. Und mir auch. Als wenn man von dem Falter da oben verlangte, er solle einen Schubkarren ziehn.«

Er warf einen prüfenden und mißtrauischen Blick auf Fides. Da sie zustimmend nickte, fuhr er fort: »Der einzelne Fall, ein Unglück, das sie zufällig miterlebte, bewegte sie; natürlicherweise. Aber immer sehr heftig, so daß gleich ihr Organismus in Unordnung dabei geriet. Instinktiv suchte sie sich dann dagegen zu schützen. Wenn sie einmal einen unangenehmen oder nur unfreundlichen Traum hatte, war sie lange nachher in einem Zustand von Empfindlichkeit und Verzagtheit, und ich mußte sie trösten, gerade so, als ob sie durch den Traum beleidigt worden wäre. Ja, ja, so war es; sie war beleidigt, wenn sie schlecht träumte. Oft hab ich mich über diese Eigenschaft an ihr lustig gemacht. Sie war eben so beschaffen, daß sie nur schöne Dinge aufnehmen konnte, und wenn sie Tränen vergoß, war es meistens nur, wenn sie etwas unerwartet Schönes erlebte.«

Abermals nickte Fides, ermunternd und beinahe froh. Diese Zergliederung von Martinas Charakter schien ihr großes Vergnügen zu bereiten. Sie hatte überdies eine Art zuzuhören, die das Selbstgefühl des Andern hob und ihn in seinen eigenen Augen klug und anregend erscheinen ließ.

»Ich erinnere mich zum Beispiel«, sprach Faber weiter, »daß wir einmal im Herbst eine Gebirgswanderung unternahmen. In Südtirol war es. Wir kamen, gegen Abend, vom Valsugana herunter; das weite Tal mit seinen Weinhügeln und der Strom, die Brenta, glaub ich, lagen in karmesinroter Sonnenuntergangsglut; in unserem Entzücken irrten wir vom Weg ab und kamen unversehens in einen Park, wo die Rosen so dicht wie Erdbeeren im Schlag standen. Ein alter italienischer Gärtner trat auf uns zu, begrüßte uns in der herzlich-gravitätischen Art dieser

Leute und führte uns durch herrliche Laubgänge; schließlich zu einem Boskett, das wie ein Strauß von hundertfarbigen Flammen war. Etwas Ähnliches hatten wir nie erblickt. Da fiel mir Martina um den Hals und weinte vor Jubel und Glückseligkeit.«

Er hielt einige Sekunden inne, als könne er dieses Bild aus der Vergangenheit noch nicht loslassen. Sodann fuhr er fort: »Da sehen Sie also. Da haben Sie den Beweis. So konnte sie auch ein Musikstück aufwühlen, ein Gemälde; bei menschlichem Jammer hingegen, da weinte sie nie. Vor allem wurde ihr kalt, bis zu physischem Frieren; und manchmal wurde sie sogar von einer unbezwinglichen Lachlust befallen. Als Kind mußte sie stets lachen, wenn der Totenwagen mit den schwarzverhangenen Pferden an ihr vorüberfuhr. Sonderbar, nicht? Sie hat mir erzählt, daß ihr Vater einen Gehilfen oder Schüler hatte, der an der Fallsucht litt; der stürzte eines Tages, als Martina im Atelier war, vom Gerüst und wand sich in Krämpfen; obgleich ihr vor Entsetzen der Atem stockte, brach sie in ein Gelächter aus. Nachher schämte sie sich und konnte keinem Menschen in die Augen sehen. Monatelang graute ihr vor dem Atelier, und sie betrat es nicht, aber wenn jemand von dem Epileptiker sprach, mußte sie lachen.«

»Das kann ich mir gut vorstellen; ich sehe sie förmlich«, sagte Fides.

»Ich habe mir das immer so zurechtgelegt«, erklärte Faber mit etwas naivem Tiefsinn, »daß das Traurige und Unvollkommene des Lebens zu ihrer Wesensveranlagung den diametralen Gegensatz bildet. Entschuldigen Sie, wenn ich mich so gelehrt und umständlich ausdrücke, aber ich möchte es genau definieren. Deswegen wehrt sich ihre Natur unbewußt gegen die häßlichen Eindrücke, und zwar wehrt sie sich mit dem allerertremsten Mittel. Darüber könnte ich noch manches sagen; noch viele Beweise könnte ich für die Richtigkeit meiner Anschauung anführen, aber das ist ja bei Ihnen nicht nötig. Nach alledem können Sie sich ungefähr vorstellen, wie mir zumute war, als sie mir zum erstenmal von ihrer Tätigkeit bei der Fürstin schrieb. Ich war wie aus den Wolken gefallen. Martina, die bei der Kinderhilfe ihr Seelenglück und Seelenheil sucht und sogar findet, das wollte mir nicht in den Kopf. Es will mir noch heute nicht in den Kopf. Und ich werde es auch niemals begreifen. Das müssen Sie mir schon zugute halten.«

»Wer sagt Ihnen denn das?« fragte Fides, hob rasch den Blick zu ihm und sah ihn verwundert an. »Wie kommen Sie denn auf die Vermutung, daß sie bei dem Werk der Fürstin ihr Seelenglück und Seelenheil sucht? Das ist ja vollständig falsch.«

»Inwiefern ist das falsch?« murmelte Faber erstaunt. »Was ist denn dann das Richtige? Was sucht sie denn sonst dabei? Welche andere Befriedigung kann sie dabei gewinnen?«

»Sie waren also bisher ernstlich der Ansicht, daß sich Martina aus Mitleid oder allgemeiner Menschenliebe bei der Mission hat anwerben lassen? Oder um der Idee willen? Ich muß gestehen, das zu hören konsterniert mich. Da sind Sie freilich in einem seltsamen Irrtum befangen. Keine Spur davon; Martina wollte einen Beruf haben. Das erschien ihr als unumgänglich notwendig für ihr Leben.«

»Einen Beruf?« stotterte Faber, aufs höchste betroffen. »Wieso einen Beruf? Warum denn?«

»Um unabhängig zu werden.«

»Unabhängig? Von wem unabhängig? Von mir?«

»Vielleicht. Um in materieller und in jeder anderen Beziehung über ihre eigene Person frei verfügen zu können, falls es darauf ankam. Das ist doch furchtbar einfach.«

Faber starrte ihr ins Gesicht mit einem Ausdruck zwischen Lachen und Lächeln, mit offenem Mund, einem Ausdruck von Unglauben, Spott und Ärger.

Fides schien es nicht zu gewahren. »Was sie dazu brauchte, war freilich eine Frau wie die Fürstin«, fuhr sie fort, »Aufgaben, wie sie ihr die Fürstin stellen konnte. Sie mußte mit ihrem ganzen Herzen dabei sein, mußte vertrauensvoll zugreifen können und zur Überzeugung gelangen, daß sie nützlich war, daß sie etwas leistete, was niemand sonst zu leisten vermochte, daß es sich auch innerlich lohnte.«

»Halt, halt, entschuldigen Sie«, fiel ihr Faber ungeduldig ins Wort, »eben zu der Zeit, wo sie die Bekanntschaft der Fürstin machte, war Martina mit Geldmitteln reichlich versehen. Vorher waren die Umstände ziemlich knapp, das weiß ich, das leugne ich nicht. Aber gerade zu der Zeit hatte sie die Skulptur ihres Vaters verkauft; der Käufer zahlte sogar in amerikanischer Valuta. Sechstausend Dollar hat er bezahlt. Sie werden also zugeben, daß von einer Notlage nicht die Rede sein kann.«

Fides lächelte mit leiser Bitterkeit. »Ich habe auch nicht von Notlage gesprochen«, versetzte sie. »Es ist merkwürdig, mit welcher Hartnäckigkeit Sie mißverstehen. Es handelte sich nicht darum, eine momentane Schwierigkeit zu beseitigen. Es handelte sich darum, eine selbständige Existenz zu führen.«

»Eine selbständige Existenz? Ja, wie denn? Hören Sie, das ist toll.« Faber lachte laut heraus, doch es klang ein wenig gekünstelt. »Martina und eine selbständige Existenz! Was für ein verrückter Einfall! Warum denn? Warum hätte sie danach trachten sollen? So etwas läuft ja ihrem Charakter und ihrer Denkungsart ganz zuwider. Was für einen Sinn hätte denn das haben sollen? Aber, aber!« Er verschränkte die Arme und schüttelte mit überlegener Sicherheit den Kopf.

Fides entgegnete nichts. Sie runzelte die Brauen und begann wieder zu nähen. Da sagte Faber frostig: »Ich habe übrigens nicht gewußt, daß die Tätigkeit in der Kinderstadt mit einem fixen Einkommen verbunden ist. Bei den meisten ist es doch freiwilliger Dienst. Daß Martina als Sekretärin der Fürstin-Oberin eine Art Beamtenstellung innehat und demgemäß auch besoldet wird, war mir allerdings bekannt. Wieviel sie erhält, weiß ich noch heute nicht. Üppig wirds nicht sein. Die Zukunft eines Menschen wird sich darauf nicht bauen lassen. Oder meinen Sie doch? Martina ist keine schlechte Rechnerin und wird in dieser Hinsicht keine übertriebenen Erwartungen gehegt haben.«

»Mag sein«, entgegnete Fides achselzuckend, »doch ist bei ihr eine Ausnahme gemacht worden. Es besteht der Grundsatz, daß freiwillige und belohnte Dienste nur von denen angenommen werden, die auf Entgelt leichterdings verzichten können. Die Mission arbeitet mit den größten Mitteln und will Menschenkraft nicht mißbrauchen.«

Vergeblich bemühte sich Faber, nicht zu zeigen, wie bestürzt er von Fides' Eröffnung war. Grübelnd saß er da, mit starrem Blick und finsterem Gesicht. Fides sah ihm an, daß er sich nicht überwinden konnte, weitere Fragen an sie zu richten; er hatte die innere Freiheit nicht dazu. Eine nachdenkliche Falte zwischen ihren Brauen verriet, daß sie unschlüssig war, wie sie es anstellen konnte, ihn aus seiner trüben Ratlosigkeit zu reißen, ohne ihn zu verletzen und ohne vordringlich zu erscheinen. Die Bewegungen bei ihrer Handarbeit wurden mechanisch, da vielerlei Gedanken auf sie einstürmten; minutenlang ließ sie die Nadel ruhen und schaute verstohlen zu ihm hinüber; er hatte sich im Sessel zurückgelehnt; seine Lippen waren fest aufeinandergepreßt; mit den Fingern der rechten Hand trommelte er unablässig auf der Tischplatte.

Kein Zweifel, er wollte nicht sprechen, wollte nicht fragen. Es lag ihm alles daran, solange wie möglich den Schein aufrecht zu erhalten, daß man ihm Neues über Martina nicht sagen konnte. Vielleicht war es ihm nur peinlich, daß eine andere Frau sich hiezu berufen dünkte; vielleicht war es gerade diese Frau, von der er es nicht annehmen mochte, unerklärlich warum. Dabei stand die Qual, nicht zu wissen und, was er soeben vernommen, nicht gewußt zu haben, so deutlich auf seinem Gesicht geschrieben, daß Fides' Blick immer wieder zu ihm hingezogen wurde und sich dann für eine Weile in trauriges Besinnen verlor.

»Ich denke, wir machen jetzt das Fenster zu«, sagte sie, erhob sich, ging zum Fenster und schloß es. Hierauf wandte sie sich zur Tür.

»Wohin?« fuhr Faber empor. Es war ein solcher Ton des Unwillens, ja des Schreckens fast, in der kurz hervorgestoßenen Frage, daß sich Fides verwundert umdrehte.

»Ich will Kaffee kochen«, antwortete sie, »es wird Ihnen gut tun; es ist gut für den Kopfschmerz.«

»Heut will ich keinen Kaffee«, sagte er hastig, »bitte bleiben Sie.«

Als sie wieder Platz genommen hatte, sagte er: »Lassen Sie sich meine dumme schlechte Laune nicht nahgehen. Weiß der Teufel, was mit mir ist. Ich kann und kann nicht in die Balance kommen. Mein eigener Körper verdrießt mich manchmal. Mein Stehn und Gehn ist mir zur Last. Kann sein, daß ich mich so schwer akklimatisiere. In jeder Beziehung schwer. Die Luft, die Menschen, die Sachen, ich komme nicht zurecht damit. Oft ist mir, als hätte ich künstliche Organe im Leib, oder als wär ich eine Maschine, die man zu ölen und zu feuern vergessen hat. Was soll man da tun? Ich war doch einmal ein munterer Bursche, ein bißchen leichtsinnig sogar, ganz und gar kein Kopfhänger und Misanthrop. Asien hat mich verdorben. Das ist es; Asien hat mich dumpf und trüb gemacht. Aber lassen Sie sichs nicht anfechten. Nehmen Sie mich, wie ich bin. Ihnen gegenüber gilt das von der Misanthropie nicht. Ihre Gesellschaft ist mir angenehm, wirklich angenehm, ohne Schmeichelei. Wenn Sie erzählen, könnt ich Ihnen stundenlang zuhören. Erzählen Sie mir etwas. Irgend etwas, gleichviel, was.«

So sagte sein Mund; die Augen aber, leidenschaftlich funkelnd in den etwas zu tiefen Höhlungen, riefen Fides zu: nur von dem Einen sprich; spanne mich nicht länger auf die Folter und zieh aus meinen Worten den richtigen Sinn.

Fides verstand den Appell, und es schien, daß er sie bewegte. Es wurde ihr aber offenbar nicht leicht, dem stummen Verlangen zu willfahren, denn da er seinerseits die Maske nicht ablegen wollte, mit der er ihr zu begegnen für gut hielt, so mußte auch sie auf eine Art Versteckenspiel bedacht sein. Vorsicht lag in ihrem Wesen, und das Leben hatte sie gelehrt, daß man den Kürzeren zieht, wenn man den Menschen das Herz entgegenträgt. Zudem war auf einmal zwischen ihr und diesem Manne ein Element, das vorher nicht dagewesen war, ein unaussprechliches und rätselhaftes Etwas, das beide störend zu empfinden schienen. Schweigen gab diesem Etwas Nahrung; Fides sagte also, daß sie sein Lob gern quittiere, aber eine Erzählerin sei sie nicht; jemanden zu unterhalten, darauf verstehe sie sich nicht. Bei ihr zu Hause habe es überhaupt für nicht ganz fein gegolten, wenn man über die übliche Wortkargheit hinausgegangen sei. Außerdem habe ihr in dieser Hinsicht der fördernde Umgang gefehlt, namentlich mit Frauen.

Es war ungemein geschickt von ihr, ihn glauben zu machen, daß sie nur von sich selber sprechen wolle. Und ganz allmählich, so daß er die Überleitung kaum recht merkte, kam sie auf Martina zurück. Sie klagte darüber, daß es für eine einigermaßen kultivierte Frau schwierig sei, in ein Freundschaftsverhältnis zu einer andern Frau zu treten; in ein wirkliches nämlich, nicht in ein gesellschaftliches bloß. Schon als junges Mädchen habe sie unter dem Mangel einer Freundin gelitten; das banale Zusammenkommen, um zu schwatzen und törichte Heimlichkeiten auszutauschen, sei ihr immer höchst langweilig gewesen; späterhin sei sie eben dadurch in eine schiefe Stellung zur Welt geraten, indem es ihr selten möglich geworden sei, zu einer Frau Vertrauen zu fassen und sie jede Intimität von vornherein abgelehnt habe. Ganz im Widerspruch mit der herrschenden Meinung müsse sie bekennen, daß eine neutrale Beziehung zu einem Mann, die dann zu allen möglichen angenehmen Verständigungen führe, ihr stets viel wünschenswerter gewesen sei als selbst der innigste Verkehr mit einer Frau. Das sei aber völlig anders geworden, seit sie Martina kenne und mit Martina zusammenhause.

Sie nahm wahr, daß Faber aufatmete, als sie Martinas Namen nannte und daß seine Züge sofort einen gesammelten Ausdruck erhielten. Unwillkürlich mußte sie lächeln, und mit ihrer verhaltenen Stimme, die, auch wenn sie laut war, wie ein etwas rauheres Flüstern klang, fuhr sie fort: »Da ich an Frauenfreundschaft überhaupt nicht glaubte, wußte ich auch nicht, was für eine Welt in dem Begriff verborgen ist, eine für sich bestehende, ganz und gar unentdeckte Welt. Erst Martina hat mich gelehrt, was eine Frau für eine Frau bedeuten kann; seitdem lebe ich anders und denke anders.«

Sie drückte die Schultern ein wenig zusammen, und die dunklen, von auffallend schönen Lidern halbbedeckten Augen suchten auf der Tischplatte einen Punkt, auf dem sie dann haften blieben. »Sie ist mir eigentlich immer gegenwärtig. Wenn ich über sie nachdenke, steht sie leibhaftig vor mir da. So wars gleich von Anfang an. Ich konnte fast alle ihre Gedanken erraten, und sie ist manchmal sogar ärgerlich darüber gewesen. Ich wußte, wenn sie ein unangenehmes Erlebnis gehabt hatte, oder wenn ihr etwas fehlte. Wenn sie verstimmt war, sagte ich ihr den Grund. Oft mußte sie dann lachen und küßte mich und hieß mich ihr Schatten-Ich, ihr besseres Ich. Aber es war jedenfalls kein Verdienst von meiner Seite. Wenn man das Bild von einem Menschen in sich trägt, kann man viel von ihm wissen. Daß es immer das Richtige ist, will ich nicht behaupten. Aber manchmal doch. Eine Frau weiß eben mehr von Frauen als ein Mann, von vornherein. Wenns darauf ankäme, ich könnte Martinas Leben in den letzten Jahren so schildern, daß vielleicht sogar Sie, die ihr doch näher steht als irgendwer sonst, einiges Merkwürdige erfahren würden. Ich sage: vielleicht; ich möchte nicht anmaßend erscheinen. Es geht mir nur manchmal so durch den Kopf.«

Sie schwieg eine Weile und getraute sich nicht aufzuschauen, um nicht den glühend auf sie gehefteten Blick Fabers treffen zu müssen. »Nun, so probieren Sies doch«, hörte sie seine heisere Stimme, »stellen Sie sich vor, es kommt wirklich darauf an, und probieren Sies. Ich wäre neugierig.« Dies sollte liebenswürdig und scherzhaft klingen, aber es klang gepreßt und erregt.

Jetzt sah ihn Fides an; mit zusammengezogenen Brauen, ungewiß, so, als säße er ihr nicht schräg gegenüber, sondern weit weg. Sie lächelte. »Schön, ich wills versuchen«, sagte sie.

15.

»Um die Zeit, als Martina die Fürstin kennen lernte«, begann sie mit einem von Minute zu Minute ernster werdenden Gesicht und einem in den Gegenstand gleichsam sich hineinträumenden Blick, »durfte sie ja schon auf Ihre Rückkehr aus der Gefangenschaft hoffen. Viele kamen damals heim, Gatten, Väter, Söhne, Brüder; viele wurden sehnsüchtig erwartet. Auch für Martina waren die Monate und Jahre in Sehnsucht vergangen. Es war ihr allmählich recht schwer geworden, einen Tag an den andern zu binden; und die Abende und Nächte, die waren noch ärger. Alles war so lose und stückhaft; die Regelmäßigkeit im Wechsel so quälend. Jedes Tun erschien ihr unnütz. Sie hatte auch mit Sorgen zu kämpfen; Geldsorgen erst; Sorgen wegen Christophs Erziehung; Sorgen wegen der Unsicherheit ihrer Lage. Sie mochte sich an keinen Menschen anschließen; sie hatte nicht die Lebenskunst, das Konventionelle nicht, das dazu gehört. Ihre Leichtigkeit liegt ja wo anders. So sah sie sich von Woche zu Woche mehr vereinsamen. Bisweilen kam Doktor Fleming; aber was sollte sie mit ihm? Seine demütige Verehrung rührte sie, amüsierte sie auch, aber als Mann und Mensch flößte er ihr ein unbestimmtes Mitleid ein, und sie liebt es nicht, zu bemitleiden. Mit Klara konnte sie sich nicht verstehen; es war immer ein spöttisches Hinüber und Herüber, ohne daß sie einander was sagten. Mit Frau Anna ging es auch nicht; über die Gründe muß ich mich ja nicht äußern. Solange Doktor Faber lebte, hatte sie bei dem eine Zuflucht; sie hat mir oft von ihm erzählt; er scheint ein wunderbarer Mann gewesen zu sein, bei dessen Tod sie zum erstenmal in eine verzweifelte Gemütsstimmung geriet.

»Ich glaube, ich bin dessen fast sicher, daß in den Monaten zwischen Doktor Fabers Tod und der Begegnung mit der Fürstin entscheidende Veränderungen mit Martina stattgefunden haben. Darüber zu reden, ist allerdings kaum möglich. In das zarte Geäder hineingreifen? Verletzt mans doch beim bloßen Drandenken. Die Dinge zeigten sich anders, und auch von sich selber gewann sie ein neues Bild. Halten Sie sich nur einmal vor Augen, wie die Frauen leben; die tägliche Pflicht; der eingelernte öde Hausdienst; mechanischer Trott in Freud und Leid; und alle tieferen Verantwortungen mit Ausnahme von denen für die Kinder, die doch die wenigsten ernst nehmen, auf die Schultern des Mannes überbürdet; wie soll man da zu einer Wahrhaftigkeit des Daseins kommen? Sie schlafen ja eigentlich alle, sie sind auch gezwungen dazu, denn für ihr Wachsein gibts noch keinen Platz. Vielleicht ist Martina damals aufgewacht. Vielleicht gefiel sie sich in der bisherigen Rolle nicht mehr; in der Behaglichkeit einerseits, in der Unsicherheit anderseits nicht. Dasitzen, die Hände in den Schoß legen, sich traurig hinsehnen und warten: vielleicht ertrug sie das nicht länger. Jedenfalls fing es damit an. Es fing damit an, daß sie sich der Schwäche und Hilflosigkeit schämte. Und daß sie den Entschluß faßte, nicht müßig stehen zu bleiben und zu warten, sondern dem Erwarteten entgegen zu gehen, das heißt, etwas zu tun, was ihr dieses Gefühl gab. Denn bis jetzt war ihr zumut gewesen, als ob sie mit jedem verwarteten Jahr sich innerlich um ebensoviel von ihm entfernte. Das geschah ganz von selbst; schmerzlich; unvermeidlich.

»Da führte ihr das Schicksal die Fürstin in den Weg. Was das bedeutet, in solcher Bedrängnis eine Weisung zu finden, einen Halt! Die Fürstin, mit ihrer Gabe der Divination, erriet alles. Was Martina nicht fähig war zu sagen, dem verlieh sie Worte; die einfachsten, die zartesten. Der Konflikt war ihr nichts neues; edelveranlagte Frauen sah sie daran zugrunde gehen. Bei einem unvergeßlichen Gespräch, das ich später mit ihr hatte, erzählte sie mir, wie ergreifend es war, als Martina in ihrer Ungewöhntheit sich auszusprechen, ihrer Scheu davor und zugleich in dem Wunsch danach sich in lauter rätselhaften Andeutungen bewegte, wie sie schüchtern Frage auf Frage gestellt, allmählich zutraulich und auf einmal Feuer und Flamme wurde, auch wieder in ihrer stummen Weise, aber der erfahrenen Frau verständlich genug. Die Fürstin brauchte ihr nur zu sagen: komm zu mir, und Martina besann sich auch nicht einen Augenblick. Das Schwerste zu vollbringen, war ihr eben recht. Die Fürstin sagte zu mir: Sie gleicht einem Menschen, der seine Kräfte zwar noch niemals erprobt hat, aber sich gerade deshalb der härtesten Prüfung unterzieht. Und noch etwas anderes kam da hinzu.«

Fides zögerte ein wenig, ehe sie mit noch verhaltenerer Stimme als bisher fortfuhr: »Martina war ganz ohne religiöse Erziehung. Sie war aufgewachsen wie eine rechte Heidin; wie eben die meisten der Generation, die um 1900 herum geboren wurden. Noch dazu war ihr Vater in seiner Jugend ein heftiger Liberaler gewesen und hatte nie an etwas anderes geglaubt als an die Kunst. Künstler dürfen das, hat man mir gesagt. Kann sein. Aber in Martina war ein zielloses Verehrungsgefühl von jeher; Sie müssen es selbst wissen; es dürstete etwas in ihr nach höherer Gestalt, und wer hätte sie dabei liebreicher lenken können als die Fürstin, eine Frau, in der alles Ahnung und Demut ist und die selbst wieder getragen wird von Gleichgesinnten, von überallhin verstreuten Vorposten eines neuen Glaubens? Da durfte sich Martina einem Verlangen hingeben, das sie bisher unterdrückt hatte; und wäre der Aufblick nicht gewesen, das Vertrauen zu dem, was die Fürstin das unbekannte Herz unter den Sternen nennt, so wäre sie zusammengebrochen, denn die Last war groß für ihre Schultern. Wie oft ist sie abends heimgekommen, die Augen voller Entsetzen über die Bilder, die sie gesehen. Im Schlummer murmelte sie die Namen von Kindern und schluchzte ins Kissen hinein. In den ersten Wochen bin ich halbe Nächte lang an ihrem Bett gesessen; wenn sie vom Schlaf emporschreckte, bat sie mich, ich solle ihr ein Märchen von Andersen vorlesen; das beruhigte sie dann wieder; oder die Geschichte vom sichern Mann von Mörike, die mochte sie am liebsten; da konnte sie lachen. Aber das Grauen war doch kaum zu verscheuchen, dieses furchtbare Wissen um Hunger und Frost und Obdachlosigkeit und frühes Laster und frühes Verbrechen; es grub sich wie Runen in ihre Stirn. Haben Sie es nicht gesehen? Schließlich erwies sie sich als stärker, trotz allem, und wenn sie ihr Tagewerk anfing, strahlte sie von Stolz und von Zuversicht. Und nun war es auch nicht mehr dasselbe Warten auf Ihre Heimkehr. Es verwandelte sich nach und nach. Es wurde ein ganz anderes Warten. Davon müssen ja die Briefe Zeugnis geben, die sie Ihnen schrieb. Und die, die sie erhielt, hatten auch eine andere Wirkung als früher.«

Hier stockte Fides wieder, denn alles wurde nun nah und doppelseitig, was sie vorbringen mußte. Sie überlegte und suchte die Worte. Faber unterbrach sie kein einziges Mal, nicht mit einem Laut, nicht mit einer Gebärde. Er war blaß geworden; nicht ein Tropfen Blut schien unter der Haut zu fließen.

»Es war eigentümlich mit den Briefen, die Martina von Ihnen bekam«, setzte sie ihre Erzählung fort, »an dem Tag, wo ein Brief eintraf, war sie in der freudigsten Aufregung. Zuerst betrachtete sie ihn lang, wagte ihn nicht zu öffnen, drückte ihn an die Brust, dann ging sie in ihr Zimmer, um ihn zu lesen. Am Abend kam sie dann gewöhnlich mit dem Brief zu mir. Soweit es möglich war, berichtete sie mir den Inhalt, zitierte Stellen daraus, las mir auch ganze Seiten vor und machte ihre drolligen oder ernsthaften Glossen dazu. Häufiger und häufiger wurde sie aber mitteninne von einer sonderbaren Nachdenklichkeit erfaßt. Dann saß sie da, den Brief in der Hand, schwieg und sann. Dann wieder richtete sie irgendeine Frage an mich, meist über etwas Gleichgültiges, dann drückte sie die Finger an die Wangen und dachte und dachte. Woran denkst du? frag ich; sie schüttelt den Kopf. Sie hatte gehört, daß nach Verlauf von sieben Jahren im menschlichen Körper ein neuer Zellenaufbau stattfindet; da fragte sie mich einmal im Scherz, ob es passieren könne, daß einem bei der Prozedur andere Augen wüchsen oder eine andere Nase, und fügte lachend hinzu: ich würde mich halbtot weinen, wenn Eugen mir sowas antäte. Eines Tages erzählte ich von einem Zurückgekehrten, einem jungen Fabrikanten, der vorher mit seiner Frau in der glücklichsten Ehe gelebt hatte; aber seit er wieder mit ihr beisammen war, hatte sich der Unfrieden eingenistet; jedes Gespräch wurde zum Zerwürfnis, jeder Blick zum Mißverständnis; dabei war nichts geschehen, keiner hatte sich etwas zuschulden kommen lassen, keiner konnte einen Vorwurf gegen den andern erheben. Martina kannte die Frau; sie wußte von dem unerquicklichen Zustand. Nachdem sie eine Weile vor sich hingeschaut hatte, sagte sie, die seien wie zwei Leute, die früher einmal einträchtig miteinander musiziert hätten, jetzt aber spiele jeder für sich; in verschiedener Tonart, verschiedenem Tempo und am Ende sogar verschiedene Stücke. Den ganzen Abend kam sie von dem Gleichnis nicht mehr los und dachte sich immer wieder neue Möglichkeiten aus. Vielleicht hat der Mann in all den Jahren das musikalische Gefühl eingebüßt und weiß es nicht, und die Frau will ihn aus Schonung darüber hinwegtäuschen, sagte sie; und dann: vielleicht hat er keine Freude mehr an der Musik und begleitet die Frau bloß, um ihr gefällig zu sein; oder sie hat solche Fortschritte gemacht, daß er nicht mehr gleichen Schritt mit ihr halten kann, und aus Trotz und Ärger spielt er erst recht falsch. Als ich einwandte, daß der Fall ja auch umgekehrt liegen könne, antwortete sie fast vergnügt: freilich kann es auch umgekehrt sein; das wäre ja weit besser, denn sie wird sich eher nach ihm richten als er nach ihr und sich lieber von ihm belehren lassen als er von ihr; das wollen wir nur hoffen, daß es umgekehrt ist. Das Schlimmste wäre aber, meinte sie zuletzt, wenn sie alle zwei miserabel spielen und jeder den andern beschimpft, weil er glaubt, der andere hat alles verlernt. Nachträglich errötete sie und wurde verlegen, weil sie gewahr wurde, daß die meisten Deutungen, die sie vorgebracht, zugunsten der Frau sprachen und weil ihr das als Unbescheidenheit von mir ausgelegt werden könnte; und von einer solchen Regung war doch wahrhaftig nichts in ihr. Was mich betrifft, so sah ich bei dem Anlaß die ganze Tiefe ihrer Unruhe, und wie sie bei jedem Schritt und mit jedem Gedanken mehr darin versank. Denn als der Zeitpunkt von Ihrer Heimkunft näher rückte, wurde sie von Tag zu Tag beklommener und grüblerischer. Als die Briefe ausblieben, war sie manchmal wie im Fieber. Sie holte die früheren Briefe hervor, und einzelne kannte sie schließlich auswendig, so oft las sie sie, so eindringlich beschäftigte sie sich mit ihnen. Jede Silbe wurde wichtig; noch hinter den Zeilen spähte sie nach verborgenem Sinn. Wenn Frau Faber mit einer Nachricht kam, zitterte sie wie Espenlaub, wenn Doktor Fleming erschien, um sich zu erkundigen, redete sie verwirrtes Zeug. Ein paarmal verbrachte sie die Nacht bei der Fürstin; nur die konnte sie in der letzten Zeit beschwichtigen. Es war die Unruhe in ihr, jawohl; aber die wars nicht allein; und die Spannung und Erwartung und Freude auch nicht allein. Es war noch was andres. Die Angst. Die Angst verschlang alle andern Gefühle; das wars.«

Das Wort elektrisierte Faber. Mit stürmischer Bewegung packte er Fides am Handgelenk und rief: »Ja, bei Gott, ja! Die Angst; nicht wahr? Die Angst!«

Er kennt sie, diese Angst; seine Augen sagen es, er muß es nicht aussprechen. Sie ist ihm auf der Brust gelegen wie ein Zentner Sand. Sie hat seine Gedanken finster und das Brot bitter gemacht. Woraus entstanden? Aus einem Nichts, einem Fetzen Einbildung, einem Traumgespenst, das sich darin geübt hatte, Argwohn und Entbehrung zu Gift zusammenzumischen. Keine harmlose Stunde und Beschäftigung mehr; daneben kriecht die Angst; aus jedem Gesicht grinst sie, aus jedem Schall wispert sie. Etwas hat sich verändert dort drüben, tausende von Meilen weit; aber was? Von all dem bohrenden Denken bleibt nur die

Drohung übrig wie eine Kugel mit glühenden Stacheln. Auch er hat Martinas Briefe unzählige Male gelesen; auch er hat sie beinah alle auswendig hersagen können. Er hat die geschehene Wandlung gerochen an ihnen; die Schriftzüge haben ihm mehr verraten als die Worte; er hat es nicht zu denken und nicht zu fassen vermocht, und mit keiner Geisteskraft war dem abzuhelfen; es fraß wie Wunde im Fleisch.

Doch er, solange er in der Fremde irrend wie Odysseus fast, er durfte die Angst hegen, bei ihm war sie natürlich, natürliche Krankheit geradezu, hervorgerufen durch die Gewaltsamkeit seines Schicksals. Was hingegen schuf ihr die Angst? Er, ohne Hilfsquellen, ohne Menschen, ohne Freunde, ohne den heimatlichen Laut, ohne Weib und Kind, ausgesetzt, gefesselt und sich vergessen wähnend, hatte die Angst zum Nachbar und Schlafgenossen; sie aber, Martina, mit allen Wurzeln in der freundlichen Welt geblieben, wovor hatte sie Angst? »Sagen Sie es mir, Fides«, bat er mit hohl aneinandergelegten Händen, »sagen Sie es mir, wovor hatte sie Angst?«

Fides senkte den Kopf und gab lange keine Antwort. Plötzlich erhob sie sich, rückte ihren Stuhl näher an seinen und legte ihre Hand auf seinen Arm. Ihr Blick leuchtete von Herzlichkeit, ihre Wangen röteten sich vor Eifer; ihr ganzes Wesen belebte sich, wurde zutrauend, schwesterlich-zutrauend, und sie sagte: »Nun hören Sie mich an, Eugen Faber. Hören Sie ruhig zu, und seien Sie nicht ungeduldig. Das will alles ordentlich überlegt sein, was ich Ihnen jetzt sagen will, und ich muß aufpassen, daß ichs schön der Reihe nach vorbringe, damit keine Konfusion entsteht. Fangen wir mal mit dem Anfang an. Was für ein wunderbares Los ist Ihnen zuteil geworden, Ihnen und Martina? In früher Jugend habt ihr einander gefunden, jeder den einzigen Menschen, mit dem er einzig imstande war, zu leben. Wie selten ist das, wie ungeheuer selten! Ihr seid wie Geschwister gewesen, und dabei Gatten, und immer zugleich Gefährten; ihr auf der einen Seite und die ganze übrige Welt auf der andern. Nie habt ihr sie gebraucht, die Welt, nie hat sie euch angerührt und belästigt. Ein verzaubertes Leben habt ihr geführt, wie im Märchen; ein richtig verzaubertes Leben. Aber wie lange sollte es so bleiben? Wie lange habt ihr gedacht, daß es so bleibt? Ewig? Habt ihr geglaubt, ewig? Eines Tages hätte es ein Ende gehabt, auf irgend eine Weise; eines Tages wäre die Welt vor euch hingetreten, und ihr hättet euch entscheiden müssen, ihr hättet was ablassen müssen von euerm geborgenen Glück. Sie erlaubt es nicht, das man sich gänzlich vor ihr versteckt, vor ihrer furchtbaren Wirklichkeit, und sie hat recht. Es gibt einen Punkt, wo das Glück zu Hochmut und Herzenskälte wird. Jeder muß seinen Anteil auf sich nehmen; es dürfen nicht zwei sich absondern und sagen: Wir hören nichts, wir wissen nichts, wir sind uns selber genug und haben mit euch da draußen nichts zu schaffen. Zum Schluß würden sie dann entdecken, daß jeder die Seele des andern aufgezehrt hat. Meinen Sie nicht auch, daß es so gekommen wäre? Sie zweifeln. Ich nicht. Ich meine, es war besser, daß ihr so jäh voneinandergerissen worden seid. Wie nun Martina auf einmal so alleine dastand, fehlte ihr der Halt. Als wenn man von einem jungen Baum die Stütze wegnimmt; beim ersten Windstoß knickte er um. Was war sie denn bis dahin gewesen? Ein liebendes Weib; eine geliebte Frau. Plötzlich war der nicht mehr da, für den sie es war, durch den sie es war. Was übrig blieb, war zu wenig, um das Leben zu füllen; oder sagen wir; das Jahr. Sie wissen ja, das Jahr besteht aus dreihundertfünfundsechzig Tagen. Sie konnte nicht ausschließlich Mutter sein. Darauf war sie innerlich nicht eingerichtet; ihre eigene Person galt ihr auch was; das Problem war für sie, wie sie mit sich selber auskommen und hausen würde. Als sie nun keinen Boden mehr unter den Füßen und kein Dach mehr überm Kopf hatte, bildlich gesprochen natürlich, was sollte sie da beginnen? Ich sagte es ja schon? Sie wollte nicht mehr dasitzen und die Hände in den Schoß legen; sie fand es einfach nicht anständig, vollkommen von der Gnade eines andern Menschen zu existieren, von seiner Erfahrung, von seinen Kenntnissen, seiner Arbeit, seinem Geist, von seinem Zurückkommen oder Nichtzurückkommen, auch wenn man diesen Andern über alles liebt, oder gerade weil man ihn liebt. Was konnte sie also Klügeres, Mutigeres tun, als was sie getan hat? Ich gebe zu, der Weg war ein bißchen hart, und ging zuweilen über ihre Kräfte. Aber dann die Freude über das erreichte Ziel; die tägliche herrliche Freude über das Bezwungene! Und wie sie sich achten lernte und sich nichts schuldig blieb, und aus einem nesthütenden Weibchen ein tätiger Mensch wurde: das war doch was; glauben Sie nicht; daß es der Mühe wert war? Da aber entstand schon die Sorge: was wird Eugen sagen? Wie wird Eugen es aufnehmen? Mit was für Augen wird er mich betrachten? Jedes andere Frauenzimmer an ihrer

Stelle hätte sich selbstverständlich hingesetzt und hätte geschrieben: mein lieber Eugen, so und so; so und so war mir zumut; das und das ist vorgefallen, das und das hab ich gemacht; die Martina, die du verlassen hast, ist nicht mehr dieselbe Martina, zu der du heimkehrst; aus den und den Gründen. Das hätten neunundneunzig unter hundert getan; sie aber ist leider die hundertste, die das nicht kann; darüber zu philosophieren, hat keinen Zweck; es ist eben so. Sie konnte also nur hoffen, daß ihr Eugen es spüren würde, es wie durch Fernwirkung erfahren würde; im übrigen mußte sie sich damit begnügen, in ihrer Kinderfibelmanier die Geschehnisse zu berichten. Nun, Sie haben es ja gespürt; aber nicht so, wie Martina sichs wünschte. Die Geister korrespondieren nicht so, wie Martina sichs dachte. Weiß Gott, in welchem Wahn Sie sich hineingekrampft hatten. Wie ichs begreife! Hätt es denn anders sein können? Die Verzweiflung, daß Jahr um Jahr hinging; der Diebstahl an Ihrem Leben; der ohnmächtige Kampf dagegen. In Ihrer Vorstellung war Martina die Verlassene, die Hilfs- und Schutzbedürftige, und wenn sie es nicht war, mußte sie Ihnen fast für verloren gelten. Sie wollten es buchstäblich bezeugt haben, daß Sie ihr notwendig waren, daß sie ohne den Gatten nichts anfangen konnte, und davon enthielten die Briefe immer weniger und weniger, so daß Ihnen in der entsetzlichen Abgeschiedenheit das Verschwiegene zum Schreckbild wurde. Wie gut ich das verstehe! Aber reden wir von Martina. Reden wir davon, was sie sich wünschte, was sie von Ihnen erwartete. Das denkbar Primitivste doch: angenommen werden als das, was sie war; sich erst in das neue Leben mit Ihnen hineinfinden; erst gebilligt werden, erst gutgeheißen werden, damit sie nicht das Gefühl hatte, daß sie den liebsten Menschen betrog, daß er sozusagen zwei Martinas vor sich hatte, eine, die er kannte, und eine heimliche, von der er noch nichts wußte. Es sollte so sein, daß alles wieder anfing; daß sie erobern durfte, sich wieder gewinnen lassen durfte. Nur nicht mit der Erinnerung anfangen, mit der Vergangenheit nicht mehr zahlen müssen; zuviel Ungutes lag dazwischen, zuviel Qual, zuviel öde Zeit. Da entstand nun die Angst; Angst, daß es anders käme; kein Werben, kein Einander-Entdecken und Einandersuchen; bloß Zugreifen, bloß die Forderung; bloß den Anspruch; als ob sich gar nichts mit ihr ereignet hätte; als ob man die sechs Jahre vergessen und ausstreichen müßte; als ob das möglich wäre; als ob man genau an der Stelle mitsammen weiterleben könnte, wo man aufgehört, beim letzten Tag und der letzten Stunde. Daß es so werden könnte, ertrug sie nicht zu denken, und sie erhielt ja auch kein Zeichen von Ihnen, das sie darüber beruhigt hätte. Dann kamen Sie endlich. Und was geschah? Sie irrten in der Stadt herum. Klara brachte die Nachricht, Sie seien bei ihr. In welchem Zustand da Martina war, versuch ich nicht zu beschreiben. Als sie fortging, dachte ich, wenn sie nur nicht auf der Straße zusammenbricht. Sie haben wohl schwerlich etwas davon bemerkt, als Sie sie sahen; so heiter. Und die Tage nachher. Alle bösen Ahnungen wurden wahr. Seien Sie mir nicht gram, Eugen Faber, es war doch so, es ist doch so: ein verstörter und verstockter Mensch ist in dies Haus gekommen, einer der nicht sah, nicht hörte, nicht fühlte und bloß wollte. Was aber wollte er? Was einmal gewesen war. Sein Recht wollte er. Recht, das hieß hier soviel wie Gewalt. Anspruch? Ist Anspruch was anderes als Vergewaltigung? Gibts einen Liebesanspruch? Nein. Gehört einem ein Mensch? Nein. Besitzt man ihn anders, als indem man sich ihn verdient, indem man ihm dient, jeden Tag von neuem? Nein. Darüber wird es wohl keine Meinungsverschiedenheit zwischen uns geben. Nun wissen Sie alles, denk ich, und wenn ich zu deutlich gewesen bin, und vielleicht auch ein wenig zu stürmisch, so verzeihen Sie mir.«

Sie schwieg, wandte das Gesicht ab und atmete tief. Faber getraute sich nicht, sich zu rühren. Seine Augen waren wie erloschen; der Hals war ganz zwischen die Schultern gezogen; mit den Zähnen nagte er unablässig an der Unterlippe, zuletzt so heftig, daß er sie blutig biß. So saßen sie geraume Weile stumm nebeneinander. Plötzlich ergriff Faber, ehe sie sich dessen versehen konnte, Fides beide Hände und preßte seine Lippen erst auf die eine, dann auf die andere. Und auf jeder ihrer Hände blieb ein kleiner Blutflecken zurück. Die Bewegung war so jäh gewesen, der Ausdruck, den sein Gesicht dabei hatte, so ehrfürchtig-ernst, daß Fides sich nicht zu sträuben wagte; doch erblaßte sie merklich, zog die Hände erschrocken zurück und sagte: »Jetzt ists aber genug des Redens.«

Damit erhob sie sich, nickte ihm zu und verließ schnell das Zimmer. Es war ein Viertel nach drei Uhr.

16.

Am andern Tag trat Faber seinen Posten an. Er wurde dem Chef der Abteilung und einigen Kollegen vorgestellt, erhielt einen Platz an einem Schreibtisch, der voller Akten lag, gab sich Mühe, der treuherzigen Unterweisung eines alten Kanzlisten zu folgen, wie diese Akten zu behandeln seien, vertiefte sich sodann in die Lektüre von Eingaben, Reskripten, Gesuchen, Kostenvoranschlägen, Schadendarstellungen, blickte zerstreut auf die Personen, die unablässig durch den korridorartigen Raum gingen, lauschte einem bis ins einzelne gehenden Gespräch zweier Stubengenossen über die Eigenschaften ihres Stammwirtshauses, und als die Amtsstunden vorüber waren, sah sein Gesicht von der überstandenen Langeweile leidend aus. Auf dem Heimweg besuchte er Fleming und schilderte ihm mit bissigem Humor seine Eindrücke und Erlebnisse; es sei nur ein Glück, fügte er hinzu, daß es belanglos sei, ob er sich dort aufhalte oder nicht; diese Art Vorspiegelung von Arbeit sei bloß geeignet, die Zeit totzuschlagen, von welchem Artikel er allerdings genug im Vorrat habe. »Eure neugebackenen Ämter sind offenbar dazu da, Leute, die sonst Fensterscheiben zertrümmern würden, durch Beschmieren von Papier unschädlich zu machen«, sagte er.

»Ach Gott, wir versuchens auf alle Weise«, seufzte Fleming. »Panik und kein Ende. Wir sind wie die Hühner auf einem Hof, über dem der Geier kreist. Was willst du bei dem Gegacker und Flügelschlagen Nützliches zustande bringen? Geier; na ja, das hat noch was Imposantes; aber die Ratten im Stall ... Vorige Woche haben sie sechzehn kostbare Werke aus der Universitätsbibliothek gestohlen. Kein Mensch kümmert sich darum. Oder, um im Bild zu bleiben, kein Hahn kräht danach. Du weißt, ich lamentiere nicht gern; aber manchmal freuts einen schon wirklich nimmer, wenn das Heiligste nicht verschont wird. Wann kommt Martina zurück?«

Faber zuckte die Achseln. Er erbat sich von Fleming das uralte Buch von Cardano über Astrologie, das dieser besaß; er hatte es in früheren Jahren schon einmal von ihm entliehen. Fleming studierte seinen Katalog, dann stieg er auf eine Leiter und zog den Folianten aus einem der obersten Fächer. »Gib hübsch acht darauf, es ist unersetzlich«, sagte er, und fügte hinzu, während ein breites Lächeln über sein gutmütiges Kuchenbäckergesicht ging: »Hältst du die Sterndeuterei noch immer wie anno dazumal für eine Wissenschaft? Der alte Goethe scheint recht zu haben, wenn er behauptet, daß man mit vorrückenden Jahren Mystiker wird.«

»Es handelt sich nicht ums Sterndeuten«, versetzte Faber, »es handelt sich um … na, mir fehlen die philosophischen Ausdrücke, die so was interessant machen. Man sucht Zusammenhänge. War es nicht eine Rettung für unser Selbstgefühl, wenn man Zusammenhänge konstatieren könnte? Da wäre man gleich weniger armselig. Man könnte sich eine Funktion einbilden. Die Chinesen wissen darüber viel. Deshalb sind sie auch so ruhige und unergründliche Leute. Leb wohl, alter Fleming.«

Er ging nach Hause, aber da niemand in der Wohnung war, ging er wieder fort. Das schöne Wetter verlockte ihn nicht so sehr, als ihn die leeren Zimmer verdrossen. Bei einem Obststand kaufte er einige schöne Birnen, aber als er sich auf einer Alleebank niederließ, um sie zu essen, hatte er keine Lust mehr; er beschloß, sie mit heim zu nehmen.

Doch wollte er zuerst noch bei Clara vorsprechen. Er traf sie am Tor des Hauses; sie stieg eben aus einem Privatauto und verabschiedete sich von einer älteren Dame, die im Wagen sitzen blieb und die trotz der warmen Witterung einen Pelz trug, einen Chinchillamantel. Als Clara den Bruder gewahrte, zog sie ihn am Arm in den Hausflur und sagte im Weitergehen: »Wie du mich hier siehst, bin ich um unzählbare Millionen mehr wert als vor einer Stunde noch. Also hab Respekt.« Sie entnahm einer ledernen Handtasche ein ziemlich großes Etui, sah sich mit komisch-outrierter Ängstlichkeit um, ob niemand in der Nähe sei, öffnete es und Faber erblickte, mit einigem Staunen, ein wertvolles Edelsteindiadem, das in dem Halblicht des Stiegenhauses ein Feuerwerk von purpurnen, grünen und blauen Strahlen warf.

»Die Dame im Auto, das war meine Schwiegermutter, mußt du wissen«, berichtete Clara, indem sie das Etui wieder in das Täschchen schloß, »eine elegante und großartige Frau, die Regierungsrätin Hergesell. Nun findet morgen ein feierliches Familiendiner statt. Der Regierungsrat wird nämlich siebzig Jahre alt. Und weil ich keinen entsprechenden Schmuck hab und doch als jüngstes Mitglied des Hergesellschen Clans was vorstellen soll, hat mir Mama das Diadem geliehen. Deine Schwester wird also morgen Abend in einem Prunk auftreten, der sich gewaschen hat. Du begreifst, daß mich das Lampenfieber heut schon um den Verstand bringt.«

Faber bemerkte lächelnd: »Es wird dir nicht gelingen, mir den Glauben daran auszureden, trotz deinem Spott. Es ist gar keine Schande, wenn dich die Juwelen ein bißchen verrückt machen. Ich versteh es. Solche Diamanten haben was Ungeheures. Ich muß immer an verhexte und geläuterte Seelen denken.« Er errötete, was ihm sehr gut stand. Er errötete, weil er mit seinen Worten das Gebiet des Alltagsmäßigen verließ, was selten der Fall war.

»Mutter liegt seit gestern zu Bett; sie ist nicht ganz wohl«, sagte Clara, als sie die Wohnung betraten. »Geh ein wenig zu ihr; ich komme gleich hinüber.«

In Anna Fabers Zimmer herrschte eine Unordnung wie in einer Zeitungsredaktion. Überall lagen Bücher und Broschüren, beschriebene Blätter und Stöße von Briefen. Sie war noch immer wie vor Zeiten mit der ganzen Welt in Briefwechsel. Auf einem runden Tisch neben ihrem Bett befanden sich eine Teekanne, eine Tasse, ein paar aufgeschnittene Semmeln, ein riesiges Tintenfaß, ein Barometer und eine Photographie in einem Mahagoniständer. Diese zeigte das Bild Valentins, ein ungewöhnlich hübsches Jünglingsgesicht, an dem die halbmondförmig nach unten gezogenen schmalen Lippen und die sonderbar schief oder schräg blickenden Augen auffielen.

Die Unterhaltung zwischen Mutter und Sohn war einsilbig. Eugen erkundigte sich nach der Art von Anna Fabers Unpäßlichkeit. Sie lehnte in kargen Antworten jede Besorgnis ab und war über Eugen böse, weil er sie seit einiger Zeit vernachlässigt hatte. Ihr Aussehen ließ nicht auf ernste Krankheit schließen; die Augen blitzten lebensvoll; das derbe und fleischige Gesicht mit den Spuren einstmaliger Schönheit war sonnegebräunt. Das Übel saß in den Beinen; sie könne nicht stehen und nicht gehen, klagte sie ungeduldig.

»Immerhin, morgen muß ich heraus«, rief sie mit ihrer stets etwas theatralisch wirkenden Heftigkeit, »eine Person wie ich kann nicht dreimal vierundzwanzig Stunden in den Federn fielen. Du, hör mal, teurer Sohn«, sagte sie, indem sie ihre kräftige Stimme dämpfte und Eugen fest ansah, »könntest du mir nicht Geld verschaffen? Ich brauchte eine größere Summe. Mit Hergesell ist nichts anzufangen; kein Funken von Generosität in dem Mann, und Clara hält er so kurz wie nur möglich. Allerdings hängt er seinerseits wieder von seinem Vater ab. Nun, wie stehts, hast du was übrig für mich?«

Eugen schaute sie verwundert an. Die Bitte war so dringlich, das Wesen der Mutter dabei so seltsam versteckt, daß er nicht gleich eine Entgegnung fand. Anna Faber hatte es nie verstanden, mit Geld umzugehen; sie verachtete es zwar, besaß aber nie welches; wenn ihr gelegentlich einmal etwas zufloß, verschenkte sie alles oder machte die unsinnigsten Einkäufe. Die eigenen Kinder hatten sie deshalb frühzeitig schon in Vormundschaft genommen, so daß sie immer nur über geringe Beträge verfügen konnte.

»Da müßtest du mir erst sagen, Mutter, wozu du Geld nötig hast«, antwortete Eugen mit halb humoristischer Bedenklichkeit, »eine größere Summe … nein, das ginge nicht, aber eine Nothilfe gewissermaßen, darüber ließe sich vielleicht reden, aber wie gesagt, keine Heimlichkeiten.«

Anna Faber erzürnte sich. »Ich bin alt genug und Manns genug, oder Frau genug, um auch mal meine Heimlichkeiten haben zu dürfen. Was für schundige Leute ihr alle seid; pfui Teufel!«

Eugen lachte. Er nahm die Sache nicht besonders ernst. Ehe er etwas entgegnen konnte, kam Clara herein. Sie hatte sich einen schwarzen Seidenschal um die Schultern geworfen, und auf den Haaren trug sie das Diadem. »Nun, wie gefall ich euch?« fragte sie mit gespielter Aufgeblasenheit, hinter der doch das Vergnügen zu merken war. »Feudal, wie? Es ist doch gut, eine Hergesell zu sein. Wie gefall ich dir, Mutter? Der Schal ist natürlich nur als Aushilfsdekoration gedacht.«

Anna Faber blickte die Tochter verklärt an. »Muß man wirklich eine Hergesell sein?« äußerte sie mit stolzem Zurückwerfen des Kopfes. »Als eine Faber ist man auch wer. Du siehst aus, als ob du damit geboren wärst.«

»Gott schütze mich vor solcher Hoffart«, spottete Clara. Dann trat sie vor Eugen hin. »Und was denkt der Herr Bruder?« redete sie ihn an. »Ich kann ihm sagen, was er denkt. Erstens denkt er, daß seine Martina hundertmal hübscher mit dem Schmuck aussähe. Ist wahr. Aber mich hats halt betroffen. Zweitens denkt er, daß wir Fabers arme

Schlucker sind, immer gewesen sind und immer sein werden. Ist nicht minder wahr, denn auch mein Anteil am Hergesellschen Reichtum läßt sich, genau besehen, durch meine fünf Finger blasen.« Sie blies durch die gespreizten Finger.

»Du sollst nicht Gedanken lesen, Schwester, du liest schlecht«, erwiderte Eugen.

»Ja ja«, fuhr Clara fort, indem sie in den Spiegel schaute, »ein armes Mädchen, das in eine reiche Familie heiratet, ist wie ein kleiner Handwerksmeister, der sich von einer Aktiengesellschaft aufkaufen läßt. Mal eine Generalversammlung im Jahr, bei der er zusehen darf, wie die Dividenden verteilt werden, und im übrigen kann er froh sein, wenn man ihm leutselig auf die Schultern klopft.«

»Lästerlich, was die zusammenredet!« rief Anna Faber aus. »Und deine Kinder?«

Clara nahm das Diadem vom Kopf. »Meine Kinder? Die sind bereits auf der andern Seite, auf der wohlhabenden.«

»Gib nur um Himmelswillen auf die Brillanten acht«, beschwor Anna Faber die Tochter, »für eine solche Kostbarkeit verantwortlich sein, das brächte mich um den Schlaf.« Eugen verabschiedete sich. Fides wartete bereits mit dem Abendessen auf ihn, als er heimkam. Er fragte nach Christoph, der schon zu Bett gebracht war, und sie erstattete in pflichthaftem Ton Bericht. Er erzählte vom Amt, von dem Besuch bei Mutter und Schwester, von dem Edelsteinschmuck. Sie hörte mit freundlich-offenem Blick zu. Jedesmal gefiel es ihr, wie er die Worte setzte. Auch schien ihr seine Stimme angenehm zu sein. Farbe und Fall der Stimme haben ja bedeutenden Einfluß auf die Beziehungen zwischen Menschen.

Das Essen schmeckte ihm. Er fand es rührend, daß sie sich auch in dieser Hinsicht um ihn bemühte. Insbesondere lobte er die Zubereitung des Gemüses und fragte, wo sie kochen gelernt habe; nicht viele Frauen ihrer Art verstünden zu kochen, und die es verstünden, machten viel Lärm davon. Sie erwiderte, man habe sie schon als Mädchen angehalten, in der Wirtschaft zu arbeiten; später sei es notwendig geworden. Er hatte schon bemerkt, daß sie ihrer Ehe nie unmittelbar Erwähnung tat.

Mit einem Seitenblick auf ihre Hände sagte er, es wäre schade, wenn solche Hände am Herd ruiniert würden. Sie zog die Stirn ein wenig in

Falten und antwortete, da Martina so lieb gewesen sei, für mehrere Stunden im Tag eine Küchenaushilfe aufzunehmen, sei keine Gefahr. Er fürchtete taktlos gewesen zu sein, aber der Versuch, den Fehler wieder gutzumachen, hätte ihn vielleicht vergrößert. In der Eile, mit der er ihr (die Mahlzeit war zu Ende) die Birnen anbot, die er mitgebracht, lag eine Abbitte. Sie holte zwei Teller und zwei silberne Messerchen und begann eine Birne zu schälen.

»Sie sollten sie nicht schälen«, sagte er, »sie verliert den Duft und den Flaum.«

»Es geht nicht«, versetzte sie lächelnd, »ich bin nicht darnach erzogen. Hineinbeißen, das geht nicht.«

»Früchte wollen behandelt sein wie Tiere«, fuhr er in pedantischem Ton fort und sah zu, wie sie ein abgeschnittenes weißes Stück zwischen ihre großen weißen Zähne schob, »betrachten Sie doch mal so eine Birne. Wieviel Lebendiges in der Kontur; die graziöse Biegung noch im Stengel oben; die goldene Fleischfarbe, wie warm, wie zart; kein Maler bringt das heraus. Die Tongefäße im Orient ahmen fast alle die Form von Früchten nach.«

Es war noch früh am Abend, und im Haus gab es noch manches zu schaffen für Fides. Sie ging, und sie kam wieder; sie trug das Geschirr hinaus; sie gab den Blumen Wasser; dann brachte sie ihr kleines Wirtschaftsbuch, setzte sich zum Tisch und rechnete; die Rechnung schien nicht zu stimmen; sie legte den Bleistift quer über die Lippen und dachte nach, wobei der Ausdruck ihres Gesichtes etwas Madonnenhaftes hatte. Aber wenn sie auf seine Fragen antwortete, oder das Schweigen selbst mit ein paar Worten brach, geschah es in einer kameradschaftlichen Weise und immer mit dem nämlichen freundlich-offenen Blick.

Faber hatte unterdessen seinen astrologischen Folianten aufgeschlagen. Er blätterte darin und sah die verschiedenen geometrischen Figurationen an. Fides fragte ihn, was es für ein Buch sei; er erklärte es ihr; sie war überrascht, setzte sich neben ihn und sah auch in das Buch.

»Der Mann beweist, daß ich nichts unternehmen kann, was nicht in den Sternen als Gesetz und Vorschrift für mich steht«, sagte Faber. »Und auch nichts unterlassen. Dreihundert Jahre ist das Buch alt, aber an das Schicksal in den Sternen haben die tiefsten Geister schon vor sechstausend Jahren geglaubt. Es ist was dran, aber man darf sich nicht damit beschäftigen, sonst ist man gleich zu sehr angeklammert. Und ob der Stern, dem man vertraut, einen dann wirklich führt, das ist die Frage. Gestern wars noch Lüge und Phantasterei, heut wirds wieder wahr, so kehrt sich alles um. Man muß nur abwarten, wie die Kugel rollt.«

Sie redeten noch eine Weile darüber, dann sagte Fides: »Morgen wird ein Brief von Martina kommen.«

Sie gingen frühzeitig zur Ruhe, denn beide waren müde vom langen Aufbleiben in der vorigen Nacht.

Es kam aber kein Brief von Martina am andern Tag. Faber blieb nur kurze Zeit im Amt. Er war schon zu Mittag wieder zu Hause. Es schien, daß es ihm jetzt auf einmal behagte, zu Hause zu sein. Sonderbar war nur, daß er sich wenig mit Christoph abgab, und Fides machte ihm auch Vorwürfe darüber. Doch er hatte die Geduld nicht. Nur wenn Fides zugegen war, ließ er sich die Gesellschaft des Knaben gefallen, und dies konnte dem natürlichen Scharfsinn des Kindes nicht entgehen; es zog sich seinerseits zurück, und seine forschenden Augen, wie aus einem Hinterhalt hervorglänzend, enthielten ein verlegenes Mißtrauen. Wie dies zu deuten war, beunruhigte Faber kaum, auch bemerkte er es kaum. Fides hätte sich möglicherweise Gedanken darüber gemacht, da sie eine erstaunliche Kenntnis vom Charakter des Knaben besaß; aber die Veränderung in Fabers Wesen, die Aufgeschlossenheit und neue Lebhaftigkeit, die er zeigte, verursachte ihr solche Hoffnung und Genugtuung, daß sie keinen Schatten an dies Gefühl lassen mochte.

Man sah es ihr an; es war etwas Stolzeres als sonst in ihren Mienen, und in dem fast kindlichen Eifer, mit dem Faber ihre Nähe suchte, ihr Wort, ihren Blick, wollte sie nichts anderes gewahren, als eben die von ihr bewirkte Wandlung zum Guten. Daß auch sie sich dabei noch mehr erschloß, gesprächiger, teilnehmender, beweglicher, ja sogar heiterer wurde, war kein Wunder. Täuschen konnte sie sich nicht, durfte sie sich nicht; es war in ihr sicherlich auch keine Richtung und Regung dafür vorhanden, und deshalb hatte sie ihrer selbst auch gar nicht acht.

Sie sprach davon, daß sie die Zimmer für Martinas Rückkehr schmücken wollte.

Er erzählte ihr, am Abend, von seinen Erlebnissen auf dem Schiff; von Begegnungen mit sibirischen Jägern; von einem Brand in einem chinesischen Dorf; und manches andre noch. Sie lauschte, das Kinn auf die gekreuzten Hände gestützt.

Während er erzählte, hatte er ein Blatt Papier vor sich liegen und zeichnete. Es wurde ein Kopf; es wurde ein Gesicht. Kräftige Stirn, schöngeschweifte Brauen, fester voller Mund, über den Zügen eine leise schwermütige Verschleierung.

Es war ein Porträt von Fides.

Sie errötete, als ihr Blick darauf fiel, und als er sie fragte, ob sie es haben wolle, schien sie zuerst unschlüssig, nahm es aber dann doch. Er griff noch einmal nach dem Blatt und schrieb unter das Bild; unvergeßlich dankbar Eugen Faber.

Da senkte Fides den Kopf, hob ihn wieder und sah ihn mit einem wunderbar ruhigen Blick an.

Am andern Abend, Fides stickte für Martina ein Monogramm in ein Battisttaschentuch, gerieten sie im Gespräch wieder auf die übermäßig lange Zeit seines Exils, ein Thema, auf das er bei jeder Gelegenheit zurückkam kraft einer Zwangsvorstellung, und mit dem Gebahren eines Menschen, der eine Nadel aus seinem Fleisch entfernen will und die Stelle nicht finden kann, wo sie steckt; da widerstand er nicht der schmerzlichen Verlockung, in einem Augenblick der Vergegenwärtigung der gelebten Qual, schüchtern und umschreibend von der sinnlichen Entbehrung zu reden, die einen Mann in solcher Lage der wahrhaftigen Hölle ausliefere.

Sie erschrak ein wenig und lehnte die unerwartete Offenherzigkeit durch eine unwillkürliche Gebärde ab; doch sie sah alsbald, daß er ganz naiv und wie in Unschuld davon sprach, fast so als wolle er ihr ein Leid klagen, das er keinem zuvor entdecken gekonnt und als ob er von der Mitteilung nachträglich noch Linderung erhoffe. Da ließ sie ihn gewähren.

Es sei schwer, in dem Bezug völlig aufrichtig zu sein, sagte er, zumal gegen eine Frau; habe doch die Natur Mann und Weib hierin ganz verschieden erschaffen; wo der eine aus Mangel an Nahrung verkomme, sei die andere noch nicht einmal zur Empfindung des Hungers gelangt, und Zivilisation und Sitte verschärften die Unterschiede noch mehr. Übrigens wage man sich sogar im Selbstgeständnis nicht so weit vor und wisse zuletzt um die eigene Not nicht viel besser Bescheid als um die fremde. In Europa sei eben trotz aller Wissenschaft der Leib in Acht und Bann getan.

»Im allgemeinen freilich büßen unsere Männer, wie ich sie dorten gesehen, alle Scheu ein und werden zu Bestien«, fuhr er fort, »man kann sich ja denken, wie das zugeht. Aber aus dem widerwärtigen Schauspiel ist auch nichts anderes zu erfahren, als daß sie eben auf ihre Kulturwürden Verzicht leisten; da bricht die Raserei hervor. Die schließt nicht aus, daß gegen die Erniedrigung angekämpft wurde, sie beweist nur, daß man im Kampf unterlegen ist. Die meisten Männer, neunundneunzig unter hundert, haben das Talent, sich zu teilen. Sie trennen Körper und Seele voneinander. Sie schalten die Seele aus oder schalten den Körper aus, je nachdem. Zu dem Behuf haben sie Spezialregeln und Sondergesetze erfunden, jeder für sich, auch eine besondere Advokatenkunst mit allerlei schlauen Rückversicherungen und Hintertüren. So kann ihnen nie was passieren. Es gibt einen Bezirk für die Liebe, für das, was sie das Höhere heißen, und einen für die sogenannten Leidenschaften und das übrige, was sie dann in einen Topf werfen. Die Leute sind fein heraus; sie haben für alle Gelegenheiten einen Passepartout, und mit dem in der Tasche paddeln sie gemütsruhig in ihrem Abenteuerschifflein durch die Gewässer. Mit mir wars leider so bestellt, daß ich dazu nicht die mindeste Begabung hatte. All die Zeit über war ich unheilbar fixiert. Wie mit Schmiedeketten. Konnte mich nicht loslösen. Man redet vom Blut, von der Gewalt des Blutes. Sicherlich schafft das Blut einem viel Pein; sicherlich. Aber bei mir war das die schlimmste nicht. Die schlimmste schuf das Auge und das Ohr, und was als Erinnerung in Aug und Ohr eingeätzt war. Und dann so eine gewisse verruchte Musik, ein Surren und Sausen in den Nerven, endlos, ungefähr wie Telegraphendrähte surren, wenn man den Kopf an die Stange drückt, nur viel unerträglicher, und so, daß man sich nicht davon befreien konnte. Aber mit dem Fixiertsein war es auch eine wunderliche Sache. Allerdings gabs nur eine einzige Frau in der Welt für mich; doch die verlor nach und nach alles Wirkliche und wurde zu etwas Riesengroßem, so daß ich den Himmel nicht mehr sehen konnte, weil sie davor stand. Und wenn ich eine Frau vor mir dahinschreiten sah, da war das Schreiten für sich allein etwas, das durch alle Gedanken fuhr wie ein elektrischer Schlag; auch das, wie ihr Gewand sich an die Hüften schmiegte, und wie die

Nackenhaare sich bewegten und die Knie sich bogen. Immer vermischte sich das sichtbare Bild mit dem gewünschenen, und dann gleich die qualvolle Frage: wird man es einst wieder greifen, wieder halten; wieviel Weg und Zeit und Unglück liegt noch dazwischen? Und so Wochen und Aberwochen, Monate und Jahre. Unmöglich kann man den Begriff davon geben. Es ist bloß Gestammel, was man sagt.«

Das alles brachte er so einfach vor, mit so schonender Zurückhaltung, daß das anfängliche Unbehagen aus Fides' Zügen schwand. Ernst und aufmerksam hörte sie ihm zu.

»Ich bin einmal krank in einem Zelt bei herumziehenden Hirten gelegen«, erzählte er, »es war im oberen Amurgebiet; eine wüste Gegend. Wie lang ich da lag, weiß ich nicht mehr; fünf oder sechs Tage vielleicht. Und denken Sie sich, da geschahs, daß ich jede Nacht vom Gesang einer Frauenstimme aufwachte. Jede Nacht zur selben Stunde sang eine tiefe Frauenstimme dasselbe Lied, ein melancholisches Volks- oder Hirtenlied in einem gezogenen, monotonen Rhythmus. Es klang von so fern her, daß ich mich anstrengen mußte, um es überhaupt zu hören. Dieser Gesang war das Schrecklichste, was ich erlebt habe. Jedesmal klopfte mir das Herz bis in die Schläfen; ich hatte keine Luft mehr zum Atmen; wie ein Verrückter warf ich mich auf den Decken herum und biß in die Zeltstangen. Es war ein Zustand wie der, bevor man verschmachtet. Alles glüht, der Gaumen, die Haare, die Fingernägel. Und in einer Nacht hielt ichs nicht mehr aus, taumelte aus dem Zelt, stürzte hin und kroch dann auf allen vieren in die Richtung, von wo der Gesang schallte. In meinem Hirn war bloß der Gedanke: zu der Frau; zu der Frau. Als wäre dort Rettung. Die Frau, die singende Frau, das war die Rettung, das war die Gottheit. Mocht es auch der Tod sein, das hätte nichts geändert. Nun, zu Zeiten ließ dann das tolle Fieber wieder nach, und man war nur noch stumpf.«

Er stand auf und schüttelte sich. »Genug«, rief er mit dem Bemühen, die Stimmung ins Harmlose zu wenden, »Sie sehen daraus nur, daß man ein bißchen Nachsicht verdient, wenn man sich bei der Heimkehr nicht wie ein sanftmütiger Quäker aufführt.« Er lächelte sarkastisch. »Da fällt mir eine Geschichte ein, die ich mal irgendwo gehört oder gelesen habe. Die Geschichte von einem Taubenehepaar. Ein Tauber und eine Taube hatte sich ihr Nest gebaut, die Taube legte Eier und begann zu brüten, der Tauber flog fort und holte Nahrung für die Gesponsin. Das ging eine Weile so; eines Tages, als er zurückkommt, findet er das Nest leer. Die Dame ist verschwunden. Er wartet; er sorgt sich; in der Sorge um den Nachwuchs begibt er sich indessen selbst an das Geschäft des Brütens; wie aber Stunde um Stunde und die ganze Nacht vergeht, ohne daß die Frau erscheint, packt ihn plötzlich eine berserkerhafte Wut, und er fängt an, nicht nur das Nest vollständig zu zerstören, sondern auch die Eier hinauszuwerfen, die auch richtig auf dem Erdboden unten zerschellen. Kein Stein, oder wie man in dem Fall richtiger sagt, kein Halm bleibt auf dem andern. Noch ist sein Grimm nicht verraucht, da bemerkt er die Dame auf einem Dachfirst über der Straße mitten in einer Taubenversammlung, wo sie anscheinend das große Wort führt. Er, wie der Satan, schießt hinüber, und alsbald entsteht ein grausiges Wirbeln von Federn. Die Versammlung stiebt bis auf den letzten Mann auseinander, und der beleidigte Eheherr bringt seine Ausreißerin siegreich und streng nach Hause. Sie müssen sich wohl nach der Schlacht gleich versöhnt haben, offenbar hat der Frau Taube die Rabbia ihres Gemahls mächtig imponiert, denn das Nest wurde wieder aufgebaut, wobei aber keins von den früheren Bestandteilen benutzt wurde, sondern lauter ganz neue, und das hat mir an der Sache besonders gefallen; es wurden frische Eier gelegt, die wurden frisch bebrütet, und die Ehe verlief dann weiter ganz normal, soviel ich weiß.«

Fides lachte herzlich. »Nun, der Meister Tauber hat jedenfalls kurzen Prozeß gemacht«, sagte sie, »der Unhold, wie im Buch steht; grausam und rebellisch. Finden Sie ihn nachahmenswert? Ich nicht.«

»Nicht gerade nachahmenswert«, antwortete Faber schmunzelnd, »aber etwas Befriedigendes hat sein Auftreten doch. Man könnte ihn sogar ein wenig beneiden.«

Lachend trennten sie sich für die Nacht.

Am andern Morgen hatte sich Faber eben zum Weg ins Amt fertig gemacht, als die Flurglocke dreimal schrill läutete. Er vernahm aufgeregtes schnelles Fragen; unmittelbar danach stürzte Anna Faber zu ihm ins Zimmer und teilte ihm mit allen Zeichen des Entsetzens mit, der Brillantschmuck sei gestohlen worden, Eugen müsse sogleich mit ihr gehen.

17.

Durch den Gichtanfall mehrere Tage lang am Ausgehen verhindert, hatte Anna Faber auch ihren Enkel Valentin nicht sehen können. Bis jetzt hatte sie ihn fast täglich besucht, oder sie hatten sich in einem Kaffeehaus getroffen. Nachdem er von Hermann Hergesell aus dem Hause gewiesen war, hatte Valentin zuerst in einem zweifelhaften Quartier Unterkunft gefunden. Mit vieler Mühe, und indem sie sich mit einigen Persönlichkeiten von wenig vertrauenswürdiger Beschaffenheit in Verbindung setzte, war es ihr gelungen, diese Zufluchtsstätte zu entdecken. Der junge Mensch, der daran gewöhnt war, bei allen seinen teils törichten, teils gefährlichen Abenteuern auf den nachsichtigen Schutz der Großmutter zu zählen, hatte eine Weile auch mit ihr getrotzt, war aber nun recht froh darüber, daß ihre beharrlichen Nachforschungen sie zu ihm geführt hatten, fast so froh wie Anna Faber selbst. Sie verschaffte ihm eine anständige Wohnung bei einer früheren Bekannten, einer Hauptmannswitwe, und zahlte für drei Monate voraus den Mietzins.

Kurz bevor sie bettlägerig geworden, hatte er sie wegen einer Schuld zu quälen begonnen, die er nach seinem zerknirschten Geständnis leichtsinnig aufgenommen und zu einem bestimmten nahen Termin begleichen sollte. Er wußte die Umstände so dringend, seine Lage so bedroht darzustellen, daß Anna Faber in lebhafte Unruhe geriet und sich an alle möglichen Leute um Geld wandte. Unter andern auch an Eugen. Die Unruhe wuchs, während sie ans Zimmer gefesselt war, und sie beschloß, ihn an dem Abend, an welchem Hermann und Klara auf dem Fest bei der Familie Hergesell waren, zu sich kommen zu lassen. Es war im Notfall möglich, ihn telephonisch zu benachrichtigen, ein langwieriger Prozeß, bei dem sie außerdem viel Vorsicht aufweisen mußte, um nicht von Klara oder deren Mann belauscht zu werden. Damit er sie besuchen konnte, war es aber auch geboten, daß sie jemand von den Dienstleuten ins Vertrauen zog, und es gelang ihr mit Hilfe einiger kleiner Geschenke das Stubenmädchen zu überreden und zur Verschwiegenheit zu verpflichten.

Gegen neun Uhr abends kam er. Sie bewirtete ihn mit Tee und Süßigkeiten, und während er sichs munter schmecken ließ, fragte sie ihn nach dem Stand seiner Angelegenheit. Er jammerte und schimpfte; sie tröstete ihn und versprach Hilfe, sobald sie wieder das Bett verlassen könne. Um ihn von seinem Kummer abzulenken, erzählte sie ihm von dem Fest bei Hergesells und dem märchenhaften Diamantenschmuck, mit dem Clara bei diesem Anlaß in der Gesellschaft erscheine. Er horchte hoch auf. Er ließ sich den Schmuck beschreiben, und keine Einzelheit genügte ihm. Anna Faber seufzte. Nie hatte sie so unter dem Gefühl der Armut gelitten wie in diesem Augenblick, da sie in das begierig und erwartungsvoll glühende Gesicht des geliebten Knaben sah. Wenn sie einen solchen Schatz besäße, äußerte sie, brauchte er sich um Geld und Geldschulden nicht zu sorgen.

Er hatte stets Vorliebe für Schmuck und schöne Dinge gehabt; das gefiel ihr an ihm, und daher beantwortete sie ganz arglos die immer bohrender und eigensinniger werdenden Fragen, die er in einem Ton von kindlicher Naivetät an sie stellte. So fragte er zum Beispiel, wo Klara wohl die Juwelen aufbewahren würde, wenn sie heimkomme; ihm wäre da kein Schloß sicher genug, und ein eiserner Schrank sei doch seines Wissens nicht in der Wohnung. Anna Faber erwiderte beruhigend, Klara werde das Diadem ohne Zweifel morgen schon ihrer Schwiegermutter zurückbringen, und für die paar Stunden sei die Kommode in ihrem Schlafzimmer, wo auch ihr eigener Schmuck eingeschlossen sei, sicher genug. Dann erkundigte er sich nach dem ungefähren Wert des Diadems und erging sich in allerlei phantasievollen Projekten, was er beginnen würde, wenn ihm einmal etwas so Herrliches in die Hände fiele. Jedenfalls würde er es gut verstecken, sich nicht mucksen, sich vollständig unsichtbar machen, und es erst wenn Gras darüber gewachsen sei, in einem andern Land zu Geld machen. Ergötzt von seinen Prahlereien und nicht ganz einwandfreien Wunschträumen tätschelte ihm Anna Faber die Wangen und schickte ihn dann fort.

Das junge Paar kehrte erst um die Morgenfrühe heim. Klara blieb bis zum Mittag im Bett. Sie hatte die Absicht, am Nachmittag der Regierungsrätin den Schmuck abzuliefern, doch es wurde vier Uhr, ehe sie mit ihrer Toilette fertig wurde, dann kam Pater Desiderio und blieb bis fünf, und da sie unaufschiebbare Besorgungen in der Stadt zu machen hatte, telephonierte sie ihrer Schwiegermutter und bat sie, ihr das Diadem erst morgen bringen zu dürfen. Ihrem Mann, der einige Freunde zum Tee hatte, sagte sie nichts davon. Sie liebte es überhaupt nicht, ihre Angelegenheiten mit ihm zu erörtern, da ihr seine Umständlichkeit und sein mißtrauisches Inquirieren verhaßt war.

Anna Faber hörte die Tochter, begleitet von der Erzieherin und den beiden Kindern, die Wohnung verlassen. Sie war eben vom Bett aufgestanden, um einige Gehübungen zu machen, da öffnete sich die Tür und Valentin schlüpfte ins Zimmer. Er warf sich ihr sogleich an den Hals und erstickte ihre Vorwürfe und die Ausrufe ihrer Besorgnis mit Zärtlichkeiten. Dafür war sie sehr empfänglich, und sie fragte ihn im Flüsterton ängstlich nach dem Grund seines Kommens. Er erwiderte, ebenfalls flüsternd, er habe Sehnsucht nach ihr gehabt, nur deswegen sei er gekommen, es sei ihm auf einmal so bang geworden, und da habe er sich in den Kopf gesetzt, sie aufzusuchen. Dies befremdete sie zwar, aber sie wünschte es zu glauben, und so glaubte sie es.

Er erzählte ziemlich erregt, er habe schon stundenlang vor dem Haus gelauert; er habe das Stubenmädchen abgepaßt; die habe ihm gesagt, die junge Frau sei heute noch nicht ausgegangen, werde aber gegen fünf Uhr fortgehen. Der Herr bleibe wahrscheinlich ganz zu Hause. Nun habe er gewartet, bis Klara aus dem Tor getreten; habe sie und die Kinder sogar ein Stück Wegs verfolgt, um zu sehen, wohin sie ging und um daraus einen Schluß ziehen zu können, wie lang sie fortbleiben würde. Zu spät erst erkannte Anna Faber die Schlauheit der Berechnung in all den Vorbereitungen. Er wußte natürlich, wo Hergesells Eltern wohnten, und da er sich überzeugt hatte, daß Klara eine andere Richtung einschlug, konnte er fast mit Sicherheit darauf zählen, daß sich der Schmuck noch in ihrem Zimmer befand. Nur Hermann Hergesell war noch zu fürchten. In der Tat hatte er vor diesem gewaltige Angst, und als ihn Anna Faber fragte, wie er denn habe wagen können, die Wohnung zu betreten, da er doch Onkel Hermann zu Hause gewußt, der gedroht hatte, ihn ins Zwangsarbeitsheim schaffen zu lassen, falls er ihn je wieder in seinem Haus beträfe, und bei seiner eiskalten Unerbittlichkeit diese Drohung auch ausführen würde, erwiderte Valentin, als ob er nun gezwungen sei, die wahre Ursache seines Besuchs zu nennen, es könne sein, daß er für längere Zeit verreisen müsse, um sich vor seinem

Gläubiger zu flüchten, und da habe er von der Großmutter Abschied nehmen gewollt. Umsonst versuchte ihm Anna Faber dies auszureden; er beharrte dabei, daß es notwendig sei und versprach nur, ihr so bald wie möglich zu schreiben. Er beschwor sie auch, ihn um keinen Preis zu verraten; auch daß er bei ihr gewesen, dürfe sie keiner Menschenseele anvertrauen; es hänge vielleicht sein Leben davon ab. Sie sagte es ihm zu, gelobte es ihm sogar, eingeschüchtert durch sein Bitten und Drängen, und bei all seiner Raffiniertheit war er einfältig genug, sich von dieser Seite her für gesichert zu halten. Während dieser Gespräche wurde er zusehends aufgeregter, öffnete einige Male die Tür, um hinauszuhorchen, ob Hergesells Stimme zu vernehmen war, schrak heftig zusammen, als eine andre Tür aufging, dann sagte er, er wolle sich in die Küche schleichen und sich von der Köchin ein paar Äpfel geben lassen; er habe vorhin so hübsche Äpfel auf der Anrichte gesehen. Anna Faber verwies ihm den Mutwillen, (dabei zitterte er jedoch, wie sie deutlich sah), machte sich erbötig, ihm die Äpfel zu bringen, aber das wollte er nicht und schlich auf Zehen hinaus, indem er der Großmutter lächelnd zuwinkte und sie durch Gesten aufforderte, ihn gewähren zu lassen. Es dauerte sechs oder acht Minuten, ehe er zurückkam. Diese Zeit dünkte Anna Faber eigentümlich lang, und als er wieder ins Zimmer huschte, war er ganz blaß, anscheinend vor Schrecken, und sagte, es sei jemand vor der Küche gestanden und er habe sich im Gang hinten versteckt. Dann küßte er der Großmutter die Wangen und die Hände und verabschiedete sich in größter Hast. Anna Faber brauchte lange Zeit, um sich von ihrer Bestürzung und Beklommenheit zu erholen.

Als Klara nach Hause kam, war sie sehr müde, nahm nur einen kalten Imbiß zu sich und ging gleich zu Bett. Erst um acht Uhr morgens, nach dem Aufstehen, ging sie an ihre Kommode und machte sofort die Wahrnehmung, daß die mittlere Lade nicht mehr versperrt und das Schloß aufgebrochen war. Sie riß die Lade heraus; das Diadem war verschwunden. Sie fühlte eine solche Schwäche in den Beinen, daß sie sich auf den Fußboden setzen mußte; gleichwohl schwindelte ihr noch immer, und sie hielt sich an einem Stuhlbein fest. So jäh sie auch begriff, daß keine Minute zu verlieren war, so ratlos war sie, an wen sie sich wenden sollte. Die ganze Gräßlichkeit ihrer Lage stand ihr bereits in der Sekunde der Entdeckung vor Augen. Mit Aufwand aller Kräfte erhob sie sich und wankte in das Zimmer der Mutter. Sie schloß die Tür, lehnte sich mit dem Rücken daran und stieß in rauhem Gurgeln die Worte hervor, die das geschehene Unglück enthielten. Anna Faber schlug die Hände zusammen und preßte sie dann auf den Mund. »Schlag keinen Lärm«, raunte Klara mit finster-wildem Blick, »Hermann darf nichts wissen. Wenn Hermann es erfährt, stürz ich mich aus dem Fenster. Rate mir; was soll ich tun? Es kann nur gestern nachmittag geschehen sein, während ich fort war. Wer war im Haus? Meine Leute sind ehrlich. Hast du jemand gesehen oder gehört?«

Da wurde es licht in Anna Fabers Kopf. Sie stieß einen heisern Schrei aus und fiel mit der Stirn auf ihr Bett. Klara sprang hinzu, hoffnungsartige Mutmaßungen wirbelten durch ihr Gehirn; sie rüttelte die Mutter an den Schultern, und Anna Faber, gebrochen, verstört, verzweifelt, murmelte den Namen Valentin durch die Zähne. »So gesteh, so erzähle!« herrschte Klara sie an und richtete sie mit feindseliger Gewalt empor. Anna Faber erzählte.

»Sofort in seine Wohnung«, zischte Klara, ohne sie zu Ende erzählen zu lassen, »du weißt, wo der Halunke wohnt; sofort mach dich fertig. Und kein Wort. Kein Wort vor den Mädchen; keinen Laut vor Hermann. Ah, das könnte ihm passen! Das Familiendiadem weg und Klara die Schuldige! Das könnte ihm passen. Klara auf Lebenszeit gedrückt, auf Lebenszeit reuige Sünderin. Und wenn der Bursche entwischt ist, wenn der Schmuck nicht zum Vorschein kommt, Mutter, dann gibts eine furchtbare Abrechnung, das sag ich dir. Also schnell, schnell, schnell; versuch, ob du gehen kannst; es muß sein, es gibt kein Nichtkönnen.«

So hatte Anna Faber die Tochter noch nicht gesehen. Was kam da zum Ausbruch an Verhehltem, an bitterstem Groll, an Ehelast und Ehequal! Sie hatte zwar immer geahnt und gespürt, daß Klaras Zusammenleben mit ihrem Mann brüchig war bis in den Kern, aber sie hatte Klara für eine kühle, häusliches Ungemach mit verachtendem Stolz bezwingende Natur gehalten. Nun schleuderte ein weibgewordener Vulkan seine heiße Lava über sie, und sie erbebte, verkroch sich angstvoll und schwieg.

In fünf Minuten war sie angezogen. Klara hatte unterdessen nach einem Auto geschickt. Glücklicherweise hatte Hermann Hergesell schon um sieben Uhr das Haus verlassen; er hatte Reitstunde heute; so entgingen sie der Gefahr, ihm Rede stehen zu müssen. Eine halbe Stunde später befanden sich beide Frauen vor der Kammer, in der Valentin logierte. Die Vermieterin, eine weißhaarige hinkende Frau, die diensteifrig herbeigeeilt war und Anna Faber lärmend begrüßte, sagte ihnen, der junge Herr schlafe noch; er schlafe seit zwölf Stunden; er sei am frühen Abend heimgekommen, habe sich von ihr das Nachtessen bereiten lassen und ihr mitgeteilt, daß er heute für ein paar Wochen verreisen werde; um Mittag käme ein Freund zu ihm, mit dem gemeinschaftlich er die Reise antreten wolle.

Klara verlangte keine weiteren Erklärungen und gab auch keine. Sie klopfte mit der Faust an die versperrte Tür, daß es durch das Haus dröhnte. Anna Faber zog die Hauptmannswitwe beiseite und flüsterte ihr mit aufgerissenen Augen zu, ihr Enkel habe sich ein wichtiges Dokument angeeignet, das man von ihm herausbekommen müsse; ein unbesonnener Streich, der nicht viel zu bedeuten habe; sie möge sich nicht darum kümmern und ruhig in ihre Stube gehen. Damit wurde sie die unangenehme Zeugin eines Auftrittes los, der ebenso häßlich wie für alle Beteiligten beschämend werden mußte.

Es dauerte nur kurze Zeit, bis auf das donnernde Pochen die Tür geöffnet wurde. Aber es war keineswegs ein aus dem Schlummer Geweckter, der sie aufmachte; der junge Mann war vollständig angekleidet und, wie es schien, eben im Begriff gewesen fortzugehen. Auf dem Tisch lag sein Mantel und sein Hut; daneben stand eine lederne Reisetasche. Er wurde leichenblaß, als er Großmutter und Tante vor sich sah. Klara, mit verschränkten Armen und keine Bewegung Valentins aus dem Auge lassend, verstellte sofort die Tür; Anna Faber jedoch tat das verkehrteste, was sie tun konnte; sie stürzte auf Valentin zu und bat ihn mit erhobenen Händen um Rückgabe des Schmucks. Bei seiner Ehre und dem guten Namen der Familie, bei ihrer Liebe zu ihm und um seiner Zukunft willen beschwor sie ihn, den Folgen seines Verbrechens durch tätige Reue zuvorzukommen. Während ihres Redestroms gewann Valentin Zeit zur Überlegung. Er nahm eine Miene an, als fasse er nicht, was sie von ihm wollte, wessen sie ihn bezichtigte. Erst schien er ungläubig, dann zeigte sich helles Entsetzen in seinem Gesicht; vom Standpunkt der Schauspielerei aus betrachtet keine üble Leistung. »Was? Ich soll das getan haben?« rief er, und seine Augen blitzten vor Empörung. »Ich?

Ja wann denn? Wie denn? Wo denn? Ich soll ein Dieb sein? Wie kommt ihr denn darauf? Freilich, weil ich schutzlos bin, weil ich niemand hab, weil ich eine Waise bin, weil ich nicht einmal einen ehrlichen Vatersnamen von euch bekommen hab, da darf man mir jede Schlechtigkeit zumuten. Aber ich will nicht, ich will nicht, ich werd mein Recht schon finden, ich werd mich schon meiner Haut wehren, das sollt ihr sehen.«

Offenbar glaubte er, indem er so tobte und Tränen vergoß, Eindruck auf seine Großmutter zu machen und den Verdacht von sich abzulenken. Anna Faber wurde in der Tat irre durch das Bild beleidigter Unschuld, das er bot, und schaute die Tochter ratlos an. Klara hatte noch keine Silbe geäußert. Mit finsterem Hohn, die Lippen fest aufeinandergepreßt, betrachtete sie den Neffen. Ohne sich von der Türe wegzurühren, sagte sie, und jedes Wort klang wie mit dem Messer geschnitten: »Ich fürchte, Mutter, wir werden bei diesem Lügenschüppel allein nicht viel ausrichten. Die Hauptsache ist, daß ich ihn in Gewahrsam habe und daß er mir nicht entwischen kann. Der Wagen steht noch unten; fahr du so schnell wie möglich zu Eugen und hol ihn. Derweil steh ich hier Posten, und Gott gnade dir, Bursche, wenn du nur muckst.« Valentin warf einen scheuen Blick auf sie; ihr Wesen und ihre Haltung flößten ihm entschieden Furcht ein, und er geriet dieser eisigen Entschlossenheit gegenüber in Zweifel, ob er seine bisherige Taktik beibehalten oder auf andere Mittel zur Rettung sinnen sollte; das sah man ihm an.

Anna Faber gehorchte stumm. Sie bewegte sich und handelte ganz mechanisch. Als sie Eugen, den sie glücklicherweise noch zu Hause traf, das Geschehene berichtete, brach noch einmal der Schmerz über die getäuschte Liebe in heftiger, fast maßloser Weise aus. Sie warf sich in die Sofaecke und schluchzte. Eugen bemühte sich, sie zu beruhigen, und obwohl er ein nicht geschickter Tröster war, gelang es ihm, wenigstens ihrem lauten Jammer Einhalt zu tun. Durch das Vernommene ziemlich verwirrt und im Augenblick nicht recht wissend, wie er sich verhalten solle, ging er hinaus, um Fides zu suchen. Er traf sie in Christophs Stube beim Aufräumen; Christoph war schon in der Schule. In ein paar Worten teilte er ihr mit, was geschehen war und daß seine Mutter gekommen war, ihn zu Hilfe zu rufen. Es hatte den Anschein, als wolle er nichts unternehmen ohne ihren Rat, und in der ganzen Art, wie er ihr den Fall darlegte, war etwas, wie wenn er ihr zu verstehen geben wolle, welch unbegrenztes Vertrauen er zu ihr hege.

Sie sah vor sich nieder und sagte: »Es wird schwer sein, ihn zum Geständnis zu bringen. Da er sich ins Leugnen schon verbissen hat, kann er nicht mehr gut zurück. Man hätte das anders angreifen sollen.«

»Wie denn, Fides? Sprechen Sie doch. Es ist eine schreckliche Geschichte. Besonders für meine Schwester ...«

»Oft hat es merkwürdige Wirkung auf solche Menschen, wenn man sie rasch in eine fremde Umgebung bringt«, erwiderte sie, »da verlieren sie ihre Sicherheit und verraten sich leichter. Führen Sie ihn doch hierher. Behalten Sie ihn einstweilen unter Ihren Augen.«

Er nickte zustimmend. Eine freudige Hochachtung war in dem Blick, mit dem er sie anschaute.

Wenige Minuten später saß er mit der Mutter im Auto. Als sie die düstere, längliche Kammer betraten, bot sich ihnen folgendes Bild. An dem einen Ende, neben der Tür, hatte Klara auf einem Stuhl Platz genommen und saß regungslos, die Arme über der Brust verschränkt, ohne Farbe im Gesicht, den Blick starr geradeaus gerichtet; am andern Ende, auf dem Rand des ungemachten Bettes, saß Valentin, eine Zigarette im Mundwinkel und angelegentlich mit dem Schneiden seiner Fingernägel beschäftigt. Kaum aber war er Fabers ansichtig geworden, den er seit mehr als sechs Jahren, als er noch nicht zehn Jahre alt gewesen, nicht gesehen hatte und sogleich wiedererkannte, so erhob er sich, lächelte mit wirklich bestrickender Liebenswürdigkeit, ging ihm einige Schritte entgegen und bot ihm die Hand. Er hatte den schrägen oder schiefen Blick genau wie auf der Photographie, die in Anna Fabers Zimmer stand. Im übrigen war Faber betroffen von der beinahe mädchenhaften Anmut der Züge. Die Ähnlichkeit mit seinem Vater war so groß, daß Eugen mit einer Regung des Schreckens den Bruder wie leibhaftig vor sich sah. Sicherlich hatte diese Ähnlichkeit zu der überschwenglichen Liebe Anna Fabers beigetragen, denn Roderich war ihrem Herzen noch immer, so viele Jahre nach seinem Tod, der nächste.

Faber tat, als bemerke er die dargereichte Hand nicht, und Valentin zuckte traurig-resigniert die Achseln. Er trug einen eleganten grauen Herbstanzug mit sorgfältig gebügelter Hosenfalte, braunseidene Strümpfe zu braunen Halbschuhen und eine violette Krawatte in untadelhafter Knüpfung. Der noch nicht sechzehnjährige Mensch in dieser Lebemannskleidung und -haltung hatte trotz seines bestrickenden Wesens etwas Affenhaftes und Verderbtes.

»Mach dich fertig und geh mit mir« sagte Faber kurz. »Und ihr« wandte er sich an Klara und die Mutter, »durchsucht die Stube aufs genaueste, jeden Winkel, das Bett, den Fußboden, die Wände, die Kleider und die Reisetasche dort. Ich werde euch bei mir zu Hause erwarten. Das Weitere wird sich dann finden.«

Clara stand auf; Valentin nahm Hut und Mantel, sah Faber treuherzig-fragend in die Augen und folgte ihm widerspruchslos. Zuerst, auf dem Flur, schritt er hinter Faber, doch dieser bedeutete ihn durch einen herrischen Wink, sich an seiner Seite zu halten. Als sie die drei engen Treppen hinabgestiegen waren und in den Hausflur kamen, stürzte Valentin plötzlich mit blitzschneller Bewegung voraus; augenscheinlich hatte er mit dieser Gelegenheit zur Flucht gerechnet; aber er hatte Fabers Aufmerksamkeit und Vorsicht unterschätzt; er hatte noch nicht zwei Schritte gemacht, als ihn Faber mit eisernem Griff an der Schulter ge-packt hatte. Er sprach kein Wort. Valentin hatte wieder das traurig-re-signierte Achselzucken, doch seine Miene wurde nach und nach finster.

Er drückte sich in die Ecke des Wagens und grub die Hände in die Manteltaschen. Der steife runde Hut war tief in die Stirn geschoben. Beim Aussteigen legte sich wieder der eiserne Griff um seinen Arm; das Auto schickte Faber zurück, damit die beiden Frauen es benutzen konnten; auf der Treppe ließ er Valentin vorausgehen; oben angelangt, im Eßzimmer, wies er stumm auf einen Stuhl; Valentin setzte sich, und Eugen wählte den Platz so, daß ihm keine seiner Bewegungen entgehen konnte. Fides schien nicht zu Hause zu sein; um diese Stunde besorgte sie gewöhnlich die Einkaufe für die Wirtschaft. Auf seinem Gesicht malten sich Ekel und dumpfe Erregung, die von den äußerlich gespann-ten Umständen herrührte. Er richtete kein Wort an den Neffen. Vom gestrigen Abend her lag noch der Cardano auf dem Tisch; er schlug das Buch auf und versuchte zu lesen.

Valentin hatte den Mantel nicht ausgezogen. Den Hut hielt er auf den Knien und drehte ihn langsam zwischen den Händen. Er schaute in den Regen hinaus, und die nach unten geschwungenen Lippen zuckten bisweilen böse. Mehrmals langte er nach der Zigarettendose an die Westentasche, wagte es aber offenbar nicht, zu rauchen. Wieder nach einer Zeit legte er den Hut auf die Sofalehne und schwang ein Bein übers andere, um sich ein unbefangeneres Aussehen zu geben. Dann nahm er die ledernen Handschuhe heraus, strich sie auf dem Knie glatt und rundete den Mund wie zum Pfeifen. Es war zu merken, daß ihm das Schweigen vollständig unerklärlich, ja geradezu unheimlich war. Immer häufiger und scheuer kehrte sich der schiefe oder schräge Blick gegen den stumm sitzenden Faber.

So verflossen anderthalb Stunden. Endlich schellte die Eingangsglocke. Das Küchenmädchen öffnete. Anna Faber und Klara traten ins Zimmer. Ein Blick genügte Faber, um zu wissen, daß ihre Nachforschungen vergeblich gewesen waren. Anna Faber setzte sich erschöpft in eine Ecke. Klara trat vor den Bruder hin und sagte: »Nichts. Wie vorauszusehen war. Bevor wir weggingen, ist der gewisse Jemand gekommen, mit dem das Bürschchen wahrscheinlich seine Vergnügungstour machen wollte. Eine Weiblichkeit. Geschminkt und parfümiert zum Übelwerden. Sie ist gewaltig erschrocken bei unserm Anblick und wollte wieder abpaschen. Ich habe sie mit dem Hinweis auf polizeiliche Einmischung bei der Quartierfrau interniert. Und du, Eugen, was hast du ausgerichtet?« Die Frage klang kategorisch. Faber erhob sich und antwortete: »Ich habe gewartet. Ich habs dir ja dort gesagt, daß ich auf euch warten werde.«

»Gewartet!« stieß Klara hervor, und ihre Züge hatten auf einmal einen unbeschreiblich wilden und verächtlichen Ausdruck. »Gewartet. Worauf? Warum? Ich hab keine Zeit. Wenn ich nicht mit dem Hergesellschen Schmuck dieses Zimmer verlasse, dann geht mein Weg wo anders hin als nach Hause, daß ihrs nur wißt. Der Spaß hat dann aufgehört. Das eheliche Idyll mit schwiegerväterlicher Rente und schwiegermütterlicher honigsüßer Protektion ist aus. Es schleicht einer dort herum in meinem Hause, ein Feiertagsredner und Direktor der sittlichen Weltordnung, den der Dünkel aufplustert wie einen Frosch, wenn ich durch einen meines Blutes vor ihm gedemütigt bin. Laßt einen Theoretiker durch die Ereignisse recht behalten, und ihr habt die Hölle auf Erden. Herkunft, Zucht, Erziehung, Tradition, Ideale, das schwirrt euch nur so um die Ohren, und von früh bis abends fühlt ihr euch als der elende Dreck, der ihr seid, nicht wert, die Schuhriemen eines solchen nationalen Kulturträgers zu lösen. Und war das nur das ärgste! Wer kann aber aussprechen, was das ärgste ist? Zusammensein ohne Herz, ermeßt ihrs? Und die Furcht davor, Tag und Nacht die Furcht vor dem Schritt und vor der Stimme, und vor dem Wort, das man weiß. Wie gräßlich, die Furcht vor dem Wort, das man weiß, eh es noch gesprochen ist; mags gut oder böse sein, man verabscheuts. Ihr könnt freilich sagen: du hasts gewollt, du hasts auf dich geladen, es ist deine Sache und keines anderen. Das stimmt; wen soll ich für mein verfluchtes Leben verantwortlich machen als mich allein? Mich und meinen frechen Anspruch, und das Irrlichterieren, die Tollheit im Wünschen und, Gott verzeih mirs, das Alles-tun-dürfen und das Alles-sagen-dürfen. System, System. Da sitzt einer«, sie wies mit dem ausgestreckten Arm auf Valentin, »ein wahres Ausstellungsstück, eine Reklamenummer des Systems. Schau ihn dir nur an, Mutter; freu dich an deinem Werk. Ein herrliches Exemplar; nie hat unsere Familie was ähnlich Großartiges hervorgebracht. Regelrechter Dieb und Zuchthäusler, herrlich! Und alles durch Nachsicht, durch Güte, durch Aufopferung, durch seelisches Verständnis und Freiheit, all die schönen Dinge, aus denen uns der Feiertagsredner einen Strick dreht. Ach, ich kann nicht mehr, ich kann nicht mehr.«

Sie preßte die Handballen an die Schläfen und schüttelte mit geschlossenen Augen sekundenlang den Kopf. Die Beherrschte, grillig Spröde, in Gefühlsäußerung Karge so entfesselt zu sehen, erschütterte Faber. In seinen Augen malte sich der Schmerz über das Bild der Existenz, das dieser Ausbruch ihm verschaffte, und er stand da wie gelähmt. Dies vermehrte Klaras Erbitterung noch. »Was soll also geschehn?« herrschte sie ihn an. »Willst du vielleicht auch einen Fußfall vor dem Galgenvogel tun? Das wird mir zuviel. Jetzt heißts: Entweder – oder, mein Bursche«, sie packte Valentin beim Kragen des Mantels und riß ihn mit solcher Kraft vom Stuhl, daß er auf die Knie stürzte, »her mit dem Raub«, schrie sie mit heiser gewordener Stimme, »heraus mit dem Schmuck, oder ich zertrete dir deine niederträchtig hübsche Fratze.«

»Um Himmels willen, Klara!« rief Anna Faber. In der Tat war das junge Weib, wie sie über den entsetzt blickenden Valentin gebeugt stand, ein schreckenerregender Anblick. Hohn, Haß und Angst machten ihre Züge unkenntlich.

»Laß«, gebot Eugen, »laß, Klara.« Er trat zwischen sie und Valentin und wandte sich an den letztern. »Du wirst jetzt gefälligst deine sämtlichen Taschen ausleeren«, sagte er kalt, »fackle nicht, besinn dich nicht; es gibt kein Entkommen mehr.«

Mit einem Satz fuhr Valentin empor. Sein Gesicht wurde schlohweiß. Alles Sympathische und Einschmeichelnde war im Nu daraus verschwunden. »Nein«, stieß er gurgelnd hervor und wich gegen die Wand zurück, »das geschieht nicht. Das tu ich nicht. Auf keinen Fall tu ichs. Laßt mich fort, sag ich euch.«

Faber schritt auf ihn zu und antwortete drohend: »Bequemst du dich nicht dazu, so werde ich es für dich tun müssen. Nur wird es dann weniger glimpflich für dich abgehen.«

Valentins Augen, wie gelbe Opale schillernd, hefteten sich voll Trotz und Verzweiflung auf Faber. Er duckte sich, schmiegte Schultern und Rücken in den Mauerwinkel, fuhr mit der Rechten in die Hosentasche, zog einen Revolver hervor und hielt ihn Faber entgegen. Es war ein sechsläufiger Browning; Faber sah die schwarzen runden Löcher dicht vor sich. Er stutzte und wurde um eine Schattierung blasser.

Anna Faber schrie gellend auf.

Da öffnete sich die Tür zum Flur und Fides trat auf die Schwelle. Sie war von ihren Morgengängen soeben heimgekommen; sie hatte noch den Hut auf dem Kopf, einen einfachen schwarzen Strohhut mit einem Samtband, der sie gut kleidete. Anna Fabers Schrei hatte sie herbeigezogen. Mit einem Blick übersah sie, was geschah und was geschehen war. Ohne zu zögern, ging sie zu Valentin hin, umklammerte seine krampfhaft ausgestreckte Hand, entwand ihm mit einem kurzen Griff den Revolver und reichte ihn Faber, wobei sie den von ihrem unvermuteten Erscheinen verblüfften und an allen Gliedern zitternden jungen Menschen nicht aus den Augen ließ. Sie legte ihm die Hand auf die Schulter und sagte mit leiser, fester Stimme zu ihm: »Kommen Sie mit mir. Wir haben miteinander zu reden.«

Er sträubte sich nicht. Mit gesenktem Kopf folgte er ihr ins Nebenzimmer, ein kleines Gelaß, von dem aus man in Martinas Schlafzimmer kam. Sie schloß die Türe.

Die Zurückbleibenden sahen einander an, und die Blicke lösten sich erst nach einer Weile voneinander. Klara stand steif und stumm in der Mitte des Zimmers. Anna Faber hatte den Kopf in die Sessellehne gedrückt; ihr robuster Körper verriet tiefe Abspannung, der Ausdruck ihrer Züge eine nicht mehr zu verwindende Lebensenttäuschung.

Man hörte die Stimme von Fides als ein vokalloses, gleichmäßiges Murmeln. Dann war es eine Zeitlang still; dann hörte man Valentins Stimme, doch nur kurz, wie ein verlorenes Raunen. Dann kam wieder Fides' Stimme. Faber stand am Fenster und malte mit dem Zeigefinger den Buchstaben F in den dünnen Schweiß der Fensterscheibe, mehr als zwanzigmal den einen Buchstaben. Er lauschte auf Fides' Stimme.

Nach einer halben Stunde ging die Tür auf. In dem Raum drinnen kniete Valentin vor einem Stuhl, auf den er, lautlos schluchzend, das Gesicht gepreßt hatte. Fides trat heraus, in der Hand das Etui. Es war geöffnet, so daß man die wundervollen Steine sehen konnte. Schweigend, mit ernster Miene und ernstem Blick übergab sie es Klara. Diese sprach kein Wort. Sie reichte Fides nur die Hand. Sie senkte dabei auch ihr Haupt; es war, als neige sie sich vor einer Überlegenen und anerkenne die Überlegenheit. Anna Faber saß mit großen, feuchtglänzenden Augen da.

Eugen betrachtete Fides stumm vom Kopf bis zu den Füßen, wie wenn sie ihm fremd geworden und fern gerückt wäre. Sie schüttelte schwach lächelnd den Kopf, deutete mit einer flüchtigen Geste, die er verstand, auf Valentin im andern Zimmer, dann ging sie hinaus.

Faber faßte die Mutter unter den Arm und zog sie zum Fenster. »Du mußt den Buben irgendwo unterbringen, wo er eine Tätigkeit findet und beaufsichtigt wird«, sagte er, »laß ihn während der nächsten Tage nicht allein, aber sei trocken im Verkehr mit ihm. Weißt du einen passenden Zufluchtsort? Es ist vielleicht der letzte Moment, um ihn noch zu einem brauchbaren Menschen zu machen. Ich denke, das heutige Erlebnis wird nicht spurlos an ihm vorübergehen.«

Anna Faber erwiderte, daß sie schon seit einiger Zeit den Plan erwogen habe, ihn in ein landwirtschaftliches Institut zu bringen, mit dessen Leiter sie befreundet sei und mit dem sie über die Angelegenheit bereits korrespondiert habe. Valentin sei nicht abgeneigt gewesen, als sie mit ihm darüber gesprochen; jetzt werde er wahrscheinlich gern einwilligen. Sie wolle noch heute mit ihm hinausfahren.

Klara war weggegangen. Eine Viertelstunde später hörte Eugen auch seine Mutter und Valentin über den Flur gehen und sich entfernen. Er stand eine Weile sinnend, dann schritt er durch die Räume der Wohnung, um Fides zu suchen. Sie war in ihrer Kammer, die neben Christophs Stube lag. Die Tür war nur angelehnt; er klopfte schüchtern und ging hinein.

18.

Der Raum hatte dieselben Ausmaße wie Fabers Schlafzimmer und war ebenfalls einfenstrig. Es herrschte eine beabsichtigte Schmucklosigkeit darin; außer dem notwendigsten Mobiliar nichts zu bequemer Muße; auch kein Bild, nichts Buntes; nicht einmal Blumen. Fides selbst hatte dem Zimmer allmählich den Charakter einer Zelle verliehen; es stand dies mit ihren Gewohnheiten im Einklang. Vielleicht hing sie auch nicht an Gegenständen oder wollte nicht durch Gegenstände an Vergangenes erinnert werden. Jedenfalls erregte diese Kargheit Fabers Verwunderung, schon durch den Kontrast zu den übrigen Zimmern, in denen Martinas Liebe für heitere Farben zum Ausdruck kam. Hier war, ganz sichtlich, Martinas Reich zu Ende.

Fides stand vor einer offenen Lade, um eine Schürze herauszunehmen. Sie wandte ihm mit fragendem Blick das Gesicht zu. Die niedrig über die Augen gezogenen schwarzen Brauen hoben sich empor; es mißfiel ihr, daß er in ihre Stube kam.

Wie um diese Regung in ihr zu ersticken und ihr zur Äußerung nicht die Zeit zu lassen, trat er rasch vor sie hin, ergriff ihre Hände und sagte: »Wie haben Sie das fertig gebracht, Fides? Wie ist es Ihnen gelungen, ein solches Stück Holz an Verstocktheit zu erweichen?«

Sie zog ihre Hände zurück. »Soll ich Ihnen alle meine Worte wiederholen?« fragte sie kopfschüttelnd. »Das ist doch unmöglich. Man sagt, was einem der Moment eingibt; man verläßt sich auf den guten Geist. Zufällig, oder wenn Sie wollen, instinktiv, hab ich die Stelle getroffen, wo ich ihn fassen konnte. Aber müßt ichs zum zweitenmal tun, ich könnts nicht mehr. Jammervoll, in so ein verstörtes Sündergesicht zu schauen. Es erniedrigt einen selber. Nein, ich könnts nicht mehr. Lieber auf und davon.«

Sie fröstelte im Drandenken. Fabers Blick ruhte auf ihr. Es war als fürchte sie den Blick und nicht minder sein Schweigen, und sie fuhr hastig fort: »Ihm mit Vorhaltungen zu kommen, hab ich mich gehütet. Auch die schlimme Lage, in die er seine Großmutter, seine Tante versetzt, habe ich kaum angedeutet. Hauptsächlich habe ich ihn gebeten, sich nicht selber zugrunde zu richten. Irgend etwas an mir schien ihm Eindruck zu machen; das habe ich benutzt, um ihm zu versichern, daß ich viel von ihm hielte und viel von ihm erwarte, zum Unterschied von andern, und daß er wahrscheinlich selbst noch nicht wisse, wieviel Gutes und Tüchtiges in ihm verborgen sei. Und so ähnlich eben. Ich habe ihn mit Achtung behandelt, sogar sein dummes Verbrechen mit Achtung. Er sah mich immerfort starr an, und sein Mißtrauen lag wie ein dicker Klotz vor mir. Auch Sie sehen mich erstaunt an. Sein Verbrechen mit Achtung behandelt; das verübeln Sie mir am Ende und meinen, ich hätte einen Kniff angewendet –«

»O nein, wo denken Sie hin«, sagte Faber leise.

»Wenn jemand etwas so Unbegreifliches begeht, von unserm Standpunkt aus Unbegreifliches, nimmt er doch ein ganzes Verhängnis damit auf sich. Es ist wie eine Krankheit, die er lebenslänglich trägt, ein ewiger Aussatz. Dazu gehört schließlich ein gewisser Mut, ein gewisser Entschluß. Das habe ich ihm gesagt, um das mit der Achtung zu erklären. Es ist freilich eine finstere und qualvolle Achtung, und ich gab mir Mühe, ihm zu beweisen, daß man sie nur dem gewährt, dem man die bessere, die edlere schenken möchte. Er hat begonnen, mir zu glauben; an seinem Glauben konnt ich mich dann langsam weitertasten bis zu seinem Gewissen heran. Gräbt man tief genug in einem Menschen, so trifft man, davon bin ich überzeugt, als tiefstes und stärkstes sein Bedürfnis nach Achtung. Es ist tiefer und stärker als das nach Liebe; wirklich; ich habe viel darüber nachgedacht. Würden die Menschen einander auf natürliche Weise achten, so geschähe nicht der hundertste Teil des Unglücks, das noch immer durch Liebe entsteht. Davon bin ich überzeugt. Sie nicht?«

»Es kann wohl sein«, sagte Faber.

Sie standen da, beide plötzlich stumm. Faber machte eine Bewegung, von der er selbst nichts wußte, wie im Traum. Er schlang seine Arme um Fides und zog sie an sich. Er hatte die Augen dabei geschlossen und seufzte. Fides vermochte der Kraft seiner Arme nicht zu widerstehen; doch es riß sie hin; auch sie schloß die Augen, flammend und betäubt. Ihr Kopf fiel auf seine Schulter wie eine Frucht, die man bricht. So küßten sie sich. Einen Augenblick nachher gab sie einen dumpfen Ton von sich, als ob sie sich verwundet fühle, rang sich stöhnend aus der Umklammerung, und so weiß im Gesicht, daß es wie Glut wirkte, hob sie die gefalteten Hände feierlich beschwörend bis an die Stirn.

Mit Schritten wie einer, der um das Gleichgewicht kämpft, taumelte Faber hinaus.

19.

Sie begegneten einander bis zum Abend nicht mehr. Es kam ein Brief von Martina; Faber las ihn, legte ihn weg, las ihn nach einer Stunde wieder, als habe er vergessen, was darin stand. Er ließ ihn auf seinem Arbeitstisch liegen, und als er wieder ins Zimmer kam, betrachtete er ihn wie ein totes Tier.

Er enthielt nur Nachrichten, dieser Brief, Martinas lapidare Sachlichkeiten. Faber kräuselte leidvoll die Lippen, als er einen Satz vor sich hinsagte, den er sich zufällig gemerkt hatte: Wenn wir unsere Arbeit beendigt haben, die Fürstin und ich, gehen wir ein wenig aus, aber dann verirren wir uns gewöhnlich im gelben grausigen Nebel und halten einander fest, damit wir uns nicht verlieren. Nebel ist doch das Schlimmste auf der Welt.

Auch an Fides hatte Martina geschrieben. Fides war klareren Kopfes, da sie ihn las. Martina teilte ihr mit, daß sie zu Ende der Woche zurückkommen werde, also in vier Tagen. Dasselbe stand auch im Brief an Eugen, aber er hatte es nicht aufgenommen, oder indem er es las, dünkte ihm vielleicht, daß vier Tage wie zehn Jahre seien. Es kann viel geschehen in vier Tagen, die in der Phantasie zeitlos werden.

»Nun kommt deine Mutter bald«, sagte Fides zu Christoph, als sie mit ihm bei der Lampe saß, »Samstag abend.«

Christoph rümpfte die Nase. »Mir scheint, du lügst«, erwiderte er, »nie lügst du, aber wenn du von Mutter und Vater redest, lügst du manchmal.«

»Warum sollte ich lügen?« fragte Fides vorwurfsvoll. »Du bist ein unfreundlicher Mensch und überlegst deine Worte nicht.«

»Ach ihr«, gab Christoph zurück und machte Fäuste aus seinen von allerlei Erdarbeiten noch nicht ganz gesäuberten Händen, »bei euch ists immer wie bei einer Verschwörung. Ihr seid so heimlich alle.«

»Wer: ihr? Wen meinst du mit ›ihr‹?«

»Na, ihr Großen überhaupt. Ihr seid so eingebildet auf eure Verschwörerei. Wenn man Feinde hat, so stellt man sich ihnen mutig zum Kampf. Ihr verkriecht euch aber beständig. Warum? Ruft doch den Feind vor die Schranken.« Da er das traurige Gesicht von Fides wahrnahm, streichelte er versöhnungsuchend ihre Hand. »Mach dir nichts draus«, tröstete er herablassend, »du kannst eben auch nicht anders als die andern. Du kommst mir übrigens so komisch vor heute, weißt du das?«

»Komisch? Wie denn: komisch?« erkundigte sich Fides, gezwungen lächelnd.

»Ja, als wenn du vergessen hättest, deine Aufgaben zu machen und hättest Strafarbeit bekommen.«

»Geh doch, Christoph. Was für Einfälle.«

»Jetzt lügst du wieder!« rief Christoph triumphierend und streckte den Zeigefinger gegen sie aus. »In dir drinnen lügst du. Ich seh dirs an. Du willst nur nicht, daß ein Bub recht hat. Drum lügst du. Was ist denn eigentlich in dem Haus, Fides?« fragte er in verändertem, fast geheimnisvollem Ton und breitete die Arme in einer Art souveräner Mißbilligung aus. »Sag mir, was ist denn los? Es gefällt mir gar nicht mehr. So sonderbar ist alles, auch mit dem Vater …« Offenbar erlaubte ihm sein Stolz nicht, mehr zu sagen und dadurch ein beleidigtes Gefühl zu verraten. Er tauchte auf Fides' Rat seine Hände in die Schüssel mit heißem Wasser, die sie ihm gebracht hatte, und seine Stirn legte sich in grüblerische Falten.

Fides verließ die Stube erst, als Christoph im Bett lag und sie finster gemacht hatte. Im Korridor stand Faber vor ihr. Er trat zur Seite und ließ sie vorüber. Sie ging ins Wohnzimmer, sah sich zerstreut um, griff nach einer Majolikavase, um die verwelkten Blumen herauszunehmen; die Vase entfiel ihrer Hand und zersplitterte auf dem Fußboden. Sie schaute auf die Scherben herunter, und ein Zittern lief über ihren Körper.

Faber hatte das Klirren gehört und kam herein. Er kniete hin, um die Scherben aufzusammeln.

»Lassen Sie es«, sagte sie, »Sie werden sich verletzen.«

Er blickte empor. Sie stand so seltsam hoch vor ihm. »Fides«, flüsterte er.

Abwehrend hob sie die Hand. Ihr Gesicht wurde streng wie eine Maske. »Es darf nicht gewesen sein«, sagte sie leise und bestimmt. »Ists anders, so muß ich fort. Wir wollen nichts Tragisches daraus machen, das nicht. Torheit soll Torheit bleiben. Aber reden wir nicht davon, denken wir nicht daran; radieren wirs weg. Es gibt keine Wahl. Stehn Sie auf.«

Er gehorchte und stand auf. »Gut«, sagte er, »sehr gut.« Und fing an, hin und her zu gehen. »Sie können weder anders sprechen, noch anders handeln, noch anders sein. Ich begreife. Torheit? Nein. Das nehm ich nicht an. Da liegt zuviel Verstrickung vor. Verlangen Sie nicht das Unmögliche. Ich weiß momentan nicht, wie weiter zu existieren sein wird. Man muß kaltes Blut bewahren. Nur möcht ich mich mit Ihnen verständigen.«

Sie zuckte die Achseln. »Es ist besser, zu schweigen«, murmelte sie.

»Genug geschwiegen!« rief er aufwallend. »Sechs Jahre lang geschwiegen. Fides, Erbarmen! Erbarmen!«

»Was ist das für ein Ausdruck: Erbarmen?« erwiderte sie mit verzogener Stirn. »Ein würdeloses Wort; eins, das Sie selber hassen. Ich mags nicht hören, das, und ein anderes darf ich nicht hören.«

»Darf! Darf!« höhnte er. »Darum gehts nicht mehr. Über den Zaun sind wir bereits hinüber.«

»Nicht daß ich wüßte«, sagte Fides kühl. »Da ist kein Zaun, da ist eine himmelhohe Mauer.«

Faber stellte sich vor sie hin, die Arme steif herabgesenkt, den Rumpf mit dem breiten Brustkasten fast unnatürlich gereckt. »Wir wollen ehrlich miteinander verfahren, Fides«, sagte er und holte tief Atem. »Sie sinds mir wert; ich bins hoffentlich auch Ihnen wert. Jeder von uns beiden hat schon zuviel Leben und Erlebnis getragen und sich zu hart mit dem Schicksal herumgebissen, als daß wir uns blümerante Flausen vormachen dürften. Wir sinds auch nicht imstande. Offener Weg muß sein, Erfüllbares und Wirkliches, nicht trüber Dunst, in dem man sinnlos herumtappt. Also sagen Sie mir, sagen Sie es mir mit der ganzen Wahrheit, die in Ihrer Seele ist: Fühlen Sie etwas für mich? Nicht antworten, noch nicht antworten! Ich frage nicht: lieben Sie mich? Nein, das frag ich nicht, das soll mir nicht über die Lippen, das enthält schon wieder eine Welt von Verantwortung, von Irrtum und Entschlußzwang. Ich will nur wissen, ob Sie mich aufnehmen mögen, ob Sie einen Platz für mich in Ihrem Innern haben? Sagen Sie nicht nein, weil Sie wie verhext die Mauer anstarren; sagen Sie nur nein, wenn Ihr Herz nein sagt.«

Sie errötete und erblaßte, wollte sprechen, preßte die Lippen zusammen und schwieg. Er schaute sie an. Sie hielt den Blick aus; in ihren Augen war Verwunderung und Kummer. »Was wollen Sie?« fragte sie endlich. »Wozu die Überredung? Wozu der Aufwand? Um ein Abenteuer? Ich bin die geeignete Person nicht …«

»Ach, Sie weichen aus«, unterbrach er sie, beweglich klagend, »und ich hab Sie doch so inständig um die offene grade Antwort gebeten. Was nützt mir alles andre!«

»Es ist wunderlich von Ihnen, Eugen Faber«, entgegnete sie mit einem seltsam frauenhaften, seltsam wehmütigen Lächeln, »wunderlich, daß Sie darauf insistieren. Könnten wir denn so voreinander stehen, wenn ich nötig hätte, die Antwort zu geben? Da hätte ja unser Gespräch nicht einmal anfangen können. Brauchen Sie das Ja? Fürchten Sie ernstlich das Nein? Solche Fragen sind nur Quälerei, weil man den andern bindet, wenn er Schwäche zeigt. Ich bin nicht feig, und ich stehe in allem, was ich tue, für mich ein. Warum sollt ich nicht zugeben, daß Ihr Wesen und Ihre Art mich gefangen haben, mich aufgescheucht haben aus meinem Frieden, mehr als ich voraus wissen konnte? Es war kein Spiel, es war kein Plan und nicht einmal ein Wunsch; es ist halt so gekommen. Nun muß man sehen, wie man sich zurechtfindet. Ich halte mich nicht etwa für so kostbar, daß ich sage: für ein Abenteuer bin ich mir zu gut. Das ist auch bloß ein Wort: Abenteuer; ich nehms zurück, wenn Sie wollen; was darunter gemeint war, geht ja nur auf die Kürze der Zeit, und man ist nicht berechtigt zu fordern, daß das Schöne und was einen ergreift und besser und reicher macht, länger dauert als es Atem in sich hat. Ich also täusche mich nicht über mich. Sie aber, Eugen, Sie täuschen sich über sich. Was Sie zu mir treibt, das bin nicht ich, und eindringlicher als Sie mich, kann ich Sie beschwören, ehrlich zu sein und ehrlich zu handeln gegen sich und gegen mich. Sie wissen, was ich meine, oh, Sie wissen es genau. Ich lebe mit einem Schatten im Rücken, doch der gibt mich frei, wenn ichs von ihm verlange; Sie können den leibhaftigen Menschen nicht gewinnen, dem Sie mit Leib und Seele verfallen sind, und um sich ihm zu beweisen und sich selber einen Schein von Freiheit und Glück zu verschaffen, dazu brauchen Sie mich, dazu klammern Sie sich an mich. Nicht aus Berechnung und Vorsatz, o Gott, das weiß ich; es ist die Welle bloß, die Fügung, das Blut, ich weiß, ich weiß, wir können nicht dafür, ich weiß, durchschauen es nicht selber; aber ich kann das nicht, ich will das nicht, ich darf das nicht. Nein, niemals, niemals.«

Sie zitterte über und über. Sie nahm einen der Scherben, die auf dem Tisch lagen und brach ihn entzwei. Es war etwas Hohes in ihrer Miene und Haltung, eine stolze Leidenschaftlichkeit, und das machte sie sehr schön. Faber hielt den Blick in sprachloser Überraschung auf sie geheftet. Was sie sagte, klang ihm offenbar völlig und bestürzend unerwartet. Er legte die rechte Hand auf den Kopf und zu Boden schauend erwiderte er anfangs stammelnd, dann immer rascher und bewegter: »Eine Auffassung. Natürlich; man kann es so auffassen. Es hat etwas Bestechendes. Ja; gewiß. Aber Sie haben mich doch noch ganz anders von Ihrem Charakter und Ihrer Person überzeugt, als Sie denken. Ich erlebe das Sonderbare: eine Frau, die einen vergessen läßt, daß man ein Mann ist; anderes Geschlecht; Kreatur von gegenüber. Drück' ich mich verständlich aus? Ist das vielleicht eine neue Erscheinung dahier, die man zu meiner Zeit noch nicht kannte, eine entwickelte Gattung? Wie albern ich rede! Ich könnte Ihnen zuhören bis an das Ende meiner Tage, und wenn Sie mich mit Worten züchtigen, ist mirs wie Öl im Nacken. Nennen Sie Gründe, soviel Sie mögen, Ursachen, soviel Ihnen einfallen, ich kann nicht von Ihnen lassen, Fides, ich bin ein verlorener Mensch, wenn Sie mich zurückstoßen. Sei es dies, seis jenes, was mich erfüllt und hindrängt, ich untersuchs nicht, ich tret es unter mir weg. Sie sind mir notwendig; jetzt, in diesem Augenblick meines Daseins über alle Begriffe notwendig; daß ich Sie gefunden habe, kann kein Teufelswerk sein, und ists Gotteswerk, so lassen Sie Gott nicht unrecht haben. Die Leuchte. Die Leuchte Fides! Ich war finster. Mir war kalt. Die Menschheit ein Haufen Unrat, das ganze Gewölbe oben leer wie seit je und nun noch schwarz wie die Nacht. Zweifel am einzigen, was mir geblieben war; Asien, das Land der Schauder; Europa, das Land des Mords; ich komme; keine Martina mehr, das ganze Herz der Liebe ausgelöscht; Forderungen, die ich erraten soll. Und dann diese Nacht, die eine Nacht! Darüber kann man nicht sprechen. Eine Umarmung und dann ... als ob man von einem Turm heruntergestürzt wäre. Kein Licht mehr, kein Halt mehr. Ach, was hab ich am andern Tag getan! Den Ring weggeschenkt, Martinas Ring. Das muß ich Ihnen noch beichten. An eine Dirne den Ring weggeschenkt!«

Fides schlug wortlos die Hände zusammen.

»Denken Sie nicht schlecht von mir«, fuhr er mit heiserem Flüstern fort, während er bis jetzt die Worte in seltsam klirrendem Ton hervorgewirbelt hatte, »ich hatte übrigens weiter nichts mit der Person zu schaffen. Denken Sie nicht schlecht von mir. Retten Sie mich, Fides. Ich weiß sonst nicht, wozu das alles führen soll. Ich kann für nichts gutstehen. Geben Sie mich mir selber wieder, den Glauben an mich selber, geben Sie mir meine Jahre zurück, meine gestohlenen Jahre.«

Mit unmerklich bebenden Lippen schaute ihn Fides fest und gespannt an. Es war kein Zweifel, daß der Sturm seiner Rede, seines Wesens, seiner Verzweiflung sie wider ihren Willen mit fortriß und daß sie sich nur, wie ein Baum mit tiefreichenden Wurzeln gegen das Wetter, mit der Kraft ihres Instinktes wehrte. Die linke Hand ein wenig erhoben, erwiderte sie mit ihrer rauhen, wie gebrochen klingenden Stimme: »Sehen Sie denn nicht, wie zweideutig meine Situation wird, wenn ich nur mit einem Gedanken nachgebe? Ich stehe hier wie ein Soldat auf einem Posten; den darf ich nicht verlassen und nicht verraten. Ich will absehen von dem Kind, obwohl Sie spüren müßten, was es für mich ist, solche Worte zu hören, wenn Ihr und Martinas Kind da nebenan schläft; aber Sie haben vergessen, was für ein Verhältnis zwischen mir und Martina besteht. Ich habe es Ihnen gesagt, aber Sie scheinen es vergessen zu haben. Reicht ich Ihnen jetzt, nach alledem, bloß die Hand, so wäre das schon ein Vertrauensbruch, der mich um alle Selbstachtung brächte. Solang Martina ahnungslos ist, sind Ihnen die Hände ebenso gebunden wie mir. Oder haben Sie die Absicht gehabt, sie zu betrügen, mit mir zu betrügen? Und dann Zerknirschung, Geständnis, oder auch nicht Geständnis, die übliche banale Komödie? Dazu sind wir doch zu gut, kommt mir vor; dazu ist vor allem Martina zu gut. Lassen Sie uns überlegen, Eugen Faber; lassen Sie uns einen vernünftigen Entschluß fassen. Martina soll alles wissen. Mag sie dann entscheiden, und alles soll von ihrer Entscheidung abhängen. Sie sehen also, wie weit ich bereits bin.«

Sie schlug plötzlich die Hände vors Gesicht, und wieder zitterte ihr ganzer Körper wie im Schüttelfrost.

Faber rührte sich nicht. Sein Gesicht schrumpfte sonderbar ein, und langsam senkte er den Kopf.

Als schäme sie sich ihrer Schwäche, ließ Fides die Hände wieder fallen und fragte mit einem wunderlichen Anflug von Heiterkeit: »Wollen Sie es ihr sagen? Soll ich es ihr sagen? Oder warten wir, bis sie selber sieht? Lang wird das nicht dauern, keine Stunde.«

Ehe Faber antworten konnte, ging sacht die Tür auf und barfüßig und im Nachthemd erschien Christoph auf der Schwelle. Mit verschlafenem und ungehaltenem Ausdruck sagte er: »Es hat jemand so laut gerufen, da bin ich aufgewacht. Wer hat denn gerufen?«

Fides nahm ihn schweigend bei der Hand und führte ihn in seine Stube zurück. Sie kam nicht wieder. Als der Knabe schlief, ging sie in ihr Zimmer, versperrte die Tür und sank wie leblos auf ihr Bett.

Faber irrte auf der andern Seite der Wohnung von Raum zu Raum, und es war spät in der Nacht, als er endlich das Lager aufsuchte, auf dem ihn der Morgen noch mit offenen Augen fand.

20.

Als Faber am andern Mittag die Treppe des Amtsgebäudes herunterging, klopfte ihm jemand von hinten auf die Schulter. Er drehte sich um und sah einen seiner Gefährten von der Heimreise vor sich stehen, der ihm lächelnd die Hand bot. Es war dies ein junger Mann namens Baltesser, den Faber wegen seines überheblichen Wesens nie besonders hatte leiden mögen; die andern Kameraden hatten sogar einen Scherzreim auf ihn gemacht: Baltesser weiß es besser. Er war groß und schlank, doch salopp in der Haltung, hatte ein wohlgebildetes glattrasiertes Gesicht mit mißtrauisch blickenden, unverläßlichen Augen und eine jener trügerisch hohen Stirnen, die weniger auf geistige Vorzüge als auf Ehrgeiz und Eigensinn deuten.

Baltesser schien auf Faber gewartet zu haben. Das Gespräch wurde anfangs von beiden Seiten zurückhaltend geführt. Baltesser, dessen Witterung sehr fein war und der offenbar an Faber einen ungewöhnlichen Gemütszustand bemerkte, eine Art Verstörung fast, die der Absicht, mit der er sich trug, möglicherweise zustatten kommen konnte, tastete sich vorsichtig an Fabers Interesse heran.

Er hatte sich seit seiner Rückreise aus Asien mit erbitterter Leidenschaft in die Politik gestürzt und sich innerhalb kurzer Zeit zu einem der Wort- und Tatführer der radikalen jugendlichen Linkspartei aufgeschwungen, die ihr Vorbild im russischen Terror sahen. Faber hatte seinen Namen in den Zeitungen gelesen, meist neben dem eines gewissen Peter Arquint, eines Literaten, auch einige recht blutrünstige Reden, die er bei verschiedenen Gelegenheiten gehalten. Seine Sympathie für Baltesser war aber zu gering gewesen, als daß er sich in seinen Gedanken damit beschäftigt hätte.

Sie gingen ein Stück miteinander. Nicht ohne Geschicklichkeit, weil ebenso auf die vermutete Verdüsterung wie auf die von den meisten seiner Genossen sehr verschiedene Geistesrichtung Fabers berechnet, warf Baltesser sein Fangnetz aus. Faber hörte halb gelangweilt, halb verwundert zu, und er begleitete Baltesser, weil ihm anscheinend jeder Weg lieber war als der nach Hause.

Da fiel der Name der Fürstin. Baltesser sprach ihn mit unverhohlener Feindseligkeit aus. Er bezeichnete das Werk der Fürstin als ein rührseliges Theater größten Stils, bei welchem es darauf abgesehen sei, dem armen, leidenden Volk Sand in die Augen zu streuen und es über die wahren Ursachen seiner Not und Knechtschaft hinwegzutäuschen. Derlei Versuche der bürgerlich-kapitalistischen Welt, die Abgründe, an deren Rand sie ihr sündenvolles Treiben aufführe, mit einer versöhnlichen Tapete zu überdecken, seien so alt wie die Geschichte selbst. Dadurch sollten die Sehenden geblendet und die Blinden zum Lobgesang gebracht werden, und das werde leider auch erreicht, in diesem Fall mit ungeheuren Auslandsmitteln und frechem Humanitätstamtam. Phantasierten doch manche Leute, wahrscheinlich beteiligte Aktionäre, von einer neuen Religion, bei der die Fürstin eine Art Apostelamt übernommen habe;

Religion; als ob es gerade das sei, was man sich wünsche; als ob die Köpfe nicht ohnehin verdummt genug wären. Jetzt sollten der Kinderstadt noch drei Quadratkilometer Land zur Verfügung gestellt werden, außerdem ein Zuschuß für Neubauten; dafür habe diese Regierung plötzlich Geld, die ruhig zusehe, wie in den vorstädtischen Mietshäusern Dutzende von Menschen in einem Loch kampierten, gar nicht von denen zu reden, die unterstandslos auf dem Straßenpflaster lägen.

Es handelte sich, soviel Faber begriff, um eine großangelegte Demonstration, das, was Baltesser die Verkündigung des Volkswillens nannte. Ohne Zweifel wußte Baltesser, welche Rolle Martina Faber in der Kinderstadt und im Dienste der Fürstin spielte. Ohne Zweifel war dies der Grund, weshalb man sich seiner Person zu versichern wünschte; es mußte Eindruck machen, wenn er sich zu den Gegnern der Fürstin und ihrer Gemeinde schlug. Vielleicht konnte man dies um so eher hoffen, als man sich Nachrichten verschafft hatte, daß nach Fabers Heimkehr seine Ehe durch Zwistigkeiten getrübt war, die mit Martina Fabers Tätigkeit zusammenhingen.

Auch das begriff Faber. Wenn er es sich nicht völlig klar machte, so mußte er es wenigstens spüren. Was nach Politik nur schmeckte, war ihm von jeher ein Greuel gewesen. In früheren Jahren hatte er häufig mit Fleming darüber disputiert, der in Fabers Widerwillen einen unmännlichen Quietismus sah, bequeme und feige Abkehr von den Forderungen, die das öffentliche Wohl an den Einzelnen zu stellen berechtigt war. Hiegegen hatte Faber kein anderes Argument gehabt als eben: seinen Widerwillen. Einmal sagte er: »Mit schmutzigen Händen kann man nicht Reines machen. Politik ist Schmutz.« Fleming hatte den Kopf geschüttelt und erwidert: »Eine Leitartikelweisheit; außerdem falsch; jeder Gärtner hat schmutzige Hände; verachtest du deswegen seine Blumen? Nur wenn er dir Kehricht für Blumen aufschwatzen will, darfst du ihn verachten.«

Baltesser war ein zäher Anwalt seiner Sache. Gerade der wortkarge Hochmut, der seine Gesellschaft sonst unangenehm machte, verhalf ihm bei solchen Anlässen durch Wirkung des Gegensatzes zu Sieg. Jeder fühlte sich schon geschmeichelt, wenn er sich zu sprechen entschloß. Aber einen noch viel unwiderstehlicheren Werber lernte er in Arquint kennen; denn, apathisch und ziellos, wie er an diesem Tage war, hatte er sich in Baltessers Wohnung schleppen lassen, die im Norden der Stadt lag und an einen Speicher grenzte, der bisweilen als Versammlungslokal diente. Sie trafen Arquint vor der Tür; er trug eine Aktentasche voller Schriftstücke. Es war ein kleiner, sehniger, nervöser Mensch mit einem hohlwangigen Asketengesicht und einer stoßhaften, höhnischen, herausfordernden Art zu reden. Baltesser erschien neben ihm als Phlegmatiker. Er kam von einer Agitationsreise, und als er davon erzählte, spannte sich jeder Muskel in seinem Gesicht, und seine Wangen wurden gelb. Überall in dem unwirtlichen Raum lagen Broschüren in grellfarbigen Umschlägen und mit aufreizenden Titeln; an der Wand hing das Porträt von Karl Marx, mit Tannenzweigen umkränzt. Einmal öffnete sich die Tür und eine schwarzhaarige junge Person schaute herein; doch nach einem Blick auf Baltesser, der sie über die Schulter hinweg gleichgültig ansah, verschwand sie wieder.

Faber schaute bald den einen, bald den andern der jungen Männer forschend an. Seine Miene und seine Haltung ließen kein Urteil zu, welchen Eindruck sie auf ihn machten. Dies abwartende und undurchdringliche Benehmen trieb Peter Arquint mehr aus sich heraus, als wenn er Anteil oder Neugier gezeigt hätte. Als Baltesser die Aktion gegen die Kinderstadt erwähnte, lachte Arquint trocken und verbreitete sich in einer höchst seltsamen Weise über dieses von Menschenfreunden begründete und, wie er zugab, Menschenfreundlichkeit bekundende Unternehmen. Es sei nur nicht mehr an dem, daß Menschenfreundschaft dienen könne, sagte er, und in seine Augen kam ein prophetischer Glanz; was die gegenwärtige Zeit von allen andern unterscheide und ihr ein besonderes Schicksalzeichen aufdrücke, sei der Bankrott des Herzens, zu dem sie sich selbst erklärt habe und der allerorten erkennbar sei; daraus habe sie ihre Konsequenzen zu ziehen, daraus ihre Kraft, ihre Entschlossenheit, ihre Ideale zu schöpfen, nicht aber aus den erbärmlichen Überbleibseln einer vergangenen und abgewirtschafteten Welt. Freilich, das zu sehen und das starke Neue zu wollen, erfordere Bekennermut; mit Güte und Schonung und Leidenshilfe und Liebe und wie sonst die lügnerischen Arzneien gegen Europas hundertjährige Agonie sich nannten, sei es vorbei. Für Gebrechen gäbe es keine Heilung; sie pflanzten sich nur unter der Narbe fort, und die Schäden, die die Gesellschaft ihren Geknechteten und Geknebelten zugefügt, seien nicht auszumerzen, bevor diese Gesellschaft nicht selber vom Erdboden verschwinde.

»Sie retten Kinder aus leiblichem Elend«, fuhr er fort, »und was, im besten Fall, harrt ihrer? Das seelische. Oder sie heben sie geistig, nehmen wir an; mit welchem Erfolg? Damit sie nachher die Finsternis unter den übrigen besser sehen. Tausend Kinder, zehntausend Kinder, meinetwegen hunderttausend; na, und die andern hundert Millionen? Sysiphus war ein Optimist gegen solche Leute. Es ist immer dasselbe; sie haben keine Ahnung vom Symptom. Sie hören die Glocken erst läuten, bis ihnen das Trommelfell platzt. Sie sind stolz auf die Trockenpräparate der paar geretteten sozialen Opfer, und an den Bergen von Leichen drücken sie sich, hast du was bemerkt? Ich hab nichts bemerkt, scheinheilig vorbei. Lauter Christusse, lauter Erlöser! Euer Blut? Ihr seht doch, wir vergießen Tränen; eure zerschundene Existenz? Wir seufzen ja seit neunzehnhundertvierundzwanzig Jahren. Darf ich fragen«, wandte er sich plötzlich schroff an Faber, »welche Entschädigung man Ihnen gegeben oder angeboten hat für die sechs Jahre sibirischen Tod?«

Faber zuckte zusammen. Er schwieg.

»Den Bau eines Kinderasyls vielleicht?« höhnte Arquint. »Damit Sie sich an dem Schauspiel erquicken können, wie man den schwindsüchtigen, skrophulosen, idiotischen, anämischen Nachwuchs des dankbaren Proletariats in die Mysterien der Bildung einweiht? Äußerst schlaue Spekulation, einen Mann vergessen zu machen, daß man ihm die Blüte seines Lebens, so mitten aus der Mitte heraus, zertreten hat, den ganzen Kern der Existenz. Oh, ihr Vergeßlichen! Ihr seid so schuldig wie eure Mörder. Denn Mord war es doch. Fühlen Sie nicht, daß Sie ermordet worden sind?«

Faber verfärbte sich und stand auf. »Sie mögen nicht unrecht haben«, sagte er befangen.

Abermals war die Tür aufgegangen, und das schwarzhaarige Mädchen, als sie Arquint so laut sprechen hörte, trat herein, näherte sich Baltesser, der sich an den Tisch gesetzt hatte und einen Brief las, lehnte ihren Arm auf seine Schulter und schaute in den Brief. Baltesser beachtete ihre Gegenwart und ihr schüchternes Anschmiegen nicht; die tiefe Unterwürfigkeit, die sie ihm in Blick und Gebärde bezeigte, war ihm sichtlich zuwider. Faber sah, daß sie hochschwanger war.

Baltesser fragte ihn wie beiläufig, ob er nicht seinen Namen unter den Aufruf schreiben wolle, der gegen die Kinderstadt gerichtet war und als erstes Kampfsignal verbreitet werden sollte. Er erwiderte, er müsse sichs überlegen und nickte bloß, als Baltesser sagte, er werde sich den Bescheid bei ihm holen. Dann verabschiedete er sich. Auf der Treppe gewahrte er einen alten Mann und eine alte Frau, die sich scheu vor ihm zur Seite drückten. Sie waren ärmlich gekleidet und schienen schon seit einiger Zeit hier zu stehen. Plötzlich redete ihn die Frau zaghaft an. »Haben Sie sie gesehen?« fragte sie. Verwundert blieb Faber die Antwort schuldig. »Sie meint, ob Sie unsere Tochter oben getroffen haben«, erklärte der Mann, »sie wohnt nämlich bei Herrn Baltesser. Entschuldigen Sie, wenn wir gestört haben.« Es waren offensichtlich Juden. Düster versonnen ging Faber weiter.

Da ihn in der Nacht der Schlaf floh, stand er vom Bett auf, setzte sich an den Tisch, nahm Papier und Bleistift und schrieb das Folgende: »Fides oder Martina, ich weiß nicht, an wen von euch beiden ich dieses schreibe. Oft verschmelzt ihr in meinem Bewußtsein zu einer Person; dann wieder scheidet ihr euch weit, und ich kann keine fassen. Die Stumme und die Redende; sie halten einander bei den Händen. Die Stumme hat zuviel von mir verlangt; wie hätte ich sie verstehen sollen, da ich doch des Zuspruchs bedürftig war und selber so lang zur Stummheit verurteilt. Die andere hat mich öffnen können; sie hat nicht die Mühe gescheut, mit den verrosteten Schlüsseln die verrosteten Schlösser aufzusperren, wie mein armer Vater sich ausdrückte. Vielleicht war ich ihr gegenüber zu unbedenklich in Geständnissen. Es ist nicht gut, wenn die Menschen alles voneinander wissen, nicht gut, in allen Abgründen herumzuleuchten. Manches hab ich bereut, zum Beispiel, was ich ihr von gewissen Entbehrungen mitteilte. Ich sagte mir nachher: es ist unmöglich, daß eine Frau wie sie, trotz allem, was sie erlebt hat, es ohne Widerstreben anhören kann, vom Verstehen zu schweigen. Ihre Erziehung, die soziale Schicht, aus der sie stammt, schließlich die verfeinerte Richtung ihrer Persönlichkeit, das alles hindert sie an vorurteilsloser Auffassung. Und was die Geschmackswirkung anlangt, ist zwischen einem heiligen Antonius mit seinen Visionen und einem brünstigen Tier der Unterschied nicht groß. Jedenfalls mußte sie den Eindruck haben, daß ich da drüben allmählich außer Rand und Band geraten bin. Ach ja; machen wir uns nichts vor; der Wahnsinn hatte begonnen, Krankheit, Verworrenheit. So wars, ich leugn es nicht. Sehnsucht: ein zartes Wort. Aber meine Sehnsucht hatte keinen Geist und keine Seele mehr; sie zersprengte den geplagten Körper; sie war schwarz geworden wie Silber, wenn es in nasser Erde liegt.

»Erinnerst du dich, Martina, daß wir einmal vor vielen Jahren Gottfried Kellers Romeo und Julia auf dem Dorf zusammen lasen, und daß du bei der schönen Stelle am Schluß, wo der Sali das Vreneli aufs Schiff trägt und sie dann miteinander sterben, zu mir mit feurigen Blicken sagtest: das ist das Richtige; so muß es sein; entweder – oder; erinnerst du dich? Alle beide haben wir, das darf ich getrost behaupten, das Entweder – Oder festgehalten. Wir konnten nicht vorlieb nehmen, weder du noch ich; wir konnten uns nicht mit dem Surrogat begnügen, weder du noch ich. Wir hatten ja in wirklicher Vereinigung gelebt. Damals, als ich von dir wegging, wußt ich noch nicht, was das bedeutet; ich war ein unreifer Mensch, hatte nichts in mir geordnet, hatte keine Ahnung davon, wie die Mehrzahl der Menschen sich in dem Punkt behilft und aus der Not eine Tugend macht; wußte nicht, daß es unter tausend Fällen von Liebe und Ehe, glücklicher Liebe und glücklicher Ehe, kaum einen gibt, bei dem die wirkliche Vereinigung stattfindet. Inzwischen habe ich viel darüber gedacht und viel gehört. Was ist Erfahrung? Die Dinge in sich hineinnehmen und sich von ihnen erfüllen lassen. Es gab Stunden, wo ich mir die Gesichter aller Menschen, mit denen ich je zu tun gehabt, gleichgültigen und nahen Menschen, Zug für Zug vor Augen stellen konnte, mit einer Deutlichkeit und Genauigkeit, die sie nie gehabt, während sie mir gegenwärtig waren; da kam ich auf Geheimnisse, von denen sie selber nicht einmal etwas wußten. Das nenn ich Erfahrung. Wir hatten im Lager einen merkwürdigen Mann; gut, daß ich seiner gedenke, gut, daß ich wenigstens seinen Namen hinschreibe, Alexander Wehn, hier weiß niemand mehr von ihm, sogar von seinem Tod nicht. Kurz nach meiner Flucht hat ihn der Typhus weggerafft. Er hat die Menschheit nicht gerade geliebt, war ein Zyniker durch und durch, aber mit was für Einblicken und Einsichten. Wehn war Mediziner, seiner Neigung nach Psychiater. Gar manche Nacht sind wir in den endlosen Barackenwintern beisammengesessen und haben geplaudert; fast stets über ein und dasselbe Thema. Er hat mir erklärt, wie es kommt, daß die meisten Männer und Frauen in ihrer Unwissenheit und Achtlosigkeit fortwährend die Natur beleidigen; jeder geht im körperlichen Zusammenleben seinen Weg für sich; jeder nimmt seine Lust für sich; so verkümmert und verdorrt der eine allmählich am andern und durch den andern.

»Es ist so furchtbar schwer; die Sprache reicht nicht hin. Es gibt kein Liebesglück und folglich auch im allgemeinen kein Glück ohne tiefe und beständige Wachsamkeit des Leibes und der Seele. Das war das Resultat unserer Diskurse. *Gleichgeteilte gleichzeitige Empfindung;* wo die nicht ist, bis in die letzte Nervenfaser und bis ins Zentrum des Herzens, da fängt schon das Absterben an. Wie die Männer nicht gelernt haben, die Frauen zu führen, und wie Mädchen in der Ehe altern, ohne Frauen zu werden, davon die Ursachen aufzuzählen, kann ich ja unterlassen, sie sind so zahlreich wie die Lügen und Larven, die uns umgeben, spür ichs doch täglich, stündlich jetzt; weil das also so ist, deswegen hat sich in unserer Kulturregion nach und nach ein unheilbarer Liebesdefekt eingenistet. So sagte Wehn, und er bewies mir aus vielen Fällen, die er beobachtet hatte, wie infolge dieses Liebesdefektes unsere Welt voll und übervoll ist von unbefriedigten Seelen, Geschlechter hindurch, Jahrhunderte hindurch. Es ist wie eine progressive Vergiftung, sagte Wehn, und was für Bezeichnungen die Ärzte auch dafür wählen, Neurasthenie, oder Degeneration, oder Hysterie, oder was immer, die Wurzel liegt in dem einen. Diese unbefriedigten Seelen nagen aneinander, quälen einander, hassen und mißtrauen einander; sie fühlen sich schuldig, sie wissen nicht recht wessen, und nähren eine verhaltene Rachsucht, sie wissen nicht recht, warum. Ein Teil von ihnen geht an seiner Schwäche zugrunde, an Müdigkeit, an Hoffnungslosigkeit, an Enttäuschung und an Versteinerung; der andere Teil tritt aus allem Gesetz heraus und greift zur Rebellion. »Ist es die Wahrheit? Damals zweifelte ich an dem vernichtenden Bild. Es stimmte mir alles ein wenig zu sehr, deshalb zweifelte ich. Man hätte tiefere Kenntnis haben müssen als ich, in mehr Lebensgebiete eingedrungen sein müssen, um sagen zu können: es ist wahr. Doch seit ich zurückgekehrt bin, spür ich in dem Bezug ein verhängnisvolles Nachgeben, und mir ist, als brodelte Schlimmes in meinem Gemüte. Daß wir in unserer jungen Ehe ohne Fehl und Trug in der wirklichen Vereinigung gelebt, Martina, in immer sich erneuernder, war ein gar seltenes Spiel der Natur; wir Arglosen ermaßen es nicht und würdigten es nicht; vielleicht weil wir, halbe Kinder noch, einander gefaßt hielten und uns in den Gleichton stimmen konnten, ich ohne Übernommenes vorher, du in der Gnade, die dir gegeben ist. Später dann und fern von dir hob sichs wieder wie Gottesgeschenk aus dem übrigen Leben heraus; ich zitterte beständig drum wie einer, der ahnungslos einen Barren Goldes besessen hat, und die Tag- und Nacht- und Traumnot macht langsam Zahlmünze daraus. Denn wußt ichs einmal, so wars Münze und schon nicht mehr das Ganze, das Unschuldige, das Herrliche, was vom Schoß der Erde ist. Und als du mich wieder aufnahmst in jener Nacht; ich hab es zu Fides gesagt: als ob man von einem Turm heruntergestürzt wäre, genau so. Unsere Körper gaben einander keine Antwort mehr. Ich war auf einmal in meinen Augen zum Krüppel geworden. Und da ist das Gift in mir wirksam geworden. Jeder Sinn hat sich verdunkelt, Aug und Gefühl; es stiebt mit mir wohin, und ich will nicht folgen, aber ich muß. Ich gehe auf der Straße, und es packt mich der Haß gegen die unbekannten Menschen, die mir begegnen; jedes einzelne an ihnen erregt meinen Haß, ihre Füße beim Gehen, ihre Finger beim Greifen; das Gelächter von dem und der Blick von dem, die Kleinen und die Großen, die Alten wie die Jungen, Arme und Reiche, gleich verhaßt sind sie mir; ich bin mit bösen Gedanken hinter ihnen her; wie ein Wolf bin ich hinter ihnen her; mir graut vor ihnen; ich seh sie nackt, die scheußlichen Leiber, die fetten Wänste, die schlottrichte gelbe Haut, die häßlichen Spuren ihrer Ausschweifungen, die Verwüstungen des Alkohols, die Narben der Syphilis, von der neun Zehntel unter ihnen verseucht sind. Da schaut mir einer unverschämt ins Gesicht; ein Herrchen ists, ein beliebiger Geck; Gott weiß, wem er gerade den Hof gemacht hat, er sieht gar so selbstzufrieden aus. Es kitzelt mich, wenn ich mir vorstelle, daß ich ihn nehmen darf und hinter mir herschleifen; hab ich ihn dann in Gewahrsam, so will ich ihm zusetzen bis ihm alles vor den Augen tanzt; was für Einrichtungen sind das dahier? Wozu haben Sie, Verehrtester, die Menschenwelt durch Ihre Geburt besudelt? Warum kichern Sie bei hellichtem Tag auf der Gasse? Sehen Sie nicht, Sie Dieb und Fettsack, Fresser und Wüstling, was Sie angerichtet haben? Sie wissen von nichts? Darum sind Sie mir nicht weniger verantwortlich, mir nicht weniger schuldig. Und ich berausche mich an dem Gedanken, ihn zu martern, ihn unter meinen Füßen zu zertreten.

»O Fides!

»Ists das, was nach all der Bitternis das Wiederkommen aus mir gemacht hat? Das? Einen heimlichen, hämischen Brandstifter? Einen, der den eigenen Herd in Trümmer schlägt und vielleicht den eigenen Sohn mit seinen Wurzeln aus dem Boden reißt, weil er selber keine Wurzel mehr hat –? Rebellen sind leichtbewegliche Leute, haben nichts übrig für die Seßhaften; Schlupfwinkel brauchen sie, fliegende Quartiere. Viele solche sind da; seit ich ihren Geruch angenommen habe, riechen sie mich schon von weitem, ziehn ihre Kreise um mich her, und es scheint, Eugen Faber ist ihnen sicher ...« An dieser Stelle brach er ab, blieb eine Weile verloren sitzen und verschloß hierauf die Blätter sorgfältig in einer Lade. Als er vom Tisch aufstand, griff er sich mit einem dumpfen Laut an die Brust. Das Herzklopfen meldete sich wieder, das ihn einige Wochen lang verschont hatte.

Am andern Morgen kam Martina von der Reise, zwei Tage früher als sie geglaubt und geschrieben hatte. Sie hatte keine Depesche vorausgeschickt, weil sie sich bei solchen Anlässen zu wenig wichtig nahm und auch, weil sie kleine Überraschungen liebte.

21.

Christoph hatte drei schulfreie Tage vor sich. Es war eine Scharlachepidemie ausgebrochen; man hatte die Schule geschlossen. Christoph fand, daß Scharlach eine lobenswerte Institution sei. Er begriff den Schrecken nicht, den das wohllautende Wort verbreitete.

Er war leicht durch Worte zu betören, die schön klangen. Sogar am meisten dann, wenn er keinen bestimmten Sinn mit ihnen verbinden konnte. Er erfand solche Worte; Palufan zum Beispiel. Palufan: der Sonntagsanzug. Die allgemein gültige Sprache hatte dafür keinen Ausdruck; er hatte einen.

Im übrigen war er nicht gut gestimmt.

Seit die Mutter von der Reise gekommen war, den zweiten Tag nun, hatte er sie im ganzen nicht mehr als eine halbe Stunde gesehen. Wohl hatte sie ihn geküßt und in lebhafter Weise geherzt; aber das mochte er nicht leiden; es dünkte ihn nicht vereinbar mit seinen Erfahrungen und seinen Jahren. Zudem war in ihren Liebkosungen etwas gewesen, was ihm zu denken gab, wie wenn sie sich vor ihm hätte verstecken wollen. Er hätte es vorgezogen, wenn sie sich ernsthaft mit ihm auseinandergesetzt hätte. Dazu ließ sie sich nicht herbei. Er kannte das. Sie glaubten das Klügste zu tun und taten das Dümmste. Er sah alles. Er durchschaute sie alle. Man mußte stets auf der Hut sein vor der Heimlichkeit, mit der sie alles betrieben. Die einzige, die ehrlich mit ihm verfuhr, war Fides. Jedoch auch mit Fides war seit einigen Tagen eine Veränderung vorgegangen. Sie wandte immer den Blick weg, wenn er mit ihr redete.

In den Zimmern war es ungemütlich. Niemand kümmerte sich um ihn. Niemand hatte acht auf ihn. Er hörte die Stimme der Mutter am Telephon. Dann ging sie fort. Dann kam, wie gestern schon, ein Mann, der nach dem Vater fragte. Dann kamen Leute, die nach der Mutter fragten. Dann kamen noch zwei Männer und gingen in das Zimmer des Vaters, wo schon jener erste war. Ihre lauten Stimmen drangen bis herüber. Dann kam die Mutter wieder zurück, und Fides war lange bei ihr.

Es hatte etwas Auffallendes, das alles. Man merkte es Christoph an, daß er sich den Kopf darüber zerbrach. Er ließ sich in ein Gespräch mit dem Küchenmädchen Emma ein, die er sonst nicht leiden mochte. Er hielt sie für albern. Er gab ihr zu verstehen, daß er sich in Bälde unabhängig machen werde. Er wolle ausziehen, um ein Abenteuer zu bestehen. Welches? Nun, im Kürschnerhof nebenan schmachte eine Kröte im Keller, die werde er entzaubern. Aber das sei das geringste; ein Anfang.

Nach einigem Nachdenken sagte er vor sich hin: »Eines möcht ich wissen, ob es das wirklich gibt: China, oder ob sie nur so davon reden. Das müßte man mal aus ihnen herauskriegen.«

Plötzlich lauschte er. Herrn Schadenbachs Stimme erschallte im untern Treppenflur. Es klang wie das Gekläff eines bösen alten Hundes. Christoph runzelte die Stirn, öffnete die Korridortür und lauschte. Herr Schadenbach schrie herauf. Er könne sichs absolut nicht gefallen lassen, daß über seinem Zimmer fortwährend Leute herumgingen und laut redeten. In der Tat sprachen die Männer in Vaters Stube sehr geräuschvoll. Aber die Unziemlichkeit und Grobheit der Beschwerde des Herrn Schadenbach erregte Christophs Zorn aufs äußerste. Lange genug hatte sich etwas Entscheidendes in ihm vorbereitet. Er stieg Stufe um Stufe hinab, bis er dicht vor dem Gehaßten stand, legte die Hände auf den Rücken, beugte den Oberkörper nach vorn und schrie seinerseits so stark er konnte: »Tolanzel! Tolanzel! Tolanzel!« Diese vollkommen sinnlose Lautverbindung schien ihm ein solches Maß von Beschimpfung und Verachtung auszudrücken, daß er danach sofort wieder kehrt machte und mit erhobenem Haupt in sein angestammtes Stockwerk zurückstieg. »Das wird er sich merken«, murmelte er befriedigt, »das wird er sich hinter die Ohren schreiben.«

Herr Schadenbach, vor Staunen gänzlich starr, blickte ihm mit hervorquellenden Augen nach so lang er konnte, dann brach er in schmetterndes Gelächter aus. »Lach du nur, Tolanzel«, höhnte Christoph, indem er die Tür zuschlug, »lach du nur; was du bekommen hast, nimmt dir doch keiner weg.«

Etwas später steckte er eine von den Schokoladestangen zu sich, die ihm die Mutter mitgebracht, und ging aus. Er ging in den Kürschnerhof, wo man gewöhnlich Spielgefährten fand. Es war aber nur ein vierzehnjähriger Knabe da, den er kaum kannte und der aus einer Pfütze voll gestautem Regenwasser eine Abzugsrinne grub. Eine schmutzige Arbeit, und schmutzig war auch der, der sie vollbrachte.

Mit studiert unbeteiligter Miene setzte sich Christoph auf einen Prellstein und schaute zu. Da der andere perfid genug war, sich zu stellen, als bemerke er ihn nicht, entschloß er sich, das Gespräch in Gang zu bringen und sagte leichthin: »Heute hab ichs dem Schadenbach ordentlich gegeben.«

Der andere schielte herüber. »Wer?« fragte er geringschätzig. »Du? Was für einem Schadenbach?«

»Na, dem Dicken, der in unserm Haus wohnt«, erwiderte Christoph in einem Ton, wie wenn er überhaupt nicht wisse, was prahlen sei, zog die Schokolade aus der Tasche und löste bedächtig das Staniolpapier ab.

Der andere räkelte sich träg, machte ein paar gewichtige Schritte, nahm Christoph seelenruhig die Schokolade aus der Hand und verschlang sie. Darauf verfügte er sich wieder an sein Geschäft.

Dies gab Christoph einen hohen Begriff von der Machtgewalt der Vierzehnjährigen. Er war so erschüttert, daß er sich jedes Einspruchs enthielt und stumm einen neuen Interessenkreis aufsuchte.

Er legte sich bäuchlings vor die Kellertür, worin der Vermutung nach die auf ihre Menschengestalt harrende Kröte hauste, aber während sich sein Auge nach unten zu in die Finsternis verlor, begann es über ihm heftig zu regnen, und da es außerdem dämmerte, machte er sich auf den Heimweg. Fides, zum Ausgehen angekleidet, kam ihm entgegen und sagte, sie werde wahrscheinlich erst spät abends nach Hause kommen, sie habe die Emma gebeten, daß sie so lange in der Wohnung bleibe, Christoph möge vernünftig sein, solle ein Buch zur Hand nehmen und um neun Uhr zu Bett gehen. Damit küßte sie ihn auf die Stirn und verschwand.

Christoph schüttelte den Kopf, als er allein war. Es mußte ihm seltsam vorkommen. Noch nie war es geschehen, daß ihn Fides am Abend verließ. Und kaum jemals hatte ihn Fides auf die Stirn geküßt. Derlei Vertraulichkeiten lagen nicht in ihrer Beziehung zueinander. Auch die dunklen Schatten in ihrem Gesicht waren ihm nicht entgangen, die Betrübnis nicht in ihrem Blick. Er dachte nach. Die Stille rings umher wurde ihm lästig, und er fing an, ein bißchen vor sich hinzusummen. Von einer Wohnung im ersten Stock klangen die Akkorde eines Klaviers herauf; dann wurde es abermals ganz still. Dann hörte er die Emma in der Küche mit Geschirr klappern; und wieder Stille. Der Regen hatte eine Weile ausgesetzt; nun plätscherte es von neuem auf die Blechsimse vor den Fenstern, was die Stille nur noch unheimlicher machte.

Christoph saß am Fenster, den Ellbogen aufgestützt, die Wange in die Hand geschmiegt und sah, wie die Regenfäden aufblitzten, wenn sie durch das beleuchtete Fensterviereck schossen. Dies unterhielt ihn einige Zeit, hierauf beschloß er, eine Arche Noah zu bauen. Er stellte vier Stühle so zueinander, daß ein quadratischer Innenraum entstand. In diesen Raum schleppte er seine Bilderbücher, seine Schulhefte, den Mantel, ein Paar Stiefel und als Proviant eine Schachtel. Die verschiedenen Tiere, die in der Arche untergebracht werden sollten, trieb er mit lebhaften Zurufen vor sich her, das heißt, er bildete sie sich nur ein, ärgerte sich aber dabei etwa über den Eigensinn des Kamels oder über das unfolgsame Geflügel. Aus dem Vorzimmer holte er einen alten zerrissenen Regenschirm, klappte ihn auf und befestigte ihn als Dach über der Arche. In die begab er sich selber schließlich, und nun konnte die Sintflut beginnen. Nach einer Weile schien ihn aber dies zu langweilen; er seufzte, nahm den Regenschirm von der Arche herab und marschierte mit ihm in der Stube herum, viele Male auf und ab, wobei er, unter dem Schirm fast verschwindend, einem wandernden schwarzen Pilz glich. Plötzlich sagte er in einem singenden, predigerhaften, unheilvollen Ton: »Das Meer ist da. Große Überschwemmung. Alles fortgerissen. Keine Häuser mehr; keine Menschen mehr. Niemand mehr auf der Welt, bloß ich und der Regenschirm.«

Ein spöttisches Greinen ließ ihn verstummen. Emma war mit dem Abendessen eingetreten. Er runzelte die Stirn, und als sie, während er am Tisch saß und den Reisbrei löffelte, ein Gespräch mit ihm anknüpfen wollte, zeigte er sich ablehnend. Sie war beleidigt und ging.

Und wieder war Stille, und die Zeit lief. Er schaute lange und mit außerordentlicher Gespanntheit auf das Zifferblatt der Pendeluhr, so lange, bis der große Zeiger von halb neun auf neun vorgerückt war. Er hatte, zu seiner Befriedigung, die ruckartige Fortbewegung deutlich beobachten können; aber den kleinen Zeiger gleichsam zu erwischen, das gelang ihm nie. Ragun hieß diese Pendeluhr in seinem Privat-Idiom, ein Versuch, ihre im Grunde sehr geheimnisvolle Beschaffenheit phonetisch wiederzugeben.

»Kannst du nicht mit mir reden, Ragun?« sagte er zu der Uhr hinauf.

Der große Zeiger kroch weiter; Ragun erwiderte nichts. Da schob Christoph einen Stuhl zur Wand, stieg hinauf und brachte das unermüdliche Schwinggewicht zum Stehen. Er erschrak, wahrscheinlich, weil durch das plötzliche Aufhören des Uhrgeräusches die Stille auf einmal ungeheuer wurde. »Jetzt ists aus mit dir, Ragun«, sagte er mit ein wenig furchtsam klingender Stimme, »jetzt bist du tot, jetzt gibts keine Zeit mehr.«

»Was tust du denn, Christoph?« fragte eine andere Stimme, und er drehte sich so jäh um, daß er beinahe vom Stuhl gefallen wäre. In seinem Eifer hatte er nicht gehört, daß sein Vater die Tür aufgemacht hatte. Er war eben heimgekommen und hatte durch die Türritze noch Licht bei Christoph gesehen.

Wunderliches geschah. Christoph, dieser starke Charakter, Feind jeder Gefühlsschwäche, stürzte dem Vater an den Hals, klammerte sich fest an ihn an und schluchzte aus innerster Brust.

Faber, dem es, seinem Aussehen nach zu schließen, selbst nicht übermütig zu Sinn war, erschrak. Der Zusammenhang zwischen diesem heftigen Ausbruch von Schmerz und dem Hantieren an der Uhr, bei dem er den Knaben betroffen, war ihm nicht ohne weiteres klar. Anscheinend dachte er über die tiefere Ursache nach, und seine Miene wurde schuldbewußt. Mit weicher Hand strich er Christoph über das Haar, indem er das tränengebadete Gesicht an sich drückte. »Na, mein lieber Bub«, sagte er, »was ist denn gar so schlimm? Du mußt nicht weinen. Warum bist du denn nicht ins Bett gegangen? Wo ist denn Fides? Warst du denn allein?« (Nicken.) »Ganz allein?« (Nicken.) »Das ist freilich übel, aber deshalb mußt du nicht weinen. Schau, wir Männer weinen nicht, auch wenn uns noch so miserabel zumut ist. Wir müssens hinunterschlucken; wir müssen tapfer sein. Die Welt verlangt es von uns. Na ja, ich weiß, du bist ja ein tapferer kleiner Gesell, das ist allbekannt, und mir scheint, ich und du müssen zusammenhalten, viel mehr, als wirs bis jetzt getan haben. Ob du mich brauchen wirst, das kann ich natürlich nicht sagen, aber ich werde dich auf jeden Fall brauchen.«

Unter solchen Worten und noch andern, die Christoph sichtlich sehr beglückten, so daß durch seine Tränen sehr bald ein halb stolzes, halb neugieriges Lächeln schimmerte, zog ihm Faber die Schuhe, den Anzug, die Strümpfe, das Hemd aus, ließ ihn in das Nachthemd schlüpfen, brachte ihn zu Bett und blieb, die Hand des Kindes in seiner haltend, am Bettrand sitzen, bis es eingeschlafen war. Dann drehte er das Licht aus und verließ das Zimmer. Eben als er an der Eingangstür vorbeiging, drehte sich der Schlüssel draußen, und Fides kam. Trotz des Schirms, den sie mitgehabt, war ihr Mantel naß vom Regen, auch die Handschuhe waren naß.

»So spät?« fragte Faber.

»Ja ... spät«, erwiderte sie und stellte den Schirm weg. »Schläft Christoph?«

Faber nickte. Erst nahm er einen Anlauf, um zu berichten, was mit Christoph gewesen war, dann unterließ er es.

»Ist etwas geschehen?« erkundigte sich unruhig Fides, die sein Mienenspiel beobachtet hatte.

Er verneinte zögernd. »Nichts von Belang wenigstens«, erwiderte er. »Die Einsamkeit in der leeren Wohnung hat ihm wohl bang gemacht. Ich bin auch erst vor kurzem gekommen. Ich habe nicht geglaubt, daß er so sensitiv ist. Möglich, daß es nicht bloß die Einsamkeit war. Möglich, daß er noch anderes dabei gespürt hat.«

»Einsamkeit, sagen Sie? Emma hat mir versprochen, ihn nicht allein zu lassen …«

Es erwies sich, daß das Mädchen nach Hause gegangen war. Zehn Minuten später pochte Fides an der Wohnzimmertür. »Ich muß um Entschuldigung bitten«, sagte sie eintretend und blieb an der Tür stehen, »muß mein Fortgehen erklären. Ich war draußen bei der Fürstin. Ich wollte sie sehen. Nur sehen. Nur ein paar Stunden in ihrer Nahe sein. Bei ihr sein, das gibt Kraft. Ich hätte sonst nicht genügend Kraft gehabt für … für das alles.«

Sie hatte sich in der kurzen Zeit umgekleidet. Sie trug ein dunkelbraunes Hauskleid mit großen Stoffknöpfen und einer weißen Halskrause, so daß sie Ähnlichkeit mit den Frauen auf Bildern von van Eyck hatte, ein Eindruck, der noch verstärkt wurde durch das Oval ihres Kopfes und die unmodern glatte Frisur, die aber die Stirn freigab und sie wie eine Elfenbeinplatte leuchten machte.

»Wollen Sie sich nicht setzen?« fragte Faber, an ihrem Gesicht vorbeisehend.

Sie schüttelte den Kopf und fuhr fort: »Ich habe den heutigen Abend dazu gewählt, weil ich wußte, daß Martina den ganzen Abend beim Minister ist, um das neue Bauprojekt mit ihm zu besprechen. Es sind auch verschiedene Sachverständige und zwei englische Herren dort; die Sitzung wird wahrscheinlich bis in die Nacht dauern. Martina bringt die Erklärungen und Vollmachten der englischen und amerikanischen Brudergesellschaften mit. Da konnte ich also, wenn ich Glück hatte, mit der Fürstin allein sein, und ich hatte Glück. Sie war noch müde von der Reise und hatte sich zurückgezogen, aber als sie hörte, daß ich da sei, ließ sie mich in ihr Zimmer kommen.«

Sie erzählte dies in eigentümlich mattem Ton, wie für sich hin, blickte kaum einmal empor, und ein seltsam befangenes Lächeln, eine Andeutung von Lächeln nur, zuckte bisweilen um ihren Mund. »Ich hatte die Fürstin schon viele Wochen nicht gesehen«, begann sie wieder, »ich hatte schon ganz vergessen, wie wunderbar es ist, wenn man bloß in ihr Gesicht schauen darf. Ich fragte sie: darf ich eine halbe Stunde dableiben? Sie lag auf einem Feldbett und forderte mich auf, ich solle mich neben sie setzen. Das tat ich auch und saß da und schwieg, und sie hatte nichts dagegen, daß ich schwieg. Nach langer Zeit nahm sie meinen Kopf zwischen ihre Hände und sagte: du bist in einer Not, Kind, in einer großen Not, kommt mir vor. Ja, sage ich, in einer recht großen Not. Erleb es zu Ende, sagte sie, erleb es so wahr als du irgend kannst zu Ende; wenn du ganz aufrichtig, ganz ohne Lüge gegen dich selbst bist, kannst du nicht fehlgehen. Das will ich tun, sag ich und bitte sie nur, mich noch bei ihr zu lassen. Sie hat ein kleines Harmonium in ihrem Zimmer, und sie beherrscht das Instrument wie eine Meisterin. Selten spielt sie, das weiß ich; heute hat sie sich hingesetzt und hat leise gespielt, eine alte italienische Kantate. Darnach küßte ich ihr die Hand und ging.«

Faber schaute vor sich nieder und sprach nicht. Auch Fides schwieg nun. Aber es war, als erwarte sie eine Frage von ihm. Die Frage kam auch, obschon erst nach geraumer Weile. »Und Martina?« fragte er dumpf.

»Martina, gewiß«, nickte sie. »Mein Gott, was für zwei Tage waren das! Ich hatte ein Gefühl wie vor schwerer Krankheit; noch jetzt, noch jetzt. Sie ist doch das allermerkwürdigste Wesen auf der Welt. Kein Zweifel, sie hat alles gewußt, alles gespürt, sobald sie nur die Schwelle überschritten hat. Ich kann nicht ausdrücken, wodurch ich es so bestimmt empfunden habe und was es eigentlich an ihr war, aber es war eben. Ich kenne sie so genau; ich kenne jeden Zug an ihr, jeden Schatten an ihr, und ich täusche mich nicht.«

»Mir ist es ebenso gegangen«, sagte Faber, und plötzlich loderten seine Augen mit einer scheuen, tiefen Glut zu ihr auf, »aber Sie waren doch mit ihr, Fides, Sie haben doch mit ihr gesprochen ...«

Fides, kaum merklich die Schultern zurückziehend, als wolle sie sich verbergen vor seinem Blick, antwortete: »Gesprochen, ja; das heißt, sie hat mich gefragt, was ich während ihrer Abwesenheit gemacht habe, wie ich mirs eingerichtet habe, wollte alles bis ins kleinste wissen, den Küchenzettel sogar. Aber nur solche Dinge. Da war kein Herankommen. Als stünde man vor einem eisernen Tor. Wenn ich dann anfangen wollte, etwas von dem nur anzudeuten, was mir auf der Seele brannte, nur den leisen Versuch machte, von dem zu reden, was nun zwischen uns liegt und was ich lieber nicht wüßte, nie hätte erfahren mögen, so wartete sie das zweite Wort nicht ab, erzählte gleich von der Reise, von der Fürstin, und wie man die geehrt, von den komischen Sitten in England, von einem Lord, der sich in sie verliebt, und so weiter; alles mit dem sonderbaren Flirren in den Augen und mit dem ganz hohen Lachen, das sie hat, wenn sie sehr erregt ist und es um keinen Preis merken lassen will. Auch schaute sie sich oft so fremd im Zimmer um, in ihrem eigenen Zimmer, sah mich so fremd an, und wars auch bloß eine Sekunde lang, es war doch beinah unheimlich. Gestern schon, und heute wieder. Dabei erwähnte sie Sie nicht ein einziges Mal, während sie früher in jedem unserer Gespräche, wo sich der geringste Anlaß bot, mit einem Scherz oder einem Seufzer Ihren Namen genannt hat. Es war ihr ganz selbstverständlich, zu sagen: und Eugen. Begreifen Sie, was ich meine? Und Eugen. Dieses Und; als wärs nicht mehr da, das Und.«

»Kann schon sein, daß es nicht mehr da ist«, sagte Faber mit Bitterkeit. »Das Schicksal hats vielleicht ausgestrichen.«

»Und Sie …«

»Nein«, fiel ihr Faber ins Wort, denn er erriet, was sie sagen wollte. »Nein. Nicht eine Silbe. Wir haben uns begrüßt. Sie war sehr lieb mit mir; sehr lieb. Stand vor mir da, die Arme waren ihr so schlaff, oder schiens mir nur so. Sprechen? Aussprechen? Nein. Womit beginnen? Die Barrikade wird immer höher. Die ungesagten Worte liegen darauf wie Leichen. Ich habe mich aus dem Staub gemacht. Feigling. Verliert ein Mann seinen Vorteil, wird er gleich zum Feigling. Helden sind wir nur allenfalls mit der Faust. Handeln Sie für mich, Fides, sonst weiß ich nicht, wies enden soll.«

»Enden?« fragte Fides verstört zurück. »Hat es nicht schon geendet? Oder kann da noch ein Anfang sein?«

Sie schraken beide gleichzeitig zusammen; draußen ging die Tür; leichte rasche Schritte; Martina kam herein.

Sie behielt die Klinke in der Hand; ein blitzschneller Blick der lohbraunen Augen zu Faber hinüber, ein anderer zu Fides hinüber, dann erst kam sie ganz ins Zimmer. Die beiden Blicke hatten etwas Auffälliges nur bei schärfster Beobachtung; es lag schwerlich in Martinas Absicht, eine Regung der Verwunderung, der Neugier oder gar des Befremdens zu zeigen, obschon die Art, wie Fides und Eugen einander gegenüberstanden, das sichtliche Verstummen, das Martinas Eintreten bewirkt, ungewöhnlich und hintergründig in jedem Fall erscheinen mußte. Während sie die Tür schloß, den Mantel abstreifte, den Hut abnahm, schaute sie nicht empor, und man konnte auch nichts von ihren Zügen ablesen, die etwas Gesammeltes und Gedankenvolles hatten.

»Ach, dieser Fleming«, plauderte sie mit leisem Lachen, »was er alles redet. Ihr müßt nämlich wissen, er hat mich nach Hause begleitet. Und er war galant, o wie galant. Er war mit beim Minister; als Dolmetsch für unsere Engländer; er spricht ja glänzend englisch. Er übertreibt sogar. Ich glaub, in England selber sprechen sie nicht so gut. Überhaupt ein Mann, der alles ausgezeichnet macht, was er macht. Wirklich. Ja, die Fürstin hat ihn gebeten, unser Dolmetsch zu sein, und die englischen Herren waren ganz weg. *A charming fellow*, haben sie gesagt. Das ist doch das höchste, was ein Engländer sagen kann. Nicht?« Und wieder lachte sie.

»Hast du gegessen, Martina?« erkundigte sich Fides. »Das muß man bei dir immer fragen. Willst du etwas? Tee? Tee und Biskuit?«

»Nein, Liebste; ich bitte dich, nichts, gar nichts«, antwortete Martina beschwörend, »im Tee, das kannst du dir denken, bin ich dort drüben in England beinahe ertrunken. Ach, wie müd, wie müd!« Mit komischer Schwerfälligkeit fiel sie in einen Fauteuil. Aber je länger sie sprach, je angeregter schien sie, nur der Blick gewann immer mehr etwas Verlegenes, ja etwas Leeres. »Daß ichs nicht vergesse«, wandte sie sich an Eugen, »er läßt dich übrigens bitten, dein Freund Fleming, ob du ihn nicht morgen nach Tisch erwarten möchtest. Er sagt, er hat etwas Wichtiges mit dir zu reden.«

»So? Etwas Wichtiges? Was mag denn das sein?« versuchte Faber zu scherzen.

»Mein Gott, ja, er hat mirs gesagt; es ist da in einer Zeitung ein Aufruf erschienen. Ein Aufruf gegen die Kinderstadt. Philanthropisches

Theater heißen sie es, sagt Fleming ganz entrüstet. Da soll auch dein Name dabei sein. Sie finden, es ist eine sündhafte Geldverschleuderung. Blendwerk, finden sie. Hast du das gehört, Fides? Eine Zeitung schreibt so etwas! Ist es möglich, Eugen, daß da dein Name dabei ist? Gelt, nein?«

Wiederzugeben, mit welcher Miene sie das vorbrachte, mit äußerer Leichtigkeit und Belustigung und innerer verhaltener Angst, und wie dabei die biegsame, mädchenhafte Stimme bald in hohe, bald in tiefe Lagen glitt, wäre vergebliche Mühe. Faber verfärbte sich und gab keine Antwort.

Martina schaute ihn erstaunt an; hinter dem Erstaunen war Kummer; dann senkte sie den Kopf. »Jetzt geh ich schlafen«, rief sie plötzlich, sprang empor und schüttelte über die Stirn gefallene Haare zurück, »gute Nacht, Fides; gute Nacht, Eugen.« Damit eilte sie hinaus, fliehend fast.

Fides und Faber sahen einander an. Aber es wurde kein Wort mehr zwischen ihnen gewechselt. Sie trennten sich sogar ohne Gruß.

22.

Noch um drei Uhr nachmittags saß Faber finster und untätig in seinem Zimmer. Er hatte beschlossen, nicht ins Amt zu gehen; widrig war ihm jeder Schritt dorthin, so daß schon sein Gang verändert war, wenn er den Weg antrat. Er hatte eine begonnene Arbeit, einen vor Tagen entworfenen Plan für eine Konzerthalle, weiterführen gewollt, aber kaum hatte er zum Bleistift gegriffen, so hatte er ihn zerstreut und mutlos wieder weggelegt.

Er vernahm Stimmen und unterschied sie. Es war seine Mutter, die mit Fides sprach. Nach einer Weile kam sie zu ihm ins Zimmer. Sie fragte, ob sie ihn störe. Er bot ihr stumm einen Stuhl an. Sie dankte leise, setzte sich und seufzte. Innerhalb weniger Tage war sie merklich gealtert. Tiefe Rinnen hatten sich um den Mund gekerbt; das Haar, vordem noch von braunen Fäden durchzogen, war eisgrau; die Augen hatten von der früheren Leuchtkraft nicht mehr die Spur.

Der teilnahmsvoll prüfende Blick des Sohnes veranlaßte sie zu traurigem Nicken. »Ja, Eugen«, sagte sie, »jetzt hast du auf einmal eine Greisin als Mutter. Wer hätte das gedacht. Ich, Herrgott, ich. Vor einem Jahr noch, und kein Orkan hätte mich umschmeißen können. Nun kündigt mir der alte treue Knecht da«, sie strich an ihrem Körper herab, »kündigt mir den Dienst.«

»Du hast viel in deinem Leben getan, du kannst auch mal ruhen, Mutter«, erwiderte Faber sanft.

»Ruhen, freilich, das möcht ich gern. Obschon es nicht der Zustand ist, in dem ich mich wohl fühle. Seitdem dein Vater tot ist, der herrliche Mann, hab ich immer die größte Angst vor dem Moment gehabt, wos mal heißt: abrüsten. Es gibt Menschen, die dürfen nicht zu sich kommen. Wenn ich zu mir komme, ist vielleicht niemand zu Hause. Du lachst. Es ist gar nicht zum Lachen.«

»Nein, Mutter, ich hab nicht gelacht.«

»Und zu den andern kommen, mit den andern sein, das ist vorbei. Ich konnte mich nie an den Gedanken gewöhnen, daß ich einst eine Zeit erleben soll, die nicht mehr meine Zeit ist. Was hats geholfen? Es ist nun doch so. Diese Zeit da, eure Zeit, nein, sie ist nicht mehr meine. Kennst du das Märchen von den Versteinerten? Der Prinz geht den Berg hinan; lauter Versteinerte um ihn. Und fortwährend Höhnen, Kreischen und Heulen hinter ihm. Aber er darf sich nicht umdrehen. Wenn er sich umdreht, wird er selber zu Stein. Das ists. Wer noch ein Herz im Leibe hat und sich umdreht zu dem Geheul, wird zu Stein.«

»Hast du gute Nachrichten über Valentin? Hält er sich da draußen in der Anstalt?« fragte Faber, um die Mutter von ihren düsteren Betrachtungen abzulenken.

»Es scheint; es besteht Hoffnung«, antwortete sie unsicher.

Doch erwies sich, daß nicht bloß die Sorge um den Enkel sie bedrückte, sondern daß ihr auch um Klara bang war. Außerdem, und das war der eigentliche Grund ihres Besuches, hatte sie eine Auseinandersetzung mit Hergesell gehabt, dessen Empörung keine Grenzen kannte, seit er erfahren, daß Eugen sich zur Partei der Ultraroten geschlagen hatte. Viele seiner Bekannten, die es im offiziellen Parteiorgan gelesen, hatten es ihm bereits hämisch oder verwundert mitgeteilt. Von solchem Verwandten, hatte er erklärt, müsse er sich lossagen, damit er nicht allenfalls gezwungen sei, ihm in seinem Hause zu begegnen. »Er will noch heute zu dir kommen, Eugen«, schloß Anna Faber, »er will dich vor die Wahl stellen, entweder öffentlich zu widerrufen oder auf die Gemeinschaft und Verbindung mit ihm, seinen Kindern und seiner Frau in aller Form zu verzichten.«

»Ei«, spottete Eugen, »der möchte wohl so einen kleinen Reichstag zu Worms arrangieren? Er soll nur kommen.«

»Du darfst nicht vergessen, daß Hermann bei all seinen Fehlern eine sittlich hochstehende Person ist«, sagte Anna Faber, »bei ihm geht es um wirkliche Ideale, um die Sache gehts ihm. Du mußt jedenfalls seinen Standpunkt achten.«

Eugen zuckte die Achseln. »Du wolltest von Klara sprechen, Mutter«, wich er aus.

Nun, mit Klara war es so, daß sie sich ihrer Familie von Tag zu Tag mehr entzog, auch an ihren Kindern kein Interesse mehr nahm. Die Besuche des Pater Desiderio waren in letzter Zeit, besonders nach dem Vorfall mit Valentin, immer häufiger geworden, und es war nicht zu verkennen, daß der willensstarke und sehr gebildete Priester eine Macht über sie ausübte, die in allen ihren Lebensäußerungen hervortrat. Sie ging jetzt täglich in die Kirche und jeden Sonntag zur Beichte. Ganz frühe Erinnerungen an religiösen Unterricht, bevor noch die Mutter sie mit Plan und Vorbedacht von Glauben und Glaubensdienst losgerissen, bekamen Gewicht und Bedeutung. Sie kasteite sich, sie schlief wenig, es zeigte sich an ihr die Wollust des Sichversenkens, die mit völliger Gleichgültigkeit gegen die Umwelt verbunden ist. Pater Desiderio hatte sie überzeugt, daß ihre protestantisch geschlossene Ehe ein verwerfliches Konkubinat sei; Sünde, für die es keine Absolution gäbe; seitdem hatte sie sich von ihrem Gatten entfernt, und so, daß sie zu schaudern anfing, wenn sie bloß seinen Schritt vernahm. Es hatte den Anschein, als wolle er es nicht wissen und nicht sehen, als wolle er den friedlichen Zustand nach außen hin, vielleicht auch um der Kinder willen, solang wie möglich aufrechterhalten; doch lang konnte es nicht mehr dauern; der Bruch war unvermeidlich; die Folgen mußten für alle Beteiligten schmerzlich sein.

Anna Faber überließ sich hier keiner schönfärbenden Täuschung. Zu tief hatte sie die Wandlung der Tochter erkannt; zuviel Aufschluß hatte sie gewonnen aus Klaras Wesen und aus leidenschaftlichen Geständnissen; deshalb war ihr Bericht auch von einer gewissen Ergebung getragen;

sie hatte soviel Entscheidendes von Verwirrung, Umkehr und Fall ihrer Kinder erlebt, daß sie sich endlich als hilflos Besiegte erklären mußte.

Eugen hörte zu, und so sorgenvoll-gespannt ihn auch die Mutter anschaute, er fand kein Wort des Trostes oder nur des Bedauerns.

Anna Faber schüttelte schwermütig den Kopf. Plötzlich erblaßte sie und sagte: »Ich glaube, da ist Hermann.«

Es war aber nicht Hermann Hergesell, sondern Fleming. Er kam mit Christoph herein, den er mit liebevoller Miene an der Hand führte und der in kurzer Zeit eine Menge der schwierigsten Fragen an ihn gerichtet hatte. »Weißt du, mein Bübchen«, sagte er, »das muß ich erst mal alles nachlesen. Das sind Dinge, bei denen man nicht schwadronieren darf. Die Sonne ist ein Stern. Zweifellos kann man sie einen Stern nennen. Trotzdem ist es die Sonne. Es gibt noch viele Sonnen unter den Sternen, aber welche und wie sie heißen, da muß ich erst meine Bücher durchstudieren.«

»Warum so feierlich schwarz, Fleming?« fragte Faber, als der Knabe gegangen war.

»Ich war bei ihrem Begräbnis«, erwiderte er, »sie war einmal meine Schülerin, die Olga Veit. Vor ein paar Jahren, als ihre Eltern noch wohlhabend waren, habe ich sie im Griechischen unterrichtet. Ein feines Geschöpf.«

»Olga Veit? Begräbnis? Was sprichst du?« fragte Faber erstaunt.

»Weißt du denn nicht –?« wunderte sich Fleming. »Ich dachte, du weißt. Die Geliebte von diesem Baltesser. Vorgestern hat sie Veronal genommen. Er hat sie einfach zertreten, dieser ... Baltesser. Die zweite in ein paar Wochen. Eine hat sich vom vierten Stock heruntergestürzt. Es gibt solche Frauenmörder. Sie machens zum Metier. Sonst ist wenig los mit ihnen. Es sind die einzigen Mörder, die ich guillotinieren ließe, wenn ich was zu sagen hätte.«

Vor Fabers nach innen gewendeten Blick erstand zweifellos das Bild der jungen Schwangeren, wie sie in sklavinnenhafter Unterwürfigkeit sich auf die Schulter ihres Geliebten lehnte, und wie der in verächtlicher Gleichgültigkeit, die schlimmer war als Züchtigung, sich das demütige Anschmiegen gerade noch gefallen ließ. Er sagte aber nichts weiter, schlug nur vor Fleming die Augen nieder.

Die Miene Flemings verriet, daß er bis zur Bedrängnis erfüllt war von Worten, von Mahnungen und Vorhaltungen; daß ihn die Sorge um den Freund und die an ihm erlittene Enttäuschung hergetrieben hatte, daß er vielleicht noch auf der Stiege draußen genau gewußt hatte, was er sagen und was auf Eugen Eindruck machen mußte. Sei es nun, daß Anna Fabers Gegenwart ihn hinderte und in Verlegenheit setzte, sei es, daß ihn Eugens starre und ablehnende Haltung einschüchterte, er setzte sich bescheiden, ja fast furchtsam auf einen Stuhl in die Ecke und beschäftigte sich schweigend damit, die Gläser seiner Brille zu putzen. Als Anna Faber sich verabschiedet hatte, ließ er von Zeit zu Zeit ein zaghaftes Räuspern hören, doch Eugen achtete dessen nicht. Wenn er die Augen erhob und Fleming wie einen schwarzen Schatten an der Wand gewahrte, schien der Blick zu fragen: Was willst du von mir? Es war, als ob sich der ganze Fleming in eine stumme Anklage verwandelt hätte.

»Ich mache dich aufmerksam, daß Hermann Hergesell alsbald hier erscheinen wird«, sagte Faber endlich. »Das soll nicht bedeuten, daß ich dich wegwünsche. Im Gegenteil, es ist mir sogar angenehm, wenn du bleibst. Mich genierst du nicht; wenn du ihn genierst, mag er sich beschweren; wir werden dann sehen. Ich lege jedenfalls keinen Wert auf ein Gespräch unter vier Augen. Außerdem scheinst du doch Erklärungen von mir zu erwarten; vielleicht kannst du bei der Gelegenheit etwas für dich herausnehmen. Ich weiß nicht; vielleicht. Ich weiß nicht, ob ich dem Manne nicht sagen werde: dort, mein Bester, hat der Zimmermann das Loch gebaut.«

»Tu das nicht, Eugen«, sagte Fleming: »das ist bequem. Du bist Argumente schuldig, nicht Brutalitäten.«

»Pah, Argumente«, erwiderte Faber, wie wenn ihn ekle.

Es klopfte, und ohne die Aufforderung abzuwarten, trat Hergesell ein. Die schmale kleine jünglingshafte Gestalt, fast geräuschlos gehend, wirkte etwa wie ein eiliger Bote, der eine Nachricht zu überbringen hat, um wieder zu verschwinden. Dennoch stand er unverrückbar und energisch in der Mitte der Stube, mit kurzsichtigen blauen Augen bald auf Faber, bald auf Fleming blickend. Er trug einen eleganten Ulster, der zugeknöpft war und seine Figur noch schlanker und unerheblicher erscheinen ließ. Über den Schuhen hatte er hellbraune Gamaschen, um den Hals einen seidenen blaugestreiften Schal. Den Hut hielt er mit steifer Gebärde in der Hand. Überhaupt war etwas unerbittlich Steifes an ihm, das Faber ein verstecktes Lächeln abnötigte.

»Ich habe Freund Fleming gebeten, unserer Unterhaltung beizuwohnen«, sagte Faber in spöttischem Ton. »Das heißt, Unterredung ist wohl ein übertriebener Ausdruck. Meine Mutter hat vorhin die Vermutung geäußert, Sie hätten eine Mitteilung für mich. Ich bin ganz Ohr.«

Hergesell schien zu überlegen. Er gehörte zu den Männern, deren Verhalten sich nach einem ungeschriebenen Kodex regelt, der lediglich unter denen gilt, die sie für ihresgleichen erachten. Er sagte, ohne rechte Festigkeit, was ihn offenbar selbst beirrte: »Ja. Es ist richtig. Ich komme, um Rechenschaft von Ihnen zu verlangen, Eugen. Da Sie doch nun einmal der Bruder meiner Frau sind. Ich finde, es ist notwendig zur Klarstellung der verwandtschaftlichen oder vielmehr der gesellschaftlichen Beziehung. Sie werden mich verstehen.«

»Freilich verstehe ich«, antwortete Faber, ohne den spöttischen Ton fallen zu lassen. »Da ist doch weiter keine Kunst dabei. Ich habe mich nach Ihrer Meinung politisch kompromittiert, und da wäre es Ihnen lästig, den Verkehr mit mir fortzusetzen. Begreif ich vollständig. Sie hätten sich nicht persönlich zu bemühen brauchen. Schade, daß Sie sich bemüht haben. Eine schriftliche Mitteilung hätte genügt. Wozu soviel Höflichkeit?«

Auf den farblosen Wangen Hergesells zeigten sich zwei rote runde Flecke. »Politisch kompromittiert nennen Sie das?« versetzte er mit verachtungsvoller Würde. »Ich nenne das anders. Ich nenne es sich wegwerfen, sich besudeln, die öffentliche Erklärung abgeben, daß man darauf verzichtet, unter die Kulturmenschen gezählt zu werden. Ich nenne es ein Attentat am Volk und ein Verbrechen an uns und unsern Kindern. Und nur deshalb bin ich gekommen, weil ich mich verpflichtet fühlte, es mir aus Ihrem eigenen Mund bestätigen zu lassen. Machen Sie wenigstens keinen Hohn daraus, daß ich nicht leichtfertig gehandelt habe.«

Die Hände in den Taschen, ging Faber eine Weile stumm auf und ab. Dann begann er: »Ich will Ihnen einmal was sagen, Schwager Hergesell. Sie sind ein Mann der Überzeugungen. Ihre Überzeugungen in Ehren; das sind stählerne Waffen im Kampf des Lebens. Ich bin ein Mensch der Anschauungen und werde von allem, was ich anschaue, was mich anschaut, *entwaffnet*. Wir stehen nicht auf dem gleichen Boden; wir können uns miteinander nicht verständigen; aus jedem von uns redet eine andere Welt. Es sind verschwendete Worte, Ihre sowohl wie meine. Warum wollen Sie mir also eine Bestätigung abzwingen, die schließlich doch nicht das bedeuten würde, was Sie in ihr sähen? Ich will keine Feindschaft, ich will keine Freundschaft; lassen wir doch die Dinge, wie sie sind.«

»Das kann ich nicht«, entgegnete Hergesell und warf den Kopf zurück, »es ist Frage der Reinlichkeit für mich, Frage der Säuberung.«

Faber wiegte sich auf gekretschten Beinen. »Hm«, sagte er, »sonderbar. Was für eherne Charaktere es doch gibt. Da kann man sich nicht wundern, daß die Funken spritzen, wenn sie zusammenstoßen. Aber ich weigere mich, mit Ihnen zusammenzustoßen, Hermann Hergesell. Meine Gesinnung ist friedlich. Ich fahre auf ein anderes Geleise. Denn sehen Sie, die ganze Sache hat mit Politik nicht das mindeste zu schaffen. Merk dirs, Fleming, das ist für dich gesagt, nicht für ihn. Er meint vielleicht, weil er Klaras Gatte ist, ich hänge den Mantel nach dem Wind. Aber Klara ist für mich verloren so gut wie alle anderen und alles andre. Ich kann den Mantel nicht mehr hängen, der Wind hat ihn mir fortgeweht. Die Leute, die er«, dabei wies er in finster-zorniger Weise mit dem Daumen auf Hergesell, »zum Anlaß nimmt, um von Säuberung und Reinlichkeit zu sprechen, haben mich auf der Gasse aufgelesen wie einen Haufen Kehricht. Ahnungsvolles Gemüt, mein Schwager, Mann meiner Schwester. Ich bin keine Beute für sie gewesen, auf die sie stolz sein durften; sie konnten mich am kleinen Finger hinter sich herschleifen, sie konnten mit mir anstellen, was sie wollten. Was haben mich ihre Absichten geschert? Die Rachepläne gegen eure Gesellschaft? Oder ihre Parteiintrigen? Nicht soviel, wie durch zusammengebissene Zähne geht. Als Kind habe ich gezündelt, wenn ich allein im Zimmer war. Mein kleiner Christoph bringt in solchem Falle die Uhr zum Stehen. Der eine so, der andre so. Nehmt an, daß ich gezündelt habe. Bis jetzt hats ja bloß bei Hergesells Feuer gefangen. Wird zu löschen sein.«

»Eugen, Eugen«, murmelte Fleming schmerzlich.

»Ich weiß nicht, wie ich derlei Reden aufzufassen habe«, sagte Hergesell mit einer Miene, die beleidigend gewesen wäre, wenn Faber dafür Sinn und Auge gehabt hätte, »man ist verantwortlich für seine Handlungen, oder man ist es nicht. Ein drittes kommt nicht in Betracht. Was gedenken Sie zu tun?«

»Nichts«, entgegnete Faber ruhig, »was soll ich tun? Haben Sie am Ende ein Protokoll in der Tasche zum Unterschreiben? Vielleicht unterschreib ich. Ist das nicht alles ganz verflucht gleichgültig?«

»Ich sehe wohl, worauf es hinaus will«, sagte Hergesell frostig, »es ist ein System bei Ihnen. Ungefähr wie wenn jemand hofft, vor Gericht für unzurechnungsfähig erklärt zu werden.«

Auch diese Beleidigung überhörte Faber. »Ging es um die Wahl im Ernst«, sprach er trüb und trocken, »das heißt, würde mir einer befehlen, den ich zu fürchten hätte: rechts oder links, Eugen Faber, Hergesell oder Baltesser; ich schwankte nicht lang. Ihr habt euerm Stimmvieh gut vorschwatzen, daß ihr hohe Ideen und nationale Heiligtümer aufrichten wollt; es ist ein oft gekauter Fraß, den ihr ihm auf den Tisch setzt. Da es ihn gehorsam hinunterschlingt, habt ihr recht. Nur bildet euch nicht ein, daß das, was dann Hoch und Hurra schreit, und euch den Hokuspokus glaubt, das Volk ist oder gar die Nation. Ihr seid eine Phalanx von Professoren, Hofräten und Generälen, und die euch den Begeisterungsschwindel vorspielen, ist die traurige Masse derer, denen ihr ein Jahrhundert lang eingetrichtert habt, daß Professoren, Hofräte und Generäle die Blüte des Vaterlandes sind. Volk, o Gott. Volk ist etwas anderes. Wenn ich mich unters Volk mische, spür ich es wie einen einzigen Leib, spüre, wie dieser Leib zuckt und sich windet und kein Ende sieht der Qualen und nur für seinen armseligen Bissen Brot zittert. Deutsches Volk; wo bist du? Wo hast du dich verkrochen und verborgen vor den Peinigern deines eigenen Stammes, den Lügenpropheten und gelehrten Schwärmern, die dir vorn ein Stück Zucker reichen, während sie hinten dafür sorgen, daß du brav und still deine zentnerschweren Lasten weiterschleppst? Fürs Volk schaffen, im Volk wirken; ja das wäre ein Traum, ein schöner deutscher Traum; aber wo ist es, das Volk? Wo ist sein Gesicht? Wie kann es mich sehn und hören? Es sieht nicht und hört nicht. Es läßt mit sich geschehen, was die Herren auf dem Katheder droben beschließen; es weiß ja von der Schule her, daß, was die tun, wohlgetan ist. Das sitzt im Blute, daran ändert keine Revolution was. Jeden Tag erleb ichs, seit ich wieder daheim bin, und es ist wahrlich bitter, zuschauen zu müssen. Ists da nicht praktischer und redlicher, man schlägt sich zu den Baltessern, wenn mans überhaupt für der Mühe wert hält, sich irgendwohin zu schlagen? Die wollen doch wenigstens aufräumen mit dem ganzen Plunder. Auch denen kommts auf Blut und Jammer nicht an; aber da ist keine Heuchelei dabei; da steht die Bestie in ihrer nackten Gräßlichkeit vor einem. Es ist, wie wenn man auf einem Schiff vierundzwanzig Stunden an den Pumpen gearbeitet hat; geht es dann endlich unter, so fühlt man sich erleichtert, und es ist Schluß.«

Bei den letzten Worten war seine Stimme leiser geworden, denn Martina war ins Zimmer getreten. Mit stillem, fast gläubigem, wider Willen gläubigem Ausdruck in dem blassen Gesicht, einer Gläubigkeit, die seiner Person galt, nicht dem, was er sagte, hatte sie zugehört. Nun näherte sie sich ihm und reichte ihm einen Brief. Verwundert betrachtete er ihn, riß ihn auf und las: »Schwester Benigna bittet Eugen Faber aufs herzlichste, sie zu besuchen.« Es war eine große, klare Handschrift. Daß Schwester Benigna die Fürstin war, wußte er.

Er schien unschlüssig, obwohl es hier keine Unschlüssigkeit für ihn geben konnte.

»Du mußt jetzt mit mir gehen, Eugen, jetzt sogleich«, sagte Martina mit so ernstem Nachdruck, daß er nicht länger zu zaudern wagte. Sie brachte ihm sogar den Mantel herein; er zog ihn an, und sie gingen. Fleming und Hergesell folgten ihnen bis vors Haus. Dort schlug jeder eine andere Richtung ein.

23.

Sie hatten weit zu fahren. Als sie durch das nach der Chaussee hin geöffnete Doppeltor der Kinderstadt schritten, dämmerte es schon; Dämmerung eines Frühherbsttages mit blaßgrünem Himmel und glühendroten Stratuswolken. Die schnurgerade Hauptstraße dehnte sich schier endlos bis zu dem die Landschaft begrenzenden Hügelbogen hinauf; in regelmäßigen Zwischenräumen mündeten Nebengassen, von denen wieder Quergassen abzweigten. Die Anzahl der Holzhäuser auf der ungeheuren Bodenfläche ließ eine Schätzung kaum zu. Und wo die Straßenzeilen aufhörten, wurde gebaut.

Alle diese Straßen, Gassen und Gäßchen waren von Kindern bevölkert. Es waren auch große freie Plätze vorhanden; auf diesen Plätzen spielten Kinder. Es gab ferner Alleen und Gartenanlagen, und auch da drängten sich Scharen von Kindern. Sie kamen aus den vielen niedrigen Häusern, andere gingen hinein; beständige Wechselbewegung. Die mit buntem Kattun überzogenen Fenster waren meist geöffnet; Faber konnte in die Stuben und Säle schauen; überall sah er Kinder. Wohlgepflegte, gutgekleidete Kinder; Knaben und Mädchen; ganz winzige, die noch eine trippelnde Vorsicht in ihren Schritt legten; halberwachsene, die gegen jene wie Riesen wirkten. Die Aufsichtspersonen, Pfleger und Pflegerinnen, Ordner und Ordnerinnen verschwanden in dem lebendigen Gewimmel; man gewahrte nur die Tausende und Abertausende von kleinen Menschen. Vielfacher Gesang erfüllte die Luft; helle Jubelschreie von allen Seiten; lockende Zurufe; fröhliches Lachen von reigen- und ballspielenden Gruppen. In einem Raum erblickte Faber etwa zwanzig fünf- bis sechsjährige Mädchen. Sie saßen auf Stühlen im Halbkreis, und die emporgerichteten Gesichter zeigten eine so hingenommene Spannung und Aufmerksamkeit, daß er unwillkürlich stehen blieb und sich des Lächelns nicht enthalten konnte. In ihrer Mitte saß ein junger Mann und erzählte ihnen eine Geschichte. In einem andern Raum wurden auf viele gedeckte Tische die Teller hingestellt, wieder in einem andern standen zahllose weiße Betten, die gleichsam mit schweigsamer Geduld auf die Schläfer warteten. Alsbald ertönten von überall her Glocken; das Signal für die Abendmahlzeit. Nun strömten sie herzu; Tausende von hellen Stimmen, vogelhaften Stimmchen vereinigten sich zu ohrenbetäubender Eruption von Munterkeit und Heiterkeit; Tausende von Augenpaaren blitzten Eugen und Martina, die sich mit Mühe ihren Weg durch das zappelnde Gedränge bahnten, aus heiß erregten Gesichtern entgegen. Dazu schwirrendes hohes Gelächter, wirbelnde Arme, atemloser Wetteifer. Da und dort verstreut gab es Scheue und Schüchterne, Blasse und Befremdete; dies waren Neulinge, wenigstens unter den übrigen neu; wie Martina erklärte, wurden die Neuaufgenommenen zwei bis drei Monate in einem abgesonderten Teil der Ansiedlung gehalten und mit Sorgfalt auf das gemeinschaftliche Leben vorbereitet.

Plötzlich war es ruhig in den Gassen, ruhig in den Häusern. Aber mit dieser Ruhe hatte es eine eigene Bewandtnis. Sie war noch durchpulst von der vorübergefluteten Freude, einem Meer von Freude; es klopften noch die stürmischen kleinen Herzen in ihr; all das zarte, unausgeschöpfte Leben vibrierte noch, durch den Zusammenklang so vieler Einzelner gehäuft zu gewaltiger Fülle. Mochte sein, daß der goldgrüne Glanz in der Abendatmosphäre dazu beitrug, oder das Wissen um das groß Vollbrachte hier, Rettung einer Welt, es haftete überall und an allen Dingen ein Zauber von Glück und Glücksbestätigung und darüber noch, krönend, war die Gegenwärtigkeit des Geistes zu spüren, der dies geschaffen hatte und regierte.

Nachdem Eugen und Martina etwa eine Viertelstunde lang gegangen waren, kamen sie auf einen kreisrund angelegten Platz. Martina öffnete die Tür von einem der Häuser und fragte ein junges Mädchen, das ihr entgegentrat, im Ton gewohnter Vertraulichkeit nach der Fürstin. Die Fürstin, erwiderte das Mädchen, sei im Aufnahmehaus; Martina wisse ja, daß heute bis sieben Uhr Aufnahme sei. »Ach ja«, sagte Martina, besann sich und schien zu zaudern. Dann wandte sie sich an Eugen und schlug ihm vor, er möge mit ihr ins Aufnahmehaus gehen. Da er keine rechte Vorstellung damit verband, nickte er; sie bogen um eine Ecke und gelangten nach wenigen Schritten zu einem Gebäude, das sich von den anderen durch seine Schmucklosigkeit unterschied; Männer und Frauen aus dem Volke standen davor, und viele Kinder, die aber ganz anders aussahen als jene, die Faber bisher gesehen; im Torweg war ein geschäftiges Hin und Her von Angestellten und Bediensteten.

Sie kamen in einen saalartigen, länglichen, hellgetünchten Raum, welcher durch Deckenlichter erleuchtet war, und den trotz der offenen Fenster ein beizender Geruch menschlicher Ausdünstungen erfüllte. Fünfzig bis sechzig Erwachsene drängten sich in ihm und ebenso viele Kinder jeden Alters. Etwa ein Fünftel des Raums war durch ein Quergitter abgesperrt; in dem dadurch hergestellten freien Raum stand ein Tisch; an diesem saßen vier Personen, zwei Männer und zwei Frauen. Einer der Männer, ein Greis mit ehrwürdigem weißem Bart und goldner Brille, stellte Fragen an diejenigen, die durch das Türchen vorgelassen wurden; der andere, ein jüngerer Mann, schrieb die Antworten nieder; die eine Frau verglich die Antworten mit den Eintragungen in einem Aktenheft; die andere saß etwas vom Tisch entfernt und sprach weder, noch war sie irgendwie beschäftigt. In dieser erkannte Faber die Fürstin.

Sie sah älter aus als er gedacht. Ihr Gesicht war noch schmäler als auf dem Porträt. Ihre Haltung war so starr, daß man hätte glauben können, sie schlafe, wären nicht die großen, weitgeöffneten grauen Augen gewesen, die mit einem seltsam ununterbrochenen Blick, fast wie ohne Wimperzucken, Vorgänge und Menschen verfolgten und betrachteten. Ihre Hände lagen still gefaltet auf den Knien. Auf ihrer Brust hing ein großes goldenes Kreuz. Das Antlitz war von einer Kapuze aus demselben dunkelblauen Stoff umrahmt, aus dem auch das weite, kuttenartige Gewand war. Und wie auf dem Bild, das Faber damals gesehen, und das ihm seitdem nicht wieder vor Augen gekommen, hatte die Kopfhülle einen schmalen Spitzensaum.

An der linken Seite des Saals, dicht an der Mauer, war noch ein Durchlaß; dorthin bahnte Martina sich und Eugen durch die Menge eine Gasse; ein paar Stühle standen längs der Wand; sie setzte sich; Faber nahm neben ihr Platz.

Es dauerte lange, bis er den Blick von der Fürstin abkehrte. Der Ausdruck seiner Züge verriet nichts von seinen Gedanken dabei. Dann wurde er von Minute zu Minute stärker von dem beansprucht, Wort und Geschehen und Bericht von Geschehen, was dicht vor ihm zum Bild wurde.

Es war eine schauerliche neue Gattung von Drama, mit Szenen ohne Zusammenhang, ohne Sinnfolge; ohne Spiel, ohne äußere Handlung, ohne Aufwand von Stimme und in bezug auf Mimik und Gebärde von lähmender Einförmigkeit. Doch lag in der bloßen Aneinanderreihung, wie sie Zufall und Ablauf hervorbrachten, eine unaussprechlich gräßliche Totalität, auch in der Häufung, und wirkte ungefähr wie das tonlose Lallen und Leiern von Geisteskranken. Aus einem engen, übelriechenden Schacht gleichsam quoll schmutzig und schleimig, was die Gesellschaft an Unrat in ihren Tiefen erzeugt hat, die von allen gemieden werden, außer von denen, die dazu verdammt sind; Vernachlässigung und Verworfenheit, Fäulnis und Siechtum. Der Raum war davon durchtränkt wie ein Schwamm von ekler Flüssigkeit; seine Wände hatten seit Jahr und Tag das Wortgift eingesaugt, und es hing an ihnen wie Stalaktiten in einer Tropfsteinhöhle. Menschenworte vergehen nicht; immer wieder bannen sie Geist zu Geist, Furchtbares zu Furchtbarem, Verhängnis zu Verhängnis und Schuld zu Schuld. Der Umstand, daß ausschließlich über die Leiden von Kindern verhandelt wurde, gab dem Schauplatz eine steinerne und irre Traurigkeit. Der fernere Umstand, daß nicht geklagt, gejammert, geweint, geschluchzt wurde, sondern lediglich konstatiert und protokolliert, vermehrte das kalte Entsetzen, das von jeder Rede ausging. Das kümmerlich zur Kenntnis Gebrachte ließ auf verborgenes Ungeheures schließen, wie schmächtiges Unkraut auf tückischlange Wurzeln, mit denen es sich in den Boden bohrt. Laut, Bewegung, Blick, Schweigen waren Stenogramme; keine Fragekunst und Sehergabe konnte sie in ihre volle Schrecklichkeit auflösen.

In den Gesichtern war entweder krankhafte Ruhe oder düsterer Trotz. Diese Kinder wußten nur von der Nacht des Lebens. An Wandlung glaubten sie nicht. Die Bedingungen, unter denen sie ihre Existenz fristeten, waren unverrückbare Gesetze für sie. Sie waren nicht nur von Licht und Hoffnung abgeschieden, sondern auch von jeder Form der Freundlichkeit. Ein fünfjähriges Mädchen trat vor, bedeckt mit Eiter und Grind, die Haare von Ungeziefer lebendig. Die Mutter Prostituierte; Vater gab es keinen; Pflegevater verschollen. Ein Heim hatte es nie gehabt, ein Bett nie gesehen; hatte genächtigt in Kellern, unter Brücken, auf Baugerüsten, im Winter in Wärmstuben oder auf dem Stroh in einer Frachtenhalle. Die Nahrung wurde erbettelt; alle Notdurft meist von denen gewährt, deren einziger Überfluß in gelegentlichem Mitleid mit ihresgleichen bestand.

Ein zwölfjähriger Bursche, in Fetzen gehüllt wie ein schmieriger Harlekin; Rücken und Schultern, die er gleichmütig entblößte, von blauen Striemen durchzogen. Beide Eltern Gewohnheitssäufer; er auf dem besten Weg dazu; aufgegriffen in einem Massenquartier, das wegen Einsturzgefahr des Hauses geräumt werden mußte. Eine Vierzehnjährige; Skelett; die Haut verschwärt von früher Lues; die Dachkammer, aus der man sie befreit, hatte sie mit acht Männern bewohnt, acht Unholden, deren wehrloses Opfer sie geworden. Die Zerstörung des Körpers wurde nur noch übertroffen von der der Seele, in der nichts mehr war als Finsternis und Furcht.

Ein Judenknabe, aus dem Heimatsdorf entflohen, in dem alle seines Glaubens und Blutes erschlagen worden, war sechsundzwanzig Tage lang unter größten Entbehrungen aus dem Osten hergewandert; man hatte ihn besinnungslos, die Füße zwei Wunden, im Straßengraben aufgelesen.

Eine Mutter stieß ihre drei Kinder vor sich her; der Mann hatte gedroht, alle drei umzubringen; sie wußte Zeugen zu nennen, die bestätigen konnten, daß man sich dessen von ihm zu gewärtigen habe.

Bis dahin war Faber unbeweglich dagesessen; als aber nun ein Geschwisterpaar vor die Schranken trat, Bruder und Schwester, höchstens sieben und acht Jahre alt, von denen ausgesagt wurde, daß man sie dem Hungertod nah in einem Maschinenschacht gefunden hatte; als diese zwei, erschreckt durch die Worte, die man an sie richtete, zu zittern anfingen und sich krampfhaft aneinander klammerten, erhob er sich jäh und schaute sich um wie einer, der fliehen will. Er schien Martinas Nähe vergessen zu haben, er schien alles vergessen zu haben, außer diesem Gemälde unterster Menschenqual; und dies ertrug er nicht. Martina legte ihm sanft die Hand auf den Arm; er stieß die Hand weg; es lag in seinem Auge etwas, als riefe er ihr zu: wenn dir das Gewohnheit und täglicher Anblick werden konnte, dir, dann gilt auch dir mein Grauen, auch dir. Und Martinas Gesicht überzog sich mit tiefer Blässe.

Aber was Faber nun wieder festhielt und seine Aufmerksamkeit zurücklenkte zu dem Schicksalsgericht dort, das war eine Stimme. Die Stimme der Fürstin. Sie hatte sich erhoben, war zu den beiden Wesen hingetreten und sprach zu ihnen. Niemals hatte er eine solche Stimme gehört; ein voller reiner Celloton, nicht tief, nicht hoch, nicht laut, nicht leise, doch so, daß es ringsum still wurde. Die Stimme der Güte; nein, mehr, die Stimme der Freundlichkeit. Die zwei angstbebenden Kinder lösten sich aus der Umschlingung, blickten lauschend empor und ließen sich ohne Sträuben von ihr zu einem wartenden jungen Mann führen, der sie wegbrachte.

Danach verließ die Fürstin ihren Platz und kam zu Martina herüber, die sie wohl längst bemerkt hatte. Sie reichte zuerst ihr die Hand, dann Faber. Ihre Hand war auffallend kalt, auffallend schmal. »Es hat mich heute sehr ermüdet, Martina, sagte sie, »wir wollen in mein Zimmer gehen.« Sie nickte den beiden Männern und der Frau am Tisch zu, die aufstanden und sich verbeugten; ein alter Diener eilte voraus, um eine kleine Tür zu öffnen, durch die sie unmittelbar ins Freie gelangten.

»Die Reise steckt mir noch in den Gliedern«, sagte die Fürstin, »hältst du es für möglich, Kind, daß ich solchen Anstrengungen nicht mehr gewachsen bin? Daran hab ich noch nicht gedacht. Schwäche; und Schwäche, die einen überrascht; nein. Dem wollen wir uns nicht fügen; noch nicht; das wäre zu früh.«

»Sie hätten im Schlafwagen fahren sollen, Fürstin, und nicht dritter Klasse«, erwiderte Martina vorwurfsvoll.

Das Zimmer der Fürstin war ein Raum, der etwa sieben Schritt im Geviert maß; es stand darin ein Schrank, eine Kommode, ein großer Tisch, ein Feldbett und in der Ecke das Harmonium, von dem Fides gesprochen; über der Längsseite des Bettes hing eine Etagere mit einigen Büchern; auf dem Tisch brannte eine elektrische Stehlampe mit grünem Schirm von der Art, wie sie in Bureaus und Amtsstuben verwendet werden. Den einzigen Schmuck, wenn dies Schmuck heißen durfte, bildete ein kostbares Wolfsfell, das über einen Armsessel gebreitet war.

Faber befand sich mit der Fürstin allein. Martina war nicht mit hereingekommen. Sie war in einen andern Raum des Hauses gegangen, zu ihrer Arbeit. Aber kurz darauf ging sie wieder von dort weg.

Die Fürstin ließ sich auf den Armsessel nieder; Faber setzte sich auf ihre stumme Aufforderung ihr gegenüber. Wohl eine ganze Minute lang sah sie ihn mit ernstem, ruhigem Blick an, dann sagte sie, nicht ohne Befangenheit, die den Ausdruck ihrer Züge noch gewinnender erscheinen ließ: »Ich bin froh, daß ich Sie endlich sehe, Eugen Faber. Ich glaube, ich hätte Sie erkannt, auch wenn mir niemand Ihren Namen genannt hätte. Es ist viel von Martina in Ihrem Gesicht; und in Martinas Gesicht ist viel von Ihrem. Wußten Sie es nicht? Es ist so. Es gibt nicht nur eine Blutgeschwisterschaft; es gibt auch Wahlgeschwister. Das festeste Band, das auf Erden existiert. Haben Sie sich nun ein wenig eingerichtet, ein wenig zurechtgelebt? Es war wohl schwer; ist wohl schwer. Freilich; Schwierigeres kann ich mir nicht denken. Manche quälen sich vergebens. Man hat eine Welt verloren und soll eine neue aus sich herausheben. Martina hat mir gesagt, Sie haben eine Staatsstellung angenommen. Befriedigt Sie die einigermaßen?«

Faber verneinte. Die Veränderung, die in seinem Gesicht vorging, hätte man mit dem Klarwerden einer behauchten Spiegelscheibe vergleichen können. Zuerst Abwehr; Weigerung; Vorbehalt, Verstocktheit sogar;

das genährte Mißtrauen; die aufgesparte dumpfe Anschuldigung. Vor der Stimme zerstäubte alles; vor dem beseelten Auge verkroch es sich beschämt. War es der »Zauber«? Aber was konnte da für ein »Zauber« sein? Die einfache Natur, die einfache, stillverständliche Wahrheit? Der Mut und die Kraft, nichts Fremdes zu sehen, nichts Feindseliges, nichts Häßliches, nichts Unreines? Sein Blick schien noch darüber zu grübeln, während er sprach, und in seinen Worten war etwas unwillkürlich und erstaunt Zögerndes, wie wenn er ein gewisses Hinstreben und Sichgeben unterdrücken und verbergen wolle, das sie hastiger und wärmer machte, als er sie offenbar haben wollte.

Die Fürstin, die diesen Kampf durchschauen mochte, lächelte. Und wieder erstaunte Faber. Es war eben jenes Lächeln, von dem Fides gesprochen hatte, das das blasse Gesicht mit seinem Rosa überzog und Zähne durchschimmern ließ, wie sie siebzehnjährige Mädchen haben. Das wischte die Jahre, die Erfahrung, die Weisheit aus dem Gesicht der Frau, und es war da: ein Kind. Faber erstaunte nicht bloß, er errötete auch und schien Mühe zu haben, was er sagte, zu Ende zu sagen.

Er sagte, es sei ein freudloses Brot und ein freudloses Tun. Der Mann gelte nichts, die Sache gelte nichts. Jeder sei davon durchdrungen, daß er nur Scheinarbeit leiste, und kaum habe einer den Unterschlupf gefunden, nach dem er geseufzt, so erschachre er sich bereits unredlichen Vorteil daraus. Ihn könne das nicht fördern; er wolle gefördert sein; er wolle teilhaben, an einem Ganzen fruchtbar wirken. Doch was er vor sich sehe, sei ein unbestimmtes, zerfahrenes Ding, seien Menschen, die sich verkauften und andere verrieten, noch dazu um den niedrigsten Preis.

Die Fürstin nickte. »Früher hat eine strenggewohnte Ordnung die Glieder zur Leistung verpflichtet«, sagte sie sanft. »Pflicht war hart und lieblos geworden, aber sie war. Jetzt reißt eingebildete Freiheit die Verbindungen entzwei, und den Menschen wird allmählich von außen her nichts mehr gewährt, als was sie durch Gewalt oder Betrug erraffen. Aber Kritik, Klage, was nützen die? Auflehnung, was soll die? Neue Geschlechter werden erscheinen, und die müssen ein neues Herz mitbringen.«

Faber schweig einen Augenblick. »Ich habe da diesen Wisch unterschrieben«, sagte er leise, »die Geschichte ist in die Zeitung gekommen;

Sie haben mich wahrscheinlich deswegen gerufen, Fürstin. Es war ein Akt der Verzweiflung; eine Dummheit zudem. Es ist meine Gesinnung nicht. Es war nicht einmal die Absicht. Ich bin innerlich fern von dergleichen. Ich verteidige mich nicht; ich habe heute gesehen, was das hier ist. Zu spät vielleicht. Worte kann ich nicht machen; in diesem Fall nicht ... Sie begreifen. Ich bin in einer solchen Lage ... ich bin so ... wie sag ich ... so nicht ich selber ...«

»Ich habe Sie nicht deswegen gerufen, Eugen Faber«, entgegnete die Fürstin. »Ich weiß, daß das wahr ist, was Sie sagen. Ich habe es mir nicht anders vorgestellt. Es war nur der Anlaß, der sich mir endlich bot. Ich habe immer gewartet. Ich dachte, Sie würden eines Tages kommen. Ich dachte. Sie würden kommen, um Martina aus meiner Hand zurückzunehmen in Ihre. Als aber, nach Ihrer Heimkehr, Woche um Woche verging, da wußte ich freilich, daß Sie niemals kommen würden, wenn ich nicht rief; da wußte ich auch, daß ich mich einer falschen Hoffnung hingegeben hatte, was Sie und Martina betraf; das will ich bekennen. Ich habe sehr darunter gelitten. Und als vor ein paar Tagen Fides bei mir war, dort an meinem Bett ist sie gesessen, zur selben Stunde wie jetzt, da sah ich erst, wie schlimm es geworden war. Ich fand keinen andern Trost für sie in meiner Verworrenheit, in meinem Kummer als den, den man auch einem Stein geben kann, während er in den Abgrund stürzt. Erleb es zu Ende! Wir alle erleben es zu Ende, müssen es, auf diese oder diese Weise. Wahr oder nicht wahr, darum kümmert sich der unerforschliche Gott nicht. Auch der Fehlweg ist ein Weg zu ihm. Aber das jemandem zu sagen, ist kein Trost.«

Von all dem hatte Faber nur eins gehört und aufgefaßt. »Wie, Fürstin«, fragte er, »ist es möglich, ich sollte, sagen Sie, Martina von Ihnen zurückhaben? Inwiefern? Ich bitte, ich bitte herzlich, erklären Sie mir das.«

Die Fürstin antwortete nicht sogleich. Der schmale Kopf sank ein wenig gegen die Brust; der Blick verlor sich nach innen. »Ja, das muß ich wohl«, sagte sie wie zu sich selbst, »das muß ich. Doch wo beginnen? Womit beginnen? Sehen Sie, Eugen Faber, in gewissem Sinn bin ich vor Ihnen eine Schuldige. Denn eigentlich habe ich mich ja Martinas bemächtigt. Als wir uns begegneten, rief es in meinem Herzen: das ist sie. Sie fragen: wer? Warum gerade die? Ich hoffe, ich kann das verständlich machen. Ich hatte im Laufe meines Lebens soviel mit Frauen und Mädchen zu tun. Namentlich in den letzten Jahren der Zersetzung aller Schicksale sind sie förmlich geflüchtet zu mir. Fast allesamt führerlos. Fast allesamt verirrt. Bedenken Sie doch, wie die Männer in der Welt gehaust haben; wie sie alles Gottesgut und Herzensgut zerschmettert haben. Keine Zeichen gingen mehr aus ihrer Hand hervor, nicht Bild noch Vorbild war da; die Frauen: allein, vereinsamt, ohne Glauben, ohne Aufblick. Da kommen sie dann und wollen helfen. Hilflos selber, wollen sie helfen. Haben in Ehen gelebt ohne Liebe; wollen lieben; haben Liebe gehabt, so wie sie die Liebe verstehen und fassen es nicht, daß sie so leer geblieben sind und suchen Inhalt für das leere Gefäß. Aber das dahier, wo ich wirke, wie wärs denn möglich, kann kein Ersatz sein für betrogene Sinne. Es soll aber Ersatz bieten. Da wird dann alles wirr und dunkel. Unrein wird es. Diese Geschöpfe, wie unermüdlich, wie opferbereit, wie treu am Werk; und unrein! Begreifen Sie, was ich leide? Sag ichs mit Worten, ists wie Frevel. Versündige ich mich doch an hundert und hundert sehnsüchtig Willigen. Ich darfs nicht, solls nicht. Doch es gibt Stunden, wo Wahrheit wichtiger ist als dankbares Verschonen. Ermessen Sie die Aufgabe. Was das ist, was es bedeutet, die Welt verelendeter Kinder. Sie haben einen Blick hineingetan heute; aber das ist nichts; dahinter liegen Greuel himmelhoch; die Marter ist nicht auszusagen, nicht auszuschöpfen, eh nicht einer von neuem auftritt, der die Menschheit auf die Knie zwingt. Halten Sie sich vor, wie die trüben Seelen, von denen ich geredet, die Helferinnen, die sich mißverstehen und das ungeheure allgemeine Leiden mit ihrem persönlichen verwechseln, wie sie sich darinnen ausweinen und austrauern. Ach. Solange sie im Gefüge dienen und nach Vorschrift ihren Gang gehen, ist alles gut. Wer fordert Rechenschaft über die Motive von Rettern, wo eine Generation dabei ist, zu verbluten und zu verwesen. Aber ich, soll ich nicht niederbrechen nach fünfunddreißig Jahren Mühe, brauche die Kraft einer Seele, die frische, ursprüngliche Kraft, nicht aber die in Schwingung versetzte Schwäche. Es kann sich niemand erdenken, wie selten das ist, wie selten die Unschuld und Bescheidenheit, die zusammen eine solche Kraft ausmachen.«

Die Fürstin verdeckte einen Moment die Augen mit der vor Weiße und Blässe durchscheinenden Hand, ehe sie fortfuhr: »Wir säßen nicht voreinander, wenn ich nicht sagen könnte: bei Martina war es so; bei ihr gab es keinen Vorwand. Da war kein Verzicht, kein Sichaufgeben. Kein erkranktes Gemüt. Ein praktisches Ziel. Ich bestärkte sie darin. Ich täuschte sie in dem, was ihr bevorstand. Ich traute mir nämlich zu, sie darüber hinwegzubringen. Ich sah von Anfang an, worum es ging, aber ich schloß die Augen davor. Um sie zu stählen und zu sehen, wie weit sie der Anspannung gewachsen war, schickte ich sie absichtlich auf den gefährdetsten Posten, in den schrecklichen Pionierdienst. Sie dürfen nicht vergessen, daß das verwandelte Leben überall in unseren Kinderstädten noch jungen Datums ist. Seit einem Jahr erst blüht es auf. Bis dahin war alles ein Gehenna. Was ich befürchtet hatte, geschah: Martina wurde viel tiefer gepackt und erschüttert als alle hier, die ihr Tun wie eine Sendung betrachten. Alle gewöhnen sich mit der Zeit. Martina gewöhnte sich nie, aber dabei blieb sie kühl; sie blieb gesammelt, blieb heiter. Das ist das unergründlich Merkwürdige an ihr; sie blieb heiter. Ich gewann sie lieb; gewann sie immer lieber. Warum es verhehlen? Wie eine Tochter? Ich weiß es nicht. Ich hatte nie ein eigenes Kind. Eine Freundin, junge Freundin? Nein, nein. Das ist außer meiner Grenze. Ich weiß es nicht. Vielleicht liebt man den Genius auf solche Weise. Vielleicht die Idee seiner selbst, die nie verwirklicht wird. Wie dem sei, ich konnte mich in meinem Werk nicht mehr ohne sie denken. Es wird alles dunkel in mir, wenn ich mich ohne sie denke. Heute noch. Heute mehr als je. Doch wußte ich ja seit dem ersten Tag, daß sie gleichsam in eine Lebensschule ging, daß sie sich mit Bewußtsein vorbereitete, nicht um ihr Leben mir und meiner Sache zu widmen, sondern um es einem andern Menschen, sobald er wieder an ihrer Seite war, erfüllter hinzugeben. Dies Geständnis hatte ich ja, wie aus einem tiefen Brunnen, aus ihr herausgeschöpft, und es mußte daher als ein Unverletzlicher Vertrag zwischen uns bestehen. So wurde mir dieser Andere, der Abwesende, wurden Sie mir, Eugen Faber, so gegenwärtig, als ob Sie täglich und stündlich in meiner Nähe gewesen wären. Ich verwahrte ja das Kostbarste, was Sie besitzen, den Inbegriff Ihrer Existenz; das war mir in seinem vollen Gewicht bewußt. Ich mußte, kamen Sie zurück, das kostbare, mir ebenso kostbare, unersetzliche Gut wiedererstatten, die Hand öffnen, die es hielt, das Herz abwenden, an dem es festgewachsen ist. Darüber war kein Schwanken in mir. Und nun: Sie kamen. Ich war darauf gefaßt, daß Martina vor mich hintreten wird und sprechen, dem Sinne nach sprechen: ich habe jetzt wieder meine wahre Berufung; gib mich frei. Ich erwartete es Tag für Tag. Ich habe umsonst gewartet. Statt dessen veränderte sich ihr Wesen in einer Art, die mich immer mehr beunruhigte. Niemand als ich konnt es spüren; ich sah die Verstörung und wie sie darin fast erstickte. Da war keine Frage erlaubt, keine Frage möglich. Ich suchte, suchte. Ich habe mir die Erscheinung von dem allen abgefordert. Den Abend, bevor wir nach England fuhren, als wir allein waren, Martina und ich, da ist mir Faber erschienen. Da rief ich ihm zu: Was tust du, Faber, was tust du mit der dir anvertrauten Menschenseele? Mit deinem Hab und Sein? Da wußt ich auf einmal; wußt es auch Martina, daß ich alles wußte. Und da war doch zwischen Ihnen und Fides noch nichts geschehen. Sie stürzt mir in die Arme; weint sich aus. Ich hatte sie nie weinen gehört. Unaussprechlich war es, das Weinen. Ich beschloß im Stillen, daß wir beide. Sie und ich, uns verständigen müssen. Ich will gleich bemerken, daß ich in diesem Fall vollkommen ratlos bin. Daß Sie mich nicht als den älteren, erfahreneren Menschen betrachten können, der Einfluß nehmen will und sich zurechtgelegt hat, wie man sich aus der Unseligkeit befreien könnte. An Sie will ich mich wenden, daß Sie in Ihrem eigenen Inneren den Ausweg finden. Alles hängt davon ab, nur allein davon. Doch sagen Sie mir eines zuvor. Oder nein, sagen Sie es nicht; solch ein Wort könnte nie wieder zurückgenommen werden; es schafft manchmal den unabänderlichen Zustand, ehe wir selber soweit sind. Sie lieben Fides. Es gibt wenig Frauen, die würdiger sind, geliebt zu werden. Sie lieben sie; gut; oder Sie glauben es; gut. Darin liegt das eigentliche Unglück nicht. Es ist auch nicht Martinas Kummer; mag sie es ahnen oder bereits wissen. Der Kummer und die Verstörung bestehen ja nicht erst seitdem. Was Sie an Martina bindet, kann durch nichts vernichtet werden, was den Namen Leidenschaft, sogar den Namen Liebe trägt. Daran können Sie nicht rütteln; es ist die Achse ihres Daseins, nicht wahr. Was also tun, Eugen Faber? Glauben Sie nicht, daß das scheinbar Unabänderliche zuletzt doch in unserer Macht steht? Lassen Sie mein Wort zu Ihnen dringen. Hartnäckig und blind, verraten an das selbstgewisse Ich in unserer Brust, können wir doch immer noch Einhalt tun, wenn wir nur den rechten Augenblick ergreifen. Wir können es, wir können es, wir brauchen den letzten unwiderruflichen Schritt ins Verhängnis nicht zu tun. Fragen Sie sich; fragen Sie den Richter in Ihnen; er ist da; er ist bereit; er will antworten; er muß antworten.«

Sie streckte ihm die verschlungenen Hände entgegen; das edelschmale Gesicht war ihm wie in einer Durchflammung zugekehrt; der stumm-flehentliche Ausdruck traf ihn im innern Kern. Seine Brust hob sich im Krampf. Er bezwang sich, ruhig zu erscheinen; die Ruhe ging in eine Art von Starrheit über. Sein Blick glitt haltlos und flüchtend im Raum umher, als wolle er so lang als möglich der Begegnung mit dem der Fürstin ausweichen; doch da gab es kein Entrinnen. Und wieder bezwang er sich, seiner Äußerung den Charakter der Trockenheit zu verleihen und nicht merken zu lassen, daß er so tief getroffen war, als er sagte: »Es war weder die Absicht von mir, noch von Fides, Martina aufzuopfern. Plan und Vorstellung, soweit ging es überhaupt nicht. Alles war wie ein unheimlicher Traum. Jetzt eist überseh ich das Ganze einigermaßen. Soviel mir Fides ist, es zu beteuern, widert mich jedes Wort, ohne Martina kann ich nicht leben. Da haben Sie recht, Fürstin, das ist mir nun vollkommen klar.«

Er hielt inne. Sein Gesicht verfärbte sich. Die Augenbrauenbogen eckten sich scharf in die Stirn hinein. Was nun kam, klang abgehackt, kurzatmig, schwerzüngig: »Folglich muß ich mir Martina erringen oder mich selber aus der Welt schaffen. Wenn ich sie erringen soll, gibt es vielleicht nur das eine, daß ich mich von ihr löse. Daß ich den Anspruch aufgebe. Vielleicht muß man erst die Hand wegziehen, die gierige Hand« (er betrachtete mit bitterm Ausdruck seine rechte Hand und ließ sie dann fallen, gleichsam ihrer satt), »vielleicht muß man lösen, wenn man binden will. Vielleicht ist das das Mittel, Fürstin; was meinen Sie?«

Die Fürstin schwieg. In ihren Augen war ein Aufleuchten, das mehr als Freude war, ein dankbares, tiefes Entzücken. Sie war eine Frau von so bedeutender Menschenkenntnis oder Menschenanschauung, daß es ihr wahrscheinlich gefahrvoll dünkte, durch überraschte Zustimmung, stumme oder laute, den entscheidenden Kampf in der Brust dieses Mannes vordringlich zu beeinflussen. So erwiderte sie nur, sinnend und zart zurückhaltend, mit dem schönen Lächeln: »Es kann wohl sein. Es ist etwas Überzeugendes in dem, was Sie sagen. Einen andern Weg wird es wohl kaum geben. Lösen, um zu binden; ja; das mag es sein, das wird es sein.«

Sie stand auf, und ihre Gestalt erschien auf einmal rührend gebrechlich. »Ich werde dann wohl keine Martina mehr zur Helferin haben«, sagte sie, »aber das ist ja auch nicht Martinas Bestimmung.« Sie reichte ihm mit ergriffen-achtungsvoller Bewegung die Hand.

Er beugte sich nieder, sehr tief, und berührte ihre Hand mit den Lippen.

Dann ging er.

24.

Es war neun Uhr vorüber, als er, geraden Wegs von der Kinderstadt kommend, an Flemings Wohnungstür läutete. Fleming war zu Hause; in Pantoffeln schlurfte er den Flur entlang, öffnete vorsichtig, aber da er Fabers ansichtig wurde, verging die argwöhnische Neugier, die er stets beim Türaufmachen zeigte, und er begrüßte den Freund mit unartikuliertem Murmeln, das aber ein Ausdruck von Zufriedenheit war.

»Spät«, sagte er, hinter Faber in die stickige Stube tretend, die einen unordentlicheren Anblick als je darbot, »du bist grundsätzlich spät, mein Lieber. Aber ich dachte mir eben vorhin: heut wird er noch kommen. Eine Ahnung hat mirs verraten. Aber wie gelangt der Mensch zu Ahnungen? Durch Sorge. Ganz einfach. Alle Propheten waren Sorgenmänner, und nur deshalb waren sie Propheten. Setz dich. Setz dich.«

»Laß nur«, erwiderte Faber. »Ich geh gleich wieder. Das heißt, ich gehe, um vielleicht zurückzukommen. Das hängt von dir ab. Nämlich, ich wollte dich fragen, ob ich einige Zeit bei dir logieren kann. Die Sache ist die, daß ich … ich bitte dich, erschrick nicht und schau mich nicht so bestürzt an …, ich kann jetzt bei mir zu Hause nicht bleiben. Es sind Gründe, die … Ich werde dir gelegentlich alles sagen. Nur jetzt nicht. Ich bin jetzt nicht fähig dazu. Hab also Geduld. In ein Hotel möchte ich nicht gehen; ich weiß erstens nicht, wie lang es dauern wird; es kann länger dauern, als es dir bequem ist, unter Umständen; und dann ist es nicht verlockend, so ein Hotel, abgesehen davon, daß es teuer ist. Eine andere Unterkunft läßt sich aber im Augenblick schwer ausfindig machen, und ich will noch heute Nacht weg. Mein guter alter Fleming, beunruhige dich nicht. Es ist nichts Schlimmes, ich versichere es dir; eine Laune; oder nicht eine Laune, eine vorübergehende Notwendigkeit. Wenn es dir Beschwernis macht, so betrachte die Bitte natürlich als ungeschehen. Im andern Fall werd ich dir wenig Mühe verursachen. Ein Lager für die Nacht, eine Schüssel zum Waschen. Kannst du mir das gewähren?«

»Aber, mein Gott, Eugen, selbstverständlich«, stammelte Fleming, der die Brille auf die Stirn geschoben hatte und vor lauter Erstaunen sie wieder auf die Nase zu rücken vergaß, »da brauchts doch gar nicht so viel Worte. Hier nebenan, siehst du, die zwei Bücherstöße räumen wir weg; den Kohleneimer stellen wir in die Küche; die Matratze nehm ich einstweilen aus meinem Bett, und morgen leih ich mir ein Bett aus. Im zweiten Stock unten wohnt eine alte Dame, die ist mir immer gefällig; äußerst gefällig, ja. Aber … schön, schön, mein Guter, ich sehe schon, du willst nicht, daß ich frage. Du perrhorreszierst das, ich weiß, ich weiß. Also komm nur. Komm nur. Und beeil dich nicht zu sehr. Ich werde schon warten.« Er wußte in seiner Verwirrung nicht genau, was er redete; auch tastete er mit den Händen planlos bald da-, bald dorthin, bald nach einem Buch, bald nach einem Gegenstand in der Tasche, bald nach der Stuhllehne. Faber hatte schon die Klinke gefaßt und erwiderte: »Dank dir, Fleming. Auf dich baut man nicht vergebens, wenn man Hilfe nötig hat. Dank dir recht schön.«

Er war bereits im Flur draußen, da eilte ihm Fleming nach und rief: »Ja, was ich sagen wollte, Eugen …« Faber drehte sich um; Fleming sah ihn an, senkte verlegen die Augen und brachte stotternd hervor, weil ihm offenbar nichts anderes einfiel: »Ich wollte dich nur erinnern, daß du mir den Cardano mitbringst, den Astrologen; vergiß es nicht, sei so gut.«

Nach Hause gekommen, ging Faber in sein Arbeitszimmer, machte Licht und zog aus einem Winkel das Holzköfferchen hervor, das er von der großen Reise mitgebracht. Der Schlüssel hing an einer Schnur am Henkel. Er sperrte den Koffer auf und legte seine Zeichenhefte, einzelne Blätter, ein Paket mit Briefen, die er einer verschlossen gewesenen Lade entnahm, und das Reißzeug hinein. Da fiel sein Blick auf den Brief, den er an Martina und Fides geschrieben und mitten in einem Satz abgebrochen hatte. Ohne ihn noch einmal zu überlesen, zerriß er ihn in kleine Stücke, warf diese in den Ofen, zündete ein Streichholz an, setzte das Häuflein Papier in Brand und schaute zu, bis es Asche geworden war. Hierauf ging er über den Korridor in sein Schlafzimmer, holte dort Wäsche und einen Anzug und verstaute alles ziemlich sorgfältig in dem Koffer. Er schloß ihn sodann zu, hob ihn in der Hand, um zu prüfen, ob er sich leicht tragen lasse, stellte ihn auf den Boden und schaute sich im Zimmer um. »Richtig, der Cardano«, sagte er plötzlich mit einem wunderlich erstickten Kichern, und öffnete die Tür, die zum Wohnzimmer führte, denn das Buch lag noch dort auf dem Schreibtisch. Das nächste Zimmer war finster; durch die Türritzen des Wohnzimmers schimmerte Licht. Er stand eine Weile im Dunkeln und überlegte. Da er aber keinerlei Geräusch oder Stimme vernahm, machte er die Tür auf. Betroffen verharrte er auf der Schwelle.

Auf dem Sofa saß Martina; vor ihr, den Kopf in ihren Schoß vergraben, lag Fides auf den Knien. Martina blickte ernst vor sich hin; sie hatte mit beiden Händen Fides Kopf umspannt, als hätte sie ihr ein Versprechen gegeben oder ein Gelübde getan und sie wären beide darauf in dieses Schweigen verfallen, das, wie es schien, eine lange Zeit schon währte.

Als die Tür sich öffnete, erhob sich Fides jäh. Auch Martina erhob sich, aber gleichsam bedächtig. Sie blickte Faber lächelnd an, mit dem lieblichen Zucken um den Mund; dann nahm sie Fides bei der Hand und sagte mit fester, klarer Stimme: »Da ihr euch gern habt, Eugen, und ich es nun weiß, so sollt ihr euch nicht abquälen, so müßt ihr einander haben. Nimm sie Eugen, nimm sie zu dir, nimm sie mit dir.«

»Martina!« lief Fides, und es klang wie ein Aufschrei aus maßlos bedrängtem Gemüt. »So nicht, Martina! So demütige mich nicht, so verwirf mich nicht. Das kann ich nicht ertragen; lieber züchtige mich!«

»Ich dich züchtigen, Fides? Ich dich verwerfen?« fragte Martina befremdet mit melodisch herabgleitender Stimme; wo denkst du hin? Aber warum denn nicht logisch handeln? Warum nicht tun, was man tun muß?«

Sie wollte das Zimmer verlassen; ein Schauder hatte die Schultern überflogen. Faber hielt sie mit einer Handbewegung zurück. »Einen Augenblick noch, Martina«, sagte er ruhig, »und auch Sie, Fides, schenken Sie mir einen Augenblick Gehör. Ich habe drüben meinen Koffer gepackt. Ich wäre, ohne Abschied zu nehmen, fortgegangen, hätte mich nicht ein Zufall hier ins Zimmer geführt. Es steht nun so: ich will aus dem Hause. Ich kann Fides nicht mit mir nehmen. Fides mitnehmen! Würde Fides denn mit mir gehen? Dich, Martina, allein lassen? Mit dem Kind allein lassen? Nie würde sie das tun. Und kann ich bei dir, Martina, bleiben, und Fides soll durch meine Schuld verstoßen sein? Absurder Gedanke. Ihr beiden aber dürft euch nicht voneinander trennen. Solange wenigstens nicht, bis die eine weiß, daß die Flamme erloschen ist, die sie unschuldig entzündet und die aus mir einen neuen Menschen gemacht hat, und die andere das Feuer wieder nähren will, von dessen Wärme drei Leben abhängen. Als ich am ersten Abend hier bei dir saß, Martina, hast du mir das Glas entgegengehoben und mir zugerufen: auf die Zukunft, Eugen. Erinnerst du dich? Ich rufe dir jetzt das gleiche zu und sage dir: ich werde warten, geduldig auf diese Zukunft warten, und wenn es zwanzig Jahre dauern soll, bis aus ihr eine Gegenwart wird. Adieu, gute Nacht, Fides. Adieu, gute Nacht, Martina. Es ist doch ein wenig sonderbar, das alles. Neulich hab ich Christoph ein Märchen vorgelesen; von einem Spielmann, der sich nachts heimlich aus dem Stadttor schleicht, nachdem er mit seinem törichten Spielen allerlei Unheil angerichtet hat. Christoph werd ich ja bisweilen sehen. Er wird mich besuchen. Also nochmals: gute Nacht und lebt wohl!«

Er ging. Nach einer Weile hörte man die Flurtür ins Schloß fallen.

Martina, die so wie Fides regungslos dagestanden war, reckte den Kopf ein wenig vor. Sie lauschte mit angehaltenem Atem. Sie strich mit beiden Händen die Haare aus den Schläfen nach hinten; es war eine willenlose, traumhafte Bewegung. Ihre Augen waren unnatürlich weit geöffnet; die blassen Lippen wichen voneinander und ließen die Zähne durchschimmern. Plötzlich lief sie in größter Hast, so daß ihr Rock um die Schenkel flog, in den Flur hinaus. Dort riß sie die Tür zur Stiege auf und lauschte die Stiege hinunter. Hierauf rannte sie mit derselben stürmischen Hast in Christophs Stube, stürzte ans Bett des Knaben, hob den Schlummernden mit leidenschaftlicher Gebärde zu sich empor und bedeckte sein Gesicht mit Küssen. Dann lief sie aus der finstern Stube abermals in den Flur, abermals zur finstern Stiege, lauschte abermals hinab, kehrte dann mit unvermindertem Ungestüm in das Zimmer zurück, wo Fides noch immer ohne Wort und Zeichen, mit tiefversunkenen Blicken stand, warf sich ihr an die Brust und rief mit einem Ton zwischen Schmerz und Jubel, kindlichem Schmerz und strahlendem geheimnisvollem Jubel: »Fides, wach auf! Fides, wach auf! Weißt du es denn? Hast dus gehört? Er ist fort, der Liebste! Der Aller-Allerliebste ist von mir fortgegangen ...«

Und sie küßte Fides und lachte und schluchzte dabei. Es war wie Verrücktheit.

Fides sah sie mit schwerem Blick verwundert an und senkte das Haupt.

Biographie

1873 *10. März:* Jakob Wassermann wird in Fürth als Sohn des jüdischen Spielwarenfabrikantes Adolf Wassermann und dessen Frau Henriette, geborene Straub, geboren. Als seine Fabrik einem Brand zum Opfer fällt, muss der Vater als Versicherungsagent arbeiten.

1882 Tod der Mutter.

Jakob Wassermann besucht die Realschule in Fürth.

Anschließend soll er in die väterlichen Fußstapfen treten und eine kaufmännische Laufbahn einschlagen. Er beginnt daher in Wien eine Lehre bei seinem Onkel Max Traub, einem Fächerfabrikanten.

1889 Wassermann bricht seine Lehre ab, um Schriftsteller zu werden.

In Würzburg leistet er seinen einjährigen Militärdienst.

Danach ist er kurzfristig als Versicherungsangestellter tätig.

1891 Wassermann verlässt die Versicherung, begibt sich auf ziellose Wanderschaft durch Süddeutschland und lebt in ärmlichen Verhältnissen.

1894 In München wird Wassermann Sekretär bei Ernst von Wolzogen. Dieser erkennt Wassermanns schriftstellerisches Talent und macht ihn mit dem Verleger Albert Langen bekannt.

1896 Langen verlegt Wassermanns erstes Buch »Melusine. Ein Liebesroman«.

Wassermann wird Mitarbeiter und Lektor in der Redaktion der Zeitschrift »Simplicissimus«.

In seiner Münchner Zeit schließt er Freundschaften mit Rainer Maria Rilke, Thomas Mann und Hugo von Hofmannsthal.

1897 Der Roman »Die Juden von Zirndorf« wird ein voller Erfolg.

Wassermann beginnt, Feuilletons für die »Frankfurter Zeitung« zu schreiben.

1898 *Mai:* Im Auftrag der »Frankfurter Zeitung« geht Wassermann als Theaterkorrespondent nach Wien.

Hier findet er Anschluss an den Kreis des »Jungen Wien« und macht die Bekanntschaft von Richard Beer-Hofmann und Arthur

Schnitzler, mit dem er sich anfreundet.

1899	Wassermann schreibt nun für den Berliner Verlag S. Fischer.
1900	Der Roman »Die Geschichte der jungen Renate Fuchs« erscheint.
1901	Wassermann heiratet die exzentrische Julie Speyer, Tochter aus wohlhabendem Wiener Hause, mit der er vier Kinder bekommt. Die Familie lässt sich in Grinzing nieder.
1903	Wassermanns Roman »Der Moloch« wird veröffentlicht.
1904	»Die Kunst der Erzählung« (Essay).
1905	»Alexander in Babylon« (Roman).
1908	Der Roman »Caspar Hauser oder die Trägheit des Herzens« erscheint, verkauft sich allerdings nur schleppend.
1914	Nach Ausbruch des Ersten Weltkrieges will sich Wassermann freiwillig zum Militärdienst melden, wovon ihn seine Frau jedoch abhalten kann.
1915	Der Roman »Das Gänsemärchen« beschert Wassermann endlich den erhofften Erfolg.
	Wassermann lernt die sechzehn Jahre jüngere Schriftstellerin Marta Stross, geborene Karlweis, kennen und verliebt sich in sie. Er will sich ihretwegen von seiner Frau Julie trennen, doch diese zögert die Scheidung durch ständig neue Geldforderungen und Prozesse noch jahrelang hinaus.
1919	»Christian Wahnschaffe«, ein zweibändiger Roman, wird veröffentlicht.
	Wassermann verlässt seine Frau und zieht mit seiner Lebensgefährtin Marta nach Altaussee in der Steiermark.
1921	Wassermann verfasst den autobiographischen Essay »Mein Weg als Deutscher und Jude«.
1923	Veröffentlichung des Essaybandes »Lebensdienst. Gesammelte Studien, Erfahrungen und Reden aus drei Jahrzehnten«.
1925	In dem Roman »Laudin und die Seinen« verarbeitet er die komplizierte Trennung von seiner ersten Frau.
1926	Erst jetzt wird die Scheidung von Julie endgültig und Wassermann kann Marta Karlweis heiraten.
	Wassermann wird in die Preußische Akademie der Künste aufgenommen.
1928	Wassermanns berühmtester Roman, »Der Fall Maurizius«, er-

scheint.

1929 Er schreibt eine Biographie über »Christoph Columbus«.

1931 »Etzel Andergast« (Roman).

1933 Wassermann veröffentlicht seine »Selbstbetrachtungen«.
Er tritt aus der Preußischen Akademie der Künste aus, um seinem Ausschluss durch die Nationalsozialisten zuvor zu kommen. Im selben Jahr wird er Mitglied im Ehrenpräsidium des »Kulturbundes deutscher Juden«. Seine Bücher werden verboten, was Wassermann in den finanziellen Ruin treibt.

1934 *1. Januar:* Jakob Wassermann stirbt verarmt und gebrochen in Altaussee.
Posthum wird der Roman »Joseph Kerkhovens dritte Existenz« veröffentlicht.

Erzählungen aus dem Biedermeier

Biedermeier - das klingt in heutigen Ohren nach langweiligem Spießertum, nach geschmacklosen rosa Teetässchen in Wohnzimmern, die aussehen wie Puppenstuben und in denen es irgendwie nach »Omma« riecht.

Zu Recht. Aber nicht nur.

Biedermeier ist auch die Zeit einer zarten Literatur der Flucht ins Idyll, des Rückzuges ins private Glück und der Tugenden. Die Menschen im Europa nach Napoleon hatten die Nase voll von großen neuen Ideen, das aufstrebende Bürgertum forderte und entwickelte eine eigene Kunst und Kultur für sich, die unabhängig von feudaler Großmannssucht bestehen sollte.

Georg Büchner Lenz **Karl Gutzkow** Wally, die Zweiflerin **Annette von Droste-Hülshoff** Die Judenbuche **Friedrich Hebbel** Matteo **Jeremias Gotthelf** Elsi, die seltsame Magd **Georg Weerth** Fragment eines Romans **Franz Grillparzer** Der arme Spielmann **Eduard Mörike** Mozart auf der Reise nach Prag **Berthold Auerbach** Der Viereckig oder die amerikanische Kiste

ISBN 978-3-8430-1884-5, 444 Seiten, 29,80 €

Erzählungen aus dem Biedermeier II

Annette von Droste-Hülshoff Ledwina **Franz Grillparzer** Das Kloster bei Sendomir **Friedrich Hebbel** Schnock **Eduard Mörike** Der Schatz **Georg Weerth** Leben und Taten des berühmten Ritters Schnapphahnski **Jeremias Gotthelf** Das Erdbeerimareili **Berthold Auerbach** Lucifer

ISBN 978-3-8430-1885-2, 440 Seiten, 29,80 €

Erzählungen aus dem Biedermeier III

Eduard Mörike Lucie Gelmeroth **Annette von Droste-Hülshoff** Westfälische Schilderungen **Annette von Droste-Hülshoff** Bei uns zulande auf dem Lande **Berthold Auerbach** Brosi und Moni **Jeremias Gotthelf** Die schwarze Spinne **Friedrich Hebbel** Anna **Friedrich Hebbel** Die Kuh **Jeremias Gotthelf** Barthli der Korber **Berthold Auerbach** Barfüßele

ISBN 978-3-8430-1886-9, 452 Seiten, 29,80 €